Prefácio

O lendário resenhista Lynn Barber certa vez sugeriu que um entrevistador deveria partir de "uma posição de realmente não gostar das pessoas, para depois constrangê-las a conquistá-lo". Poucos comentários sobre o ofício da entrevista me parecem mais instrutivos. Não é que eu não goste das pessoas que entrevisto – em geral eu realmente gosto delas e, quando me irritam logo de início, isso raramente deixa de mudar à medida que passamos mais tempo juntos. Mesmo assim, sempre me esforço por manter um olhar cético ao fazer perguntas para pessoas muito mais destacadas do que eu. Tento evitar ser seduzido por sua inteligência ou charme, para poder entender as idiossincrasias e o universo emocional que produziram suas obsessões intelectuais e criativas. Pensar em Barber me faz relaxar quando tenho medo de estar sendo excessivamente duro.

Segundo Janet Malcolm, da *New Yorker*, os entrevistadores, por definição, não são confiáveis. Seu clássico estudo sobre a profissão, *O jornalista e o assassino* (*The Journalist and the Murderer,* 1990), começa assim: "Qualquer jornalista que não seja muito estúpido ou muito pretensioso para notar o que acontece sabe que o que ele faz é moralmente indefensável". Uma hipérbole, é claro. Mas Malcolm tem razão quanto ao fato de que não importa que um entrevistador pareça estar escutando atentamente, ou que se mostre amigável com sua presa – ele sempre terá seu próprio plano de trabalho, e sua narrativa acabará por contrastar com o conceito que o entrevistado tenha de si próprio.

Talvez fosse óbvio esperar que Malcolm, que frequentemente disseca nos seus livros as nuances da relação entre jornalista e sujeito, viesse a ser a entrevistadora mais prudente e reservada que já conheci. Talvez ela também tenha sido a mais compreensiva, reconhecendo que o que quer que eu escrevesse seria um relato imensamente subjetivo – como todos os perfis, uma narrativa sobre uma vida e seu relacionamento com o corpo de uma obra, sintetizada a partir de uma ou duas horas de conversa para apenas 1.500/2.000 palavras.

Esta coleção reúne 40 perfis de escritores internacionais de um total de mais de cem entrevistas por mim publicadas em jornais e revistas desde 2001, e são construções muito parciais de vidas, baseadas em breves encontros. As entrevistas que escrevi enquanto vivia em minha cidade natal, Melbourne, foram geralmente baseadas em conversas pelo telefone. Outras foram realizadas pessoalmente, enquanto eu estava nos Estados Unidos, de 2007 a 2009, estudando primeiramente na Columbia University, em Nova York, e depois na Johns Hopkins University, em Baltimore. Cinco dos autores representados aqui – a saber, Michel Houellebecq, Elfriede Jelinek, Catherine Millet, José Saramago e Ismail Kadaré – responderam a perguntas por *e-mail*, através de tradutores.

Apesar de os fatos terem sido atualizados – de forma que a idade dos escritores, por exemplo, está de acordo com a data em que este livro vai para o prelo –, os artigos foram sempre escritos visando em especial um novo livro ou a turnê de um autor, o que faz com que devam ser lidos levando-se em conta o período em que foram feitos. De maneira geral, conservei as entrevistas como foram originalmente publicadas, dispensando apenas algumas extravagâncias estilísticas ocasionais e incluindo versões mais extensas de artigos que foram originalmente publicados em versão reduzida, devido a problemas de espaço.

Este livro está organizado em duas partes: "Ficção" e "Não ficção", embora muitos dos autores sejam quase igualmente reconhecidos por seus trabalhos em ambas as áreas. Ao longo dos anos, retornei intimamente a minhas conversas com esses incríveis escritores, o que, felizmente, revela que a entrevista é um gênero mais evoluído do que a descrição feita por John Updike, de "uma forma a ser repudiada: uma forma inacabada, como as larvas".

Parte I
Ficção

Paul Auster

Paul Auster não resiste a pegar no telefone. Trata-se de um hábito compreensível para um escritor obcecado com os caprichos do destino – tal como de que modo um telefonema ao acaso ou um encontro inesperado pode alterar o curso de uma vida.

A primeira pessoa a ligar durante nossa conversa é Frances Coady, editora de Auster e sócia de Peter Carey, um amigo próximo. Segundo as estranhas coincidências que estruturam os livros de Paul, minha tentativa de contatar Carey no dia anterior provocou a resposta: "Não posso falar agora. Com Paul".

O telefone toca uma segunda vez, e Auster atende. Do andar de cima, Siri Hustvedt, sua esposa novelista, avisa: "Querido, você não precisa atender". O casal costumava trabalhar em casa, mas Auster agora aluga um estúdio nas imediações, do qual poucas pessoas têm o número. "Ele consegue produzir mais", diz Hustvedt.

"Tudo começou com um número errado." Assim começa "Cidade de vidro" ("City of Glass", 1985), de Auster, a primeira de um tríptico de novelas metafísicas de detetive, publicadas em conjunto como *Trilogia de Nova York* (*The New York Trilogy*), em 1987. O narrador, Daniel Quinn, um novelista solitário, recebe por engano três ligações para um detetive particular chamado Paul Auster. Na terceira ligação, Quinn finge ser Auster e começa a investigar.

O Paul Auster sentado à minha frente explica que o estopim para a novela foram duas ligações erradas perguntando pela Agência Nacional de Detetives Pinkerton. Depois de dar à pessoa que telefonava a informação correta e de desligar pela segunda vez, Auster lamentou não ter embarcado na brincadeira.

Auster é um homem intenso, de compleição morena, vestido de preto. É bem-humorado, apesar de estar com a garganta inflamada, o que não o impede de fumar suas cigarrilhas Dutch. Na imaculada sala de estar de sua casa de quatro andares no Brooklyn – com seu chão de madeira encerado, pinturas e móveis elegantes –, nada é deixado ao acaso. "Siri é imbuída de um espírito escandinavo de limpeza e ordem", ele diz. "Se eu vivesse sozinho, isto ia estar um caos."

Na parede estão três pinturas de sua máquina de escrever Olympia, do artista Sam Messer, com quem ele colaborou em "The Story of My Typewriter" (A história da minha máquina de escrever) (2002). Auster escreve à mão, mas datilografa imediatamente os seus parágrafos, antes que lhe fique impossível decifrar seus garranchos.

Seus romances combinam enredos compulsivos com ruminações filosóficas sobre a alienação do *self* e os artifícios da verdade. Mas ele reage a rótulos simplistas como "pós-moderno", "beckettiano" e "europeu".

Agora aos 61, Auster observa que sua obra passou a tratar do envelhecimento e da mortalidade. Descreve *Timbuktu* (*Timbuktu*, 1999), *O livro das ilusões* (*The Book of Illusions*, 2002), *Noite do oráculo* (*Oracle Night*, 2004), *Desvarios no Brooklyn* (*The Brooklyn Follies*, 2005) e *Viagens no escritório* (*Travels in the Scriptorium*, 2007) como "livros de homens feridos – livros sobre pessoas em vários estágios de desmoronamento".

Seu romance de 2008, *Homem no escuro* (*Man in the Dark*), aborda um protagonista septuagenário que se recupera de um acidente de carro. Alguns anos antes o carro de Auster colidiu com uma van em alta velocidade que se arrebentou do lado do passageiro, onde Hustvedt estava sentada. "Pensei que Siri fosse morrer", ele relembra. "Pensei que seu pescoço estivesse quebrado. Ainda posso sentir o impacto só de falar nisso."

Homem no escuro acontece em apenas uma noite e imagina um universo paralelo, no qual vários estados americanos tivessem proclamado independência da Federação, após a eleição de George W. Bush em 2000. É a incursão mais política de Auster desde *Leviatã* (*Leviathan*, 1992), que versa sobre um romancista chamado Peter Aaron (repare nas iniciais), que escreve um livro intitulado *Leviatã*. O livro de Aaron documenta a vida de seu falecido amigo

Benjamin Sachs, um romancista que se tornara terrorista e percorria o país explodindo réplicas da Estátua da Liberdade, até que acidentalmente explode a si próprio.

Os livros de Auster frequentemente recaem sobre escritores, trazendo histórias dentro de histórias, confundindo a linha entre realidade e invenção. Ele percebe uma afinidade de suas preocupações com as últimas obras de J. M. Coetzee – "aquele limite entre realidade e imaginação que ele parece estar explorando agora".

Nos nomes dos personagens de Auster, ficção e fato se confundem. Em "Cidade de vidro", o detetive Paul Auster é casado com uma Siri; Peter Aaron, de *Leviatã*, casa-se com Íris (o nome Siri ao contrário); *A noite do oráculo* traz um escritor chamado John Trause, cujo sobrenome é um anagrama de Auster. No entanto, seus personagens não são autobiográficos. Em "Cidade de vidro", ele explica: "Eu estava caçoando de mim mesmo. O personagem Auster é, de certo modo, um pretensioso imbecil. Quase tudo o que ele diz é basicamente o oposto daquilo em que eu acredito".

Os críticos que descartam os improváveis acontecimentos da obra de Auster como tendo sido inventados deveriam ler *Achei que meu pai fosse Deus e outras histórias verdadeiras da vida americana* (*True Tales of American Life*, 1999), resultado da colaboração de Auster com a National Public Radio no National Story Project. Auster pediu que os ouvintes enviassem histórias que realmente tivessem acontecido para ser transmitidas pelo rádio, recebendo mais de 4 mil delas, que compreendiam "um museu da realidade americana". "Como é possível pensar o mundo sem considerar o imprevisto, o desconhecido, a sorte inesperada?", ele pergunta. "Algumas vezes conseguimos realizar nossos planos, mas muitas vezes isso não acontece, algo interfere. É aí que as histórias começam."

Dos 20 aos pouco mais de 30 anos, Auster ficou especialmente vulnerável ao acaso, levando uma "vida despreocupada, estúpida, sem nenhum plano ou maneira concreta de ganhar a vida". Depois de se formar na Columbia University, em 1969, trabalhou em um petroleiro e se mudou para a França por quatro anos, sobrevivendo como tradutor para perseguir sua ambição literária: "Pensei que pudesse aprender mais trabalhando em um petroleiro do que em um escritório. Foram dias difíceis durante a Guerra do Vietnã – o barulho, a politização de tudo – e eu precisava ficar só e contemplar meu país a distância".

Em *Da mão para a boca* (*Hand to Mouth: a Chronicle of Early Failure*, 1997), Auster conta ter sofrido uma "constante, opressiva, quase sufocante falta de dinheiro, que envenenava minha alma e me mantinha em um estado permanente de pânico". Em 1978, depois de ter publicado alguns volumes de poesia, ele atingiu o fundo do poço. Seu primeiro casamento, com a escritora Lydia Davis, naufragou apenas um ano depois do nascimento de seu filho, Daniel. "Passei cerca de um ano sem escrever nada. Não tinha tempo nem foco."

Desesperado por dinheiro, tentou comercializar um jogo de cartas baseado nas regras do beisebol e publicou um *thriller* sobre esse esporte, *Squeeze Play* (1982), sob o pseudônimo de Paul Benjamin.

Seu pai morreu inesperadamente em 1979, o que o levou a escrever o livro de memórias *A invenção da solidão* (*The Invention of Solitude*, 1982), em que Auster se atracou com a ausência do homem impassível que, mesmo enquanto vivo, nunca havia estado realmente presente. "Ele não parecia ser um homem que ocupasse um espaço, mas sim um bloco de espaço impenetrável sob a forma de um homem", escreve Auster.

Seu pai se via perplexo com suas aspirações literárias. "Ele não compreendia que um rapaz com os dons que ele me atribuía fosse tão inepto para ganhar a vida. Agora que sou pai entendo perfeitamente a razão de sua preocupação." Auster ficou abalado com sua morte porque "havia muitas perguntas a ser respondidas, todas as conversas que não tivemos".

Com a morte do pai veio a modesta herança que permitiu que ele escrevesse em tempo integral nos seis anos seguintes. A sorte também chegou sob a forma de Hustvedt, então com 26 anos, que ele conheceu em uma audição de poesia em 1981. O fato de ser oito anos mais velho do que ela eliminava a possibilidade de rivalidade, ele diz, "porque havia anos eu já vinha publicando coisas". A filha do casal, Sophie, agora uma cantora e atriz de sucesso, nasceu seis anos depois.

Peter Carey parece chocado quando pergunto se Auster lhe mostra seu trabalho em andamento: "Na sua vida, você decide a quem deve ouvir, e à medida que trabalha Paul vai lendo o que escreve para Siri. Ele não precisa de mim".

Outra intervenção fortuita na vida de Auster ocorreu no Natal de 1990, quando o diretor de cinema Wayne Wang leu seu *Conto de Natal de Auggie Wren* (*Auggie Wren's Christmas Story*) no *New York Times* e decidiu fazer um filme sobre o vendedor de tabaco epônimo. A seguir Auster escreveu o roteiro de *Cortina de fumaça* (*Smoke*, 1995) – uma serena e extravagante descrição de várias vidas que se cruzam em torno da loja de charutos de Auggie, no Brooklyn –, tornando-se um codiretor de fato. "Wayne Wang disse: 'Acho que deveríamos fazer o filme juntos'. Aquilo foi minha educação cinematográfica. Trabalhamos juntos durante dois anos." Auster recebeu o crédito como codiretor em *Sem fôlego* (*Blue in the Face*, 1995), sequência de *Cortina de fumaça*.

Ele estreou como diretor solo com *O mistério de Lulu* (*Lulu on the Bridge*, 1998), um filme fantasioso, com Harvey Keitel e Mira Sorvino, sobre um saxofonista cínico que descobre uma pedra mágica e o amor depois de ser acidentalmente baleado. Salman Rushdie, amigo de Auster, fora escalado para um papel menor, como um antropólogo sinistro em busca da pedra preciosa, mas Willem Dafoe o substituiu depois que os técnicos – temendo arriscar a vida por ter Rushdie, então ameaçado pela *fatwa*, no *set* – exigiram uma soma exorbitante como compensação.

O filme de Auster de 2007, *A vida íntima de Martin Frost* (*The Inner Life of Martin Frost*), germinou por quase uma década. Ele escreveu uma versão resumida do roteiro depois de ser abordado em 1999 para colaborar em um filme para uma sequência de doze "Contos eróticos". Mas quando seu amigo, o cineasta Hal Hartley, o preveniu de que o contrato o deixava com pouco controle sobre o projeto, ele caiu fora, e em vez disso usou a ideia em *O livro das ilusões*.

O livro descreve um filme sobre um romancista chamado Martin Frost, que se retira para uma casa de campo para ficar na solidão, apenas para encontrar em sua cama sua musa, disfarçada como uma linda mulher. "Passaram-se mais alguns anos, e a ideia de filmar continua voltando à minha cabeça", diz Auster.

Martin Frost é um Auster típico, explorando a incerteza da verdade, o nebuloso entre realidade e fantasia e o poder da palavra escrita. Existe até uma máquina de escrever flutuante. Sua filha, Sophie Auster, faz parte do elenco de apenas quatro atores, que também inclui David Thewlis, Irene Jacob e Michael Imperioli.

Embora se passe nos Estados Unidos, o filme foi rodado em Portugal, para economizar verba. Peter Carey observa o paradoxo de que "Paul, que nem mesmo usa computador e entra em pânico quando alguém fala uma palavra como 'Google', tenha grande domínio técnico ao fazer um filme".

O filme não influencia sua ficção, diz Auster, observando: "Não acho que meus livros tenham algo de cinemático. Eles não são estruturados como filmes". No entanto, acasos extraordinários impregnam seu trabalho em ambos os meios, bem como em sua vida.

Auster relembra o fato de seu editor polonês lhe ter dado uma lista telefônica polonesa de 1938 – "um livro dos mortos". Depois ele batizou o protagonista de *A noite do oráculo* como Sidney Orr (uma abreviação do sobrenome Orlowski) por causa de alguns Orlowskis que encontrou na lista telefônica. Auster incluiu no livro uma fotocópia da página dessa lista e combinou uma entrevista com um jornalista polonês. "O homem entrou tremendo e suando. Disse: 'Acabei de ler o livro. Os Orlowskis que aparecem no seu livro eram meus avós'."

— *Janeiro de 2008*

Russell Banks

No lendário Algonquin Hotel de Nova York, onde monumentos literários trocavam fofocas na primeira metade do século passado, Russell Banks está bebendo vinho tinto. Escritores de esquerda, como Ernest Hemingway e John dos Passos – mencionado no romance de Banks publicado em 2008, *The Reserve*, que transcorre na época da Depressão –, se juntavam a círculos afluentes, longe das afinidades com a classe trabalhadora descritas na ficção que faziam. "À medida que eles obtiveram sucesso financeiro e ficaram famosos, passaram a se reunir com uma classe muito diferente do meio de onde vieram ou sobre o qual escreveram", diz Banks. "No meu caso, isso também é verdade."

Um homem corpulento de 68 anos, com cabelo cortado rente e barba branca, Russell lembra Hemingway tanto física quanto politicamente. Ele é mais conhecido por dois romances que se tornaram filmes cotados para o Oscar: *Affliction* (1989), sobre um policial de cidade pequena levado a um confronto com seu pai violento, e *O doce amanhã* (*The Sweet Hereafter*, 1991), um retrato de uma comunidade árida que perde catorze crianças em um acidente com ônibus escolar.

Para resumir, ele é uma presença emblemática no firmamento literário e cinematográfico americano.

No entanto, Banks cresceu em uma zona pobre e abandonada de New Hampshire e suas onze novelas resultaram de um compromisso com as classes mais desfavorecidas. Seu tom moderado não deixa transparecer traços de sua violência enquanto jovem – violência que ele deixou de infligir fisicamente aos outros por volta dos 20 anos, mas que se manifestava como raiva interna até os 30. Ele imagina que, se não tivesse se tornado escritor, teria encarado uma vida de pequenos delitos e brigas de bar – repetindo o padrão de alcoolismo e violência que Earl, o pai de Banks, que era encanador, herdou do próprio pai.

A pálpebra esquerda de Banks é ligeiramente caída por causa de um soco dado por Earl quando o filho tinha 2 anos. Banks não se recorda de ter tornado a ver o pai sóbrio depois que Earl abandonou a família quando ele tinha 12 anos. Sua mãe, Florence, era escriturária e também bebia bastante – uma narcisista linda mas emocionalmente instável. Sendo o mais velho de quatro irmãos, Banks se tornou pai por tabela: "Eu fazia o orçamento semanal e mensal e organizava as crianças. Tinha que ir atrás do meu pai para conseguir a pensão que ele não pagava. Realmente não tive infância depois dos 10 anos".

Aos 16, Banks roubou um carro e viajou por três meses antes que a polícia desse com ele em Los Angeles. Suas experiências como adolescente sem lar serviram para retratar Chappie, um drogado que desistiu da escola, narrador de *Rule of the Bone* (1995). "Fui um garoto agitado e raivoso", diz Banks, "portanto para mim não foi difícil entrar na cabeça dele. É um garoto inquieto, que vive uma incessante procura e quer ser decente e bom."

Apesar de a trajetória de Banks ser a clássica história do branco miserável e marginal que deu certo, suas novelas são céticas quanto ao sonho americano. Seus personagens frequentemente tentam começar de maneira honesta, apenas para se verem emaranhados em problemas econômicos, retomando seu passado problemático.

Aos 18, Banks ganhou da Colgate University uma bolsa de estudos para jovens desfavorecidos, mas sentiu-se tão desambientado entre os herdeiros de capitães de indústria que desistiu depois de oito semanas. "Eu não estava suficientemente maduro emocionalmente para lidar com aquele tipo de diferença." Escapou para Miami, Flórida, esperando viajar para Cuba e se juntar aos rebeldes de Fidel Castro. "Meus interesses políticos, o amor pelos injustiçados – tudo podia ser facilmente transferido para Castro e seus homens."

Sem dinheiro suficiente para ir a Cuba, Banks permaneceu na Flórida, onde trabalhou vestindo manequins em uma loja de departamentos. "Acabei trabalhando e vivendo pela primeira vez em uma sociedade segregada. A Flórida tem um *apartheid* estabelecido. Eu era bastante pobre para perceber isso."

Aos 19, Banks casou, tendo uma filha no ano seguinte; mas aos 21, como seu pai antes dele, abandonou a família. "Esta é uma das poucas coisas de que me arrependo, mas eu não tinha perspectiva. Estava preso em um trabalho que não era capaz de realizar." Ainda na adolescência, Lea tornou a fazer parte da vida de Banks depois de romper com a mãe – exatamente como Banks se juntou a seu pai ao voltar para New Hampshire, em várias ocasiões, e trabalhar com Earl como encanador.

Banks tornou a se casar aos 23 com uma sulista com quem teve mais três filhas. O casal se mudou para Chapel Hill, onde Banks frequentou a University of North Carolina – a única universidade sulista dessa importância que era racialmente integrada e mista. Imediatamente arrebatado em demonstrações antissegregacionistas, foi preso um dia após ter chegado à cidade. "O que eu devia fazer? Passar ao largo e acenar? Não, você acaba pegando um cartaz e participando."

Ele explica seu envolvimento com o movimento pelos direitos civis como "um desvio da raiva que sentia de minha dinâmica pessoal e familiar para um contexto político. Mas era também uma maneira de expressar aquela enorme identificação romântica com os desprivilegiados – o antigo sonho de ir embora e me juntar a Castro –, dando-lhe uma forma mais coerente e útil."

Quando Jack Kerouac, então com 45, passou por Chapel Hill, Banks deu para o escritor *beat* uma festa em sua casa que durou uma semana. "Para muitos de nós ele era um herói e ali estava, ligeiramente louco e com certeza fisicamente doente, alcoólatra e morrendo. De vez em quando ele se apresentava de maneira brilhante, demonstrando ótima memória e articulação – depois, no minuto seguinte, punha-se a vomitar suas bobagens antissemitas e racistas."

Os rebeldes *beats* serviram-lhe de inspiração. "A década de 1950 era uma época muito conservadora nos Estados Unidos – sexualmente reprimida e socialmente conformista; politicamente, ainda estava sob a nuvem do macarthismo. E de repente surgem os espíritos livres, derrubando todas aquelas barreiras."

Aos 33, Banks parou de fazer trabalhos braçais, finalmente capaz de se sustentar por meio do ensino e da escrita. Escrever não era catártico, ele insiste, mas o rigor o ajudou a se estabilizar. "Poderia ter sido o zen-budismo ou a psicanálise. Qualquer disciplina em desenvolvimento que exigisse minha especial atenção teria bastado."

Embora indiferente à sua carreira de escritor, Earl ficou orgulhoso de que seu filho tivesse se tornado professor. "Ele nunca conhecera um professor em sua vida. Não acredito que alguma vez tenha lido qualquer coisa minha." Banks se lembra de sua mãe visitando-o em Princeton, onde ele lecionou durante dezesseis anos; vendo dois homens de barba, fumando cachimbo, vestidos de *tweed*, Florence disse: "Rápido, rápido, olhe, Russell. Acho que são professores". Russell respondeu: "Mãe, eu sou um professor".

Perto dos 30 anos, Banks passou a considerar Earl com mais simpatia: "Pude ver de onde ele tinha vindo e como ele tinha tentado e fracassado em ser alguma coisa diferente do que era. Ele era um republicano de direita, um homem que votou contra os próprios interesses durante toda a vida. Mas era muito inteligente. Não era literário em nenhum sentido, mas tinha uma memória fotográfica".

A revolta contra a discriminação racial, sentida primeiramente na Flórida, perdurou em Banks, que vê a raça como "a história central da América – da imaginação e da mitologia americanas". Um ano e meio passado com sua família na Jamaica resultou em *The Book of Jamaica* (1980), sobre um professor americano, branco, que vai para lá terminar um romance. "Era muito importante para mim – sair do país e olhar para trás. Naquela época lá havia muito poucos brancos. Isso me fez compreender muito melhor toda a história da raça no hemisfério ocidental."

Continental Drift (1985) acompanha um reparador de aquecedores a óleo de New Hampshire que se vê envolvido nas dificuldades de uma refugiada haitiana. Em *O divisor de nuvens* (*Cloudsplitter*), publicado em 1998, Banks recria a vida do abolicionista John Brown, cujo papel ao atacar Harpers Ferry em 1859 é considerado, algumas vezes, como o início da Guerra Civil. "A maioria dos afro-americanos olha John Brown como um herói de primeira magnitude, que deu a vida para libertar os escravos, e a maioria dos americanos brancos o vê como um terrorista louco."

Com *O divisor de nuvens*, o universo ficcional de Banks se expandiu, passando a se ocupar da história. Tanto *The Darling* quanto *The Reserve* têm protagonistas mulheres, e Banks observa que suas preocupações deixaram de ser exclusivamente masculinas. "Não quero voltar a fazer uma história de pai com filho ou a vida de um trabalhador em conflito. Quero explorar outros mistérios." Seu romance seguinte investigará a pornografia pela internet e a Guerra do Iraque.

Hollywood certamente assumirá os direitos cinematográficos de seu romance *The Reserve* – um *thriller noir* passado em 1936, que combina com filmes como *A floresta petrificada* (*The Petrified Forest*), protagonizado por Bette Davis (1936), e o romance policial *Dupla indenização* (*Double Indemnity*), de James M. Cain. Banks transplanta convenções *noir* de seu típico cenário urbano para as montanhas Adirondack, ao norte do Estado de Nova York, onde viveu por duas décadas com sua quarta mulher Chase Twitchell; poeta.

The Reserve transcorre num verão em um *resort* particular para veranistas de tradicionais famílias abastadas e gira em torno do romance entre o artista de esquerda Jordan Groves e a *femme fatale* Vanessa Cole. O namorador Groves, que se ressente do mundo plutocrático que o tornou famoso, foi parcialmente inspirado no artista radical e aventureiro Rockwell Kent. Vanessa, uma herdeira bonita mas instável, foi livremente baseada em uma das amantes de Hemingway – uma mulher casada que inspirou seu romance de 1937, *Ter e não ter* (*To Have and Have Not*).

A criação de Vanessa foi para Banks um desafio técnico e emocional: "Tentar retratar em ficção uma narcisista no seu sentido pleno é muito difícil. Não existe interior para uma consciência narcisista. Tudo é refletido. Para ela, a questão de mentir ou não mentir, verdade ou falsidade, não existe. Não se pode ser um mentiroso a não ser que se saiba o que é a verdade. Foi um tanto assustador". Assustador, talvez, pela forma como Vanessa invoca a descrição que ele fez de sua própria mãe? Banks diz que prefere não responder à pergunta.

A estratificação social descrita em *The Reserve* persiste atualmente nas Adirondacks. Os moradores locais, alguns dos quais vivem em *trailers*, frequentemente sofrem para conseguir dar conta das despesas. Os visitantes endinheirados aparecem nas férias de verão, antes de voltar para casa, deixando após sua passagem um vasto desemprego. No inverno, a taxa de desemprego é de 20%.

Após esvaziar sua segunda taça de vinho, ele se levanta. E Banks – um homem do povo e um gigante da literatura – deixa o histórico nicho da intelectualidade influente de Nova York para voltar a seu quarto de hotel e assistir ao futebol.

— Fevereiro de 2008

Carlos Fuentes

Carlos Fuentes, novelista, ensaísta, ex-diplomata e porta-voz itinerante internacional do México, é muitas coisas — entre as quais, ele concordará com isto, um exorcista. Seus romances imaginam cenários de pesadelo para repelir perigos iminentes. "Tento agir como feiticeiro: 'Se eu mencionar isto, não acontecerá'", mas constantemente seus exorcismos se transformam em profecias.

Em seu romance de 1999, *Os anos com Laura Díaz* (*Los Años com Laura Díaz*), Fuentes escreveu sobre a morte de um jovem escritor, esperando evitar a morte de seu filho hemofílico, Carlos Fuentes Lemus. O jovem Carlos, um poeta emergente, cineasta, pintor e fotógrafo, sucumbiu mais tarde naquele ano, com a idade de 25 anos. "Ele sabia que morreria cedo, e por isso criou muito", diz Fuentes.

Em sua novela de 1987, *Cristóvão Nonato* (*Cristóbal Nonato*), Fuentes invocou o México em um futuro próximo, desfigurado por uma poluição severa, pelo crime e pela corrupção. Ele esperava que o tempo provasse que estava errado, mas sua visão se mostrou correta.

Com a ascensão de Sarah Palin, Fuentes receou que logo a América teria na presidência uma mulher de direita, e ele novamente se tornaria um profeta involuntário – seu romance de 2002, *A cadeira da águia* (*La silla del águila*), se passa em 2020, quando Condoleezza Rice é a primeira presidente mulher dos Estados Unidos. "Condoleezza é um gênio, comparada com Sarah Palin", ele exclama.

As dezesseis histórias interligadas de seu livro de 2008, *Todas as famílias felizes (Todas las familias felices)*, são políticas "no sentido grego do termo, porque acontecem na cidade, na pólis", segundo Fuentes. Elas estão unidas por interlúdios de uma espécie de coro grego que remetem à mágica prosa de William Faulkner. Para Fuentes, Faulkner era "o escritor mais latino-americano dos Estados Unidos – um escritor muito barroco, muito próximo ao nosso próprio estilo".

O título é uma referência irônica à abertura de Ana Karênina, de Leon Tolstói: "Todas as famílias felizes são iguais; cada família infeliz é infeliz à sua própria maneira". Assim como Tolstói, Fuentes não ganhou o Prêmio Nobel ("boa companhia, hein?"), que muitos acham que lhe é devido.

De Londres, por telefone, aos 80 anos, ele tem a energia incansável e o tom didático de alguém acostumado a discorrer em pódios. Seu ano é dividido entre sua casa de Londres e a da Cidade do México, onde o costume de almoços que duram quatro horas e sua vasta rede social deixam pouco tempo para a escrita.

Em Londres sua vida é relativamente pacata ao lado da esposa, a apresentadora de televisão Sylvia Lemus, com quem é casado há 37 anos, mas ele mantém um esquema rígido de viagens. Neste mês Fuentes voltou à Cidade do México para um encontro de dez dias em comemoração a seu octogésimo aniversário, em 11 de novembro. "Vou ficar sentado na primeira fila tentando parecer inteligente", ele zomba.

Um mês antes de nossa conversa, ele estava na Espanha para receber o novo Prêmio Dom Quixote, outorgado conjuntamente a Fuentes e ao presidente brasileiro Luiz Inácio da Silva. Fuentes relê *Dom Quixote* anualmente e acredita que Cervantes foi um dos poucos escritores a criar um personagem ficcional constrangedor que também é uma boa pessoa: "Meus personagens são, em sua maioria, bastante desagradáveis".

Com um novo romance de seiscentas páginas, recentemente lançado em espanhol, o autor de mais de trinta livros se sente no auge de sua atividade. "Tenho mais energia do que nunca", diz ele. "Acho que no final a morte vai me aquietar para sempre, mas antes disso não acredito que o farei."

Nascido na Cidade do Panamá, Fuentes passou a maior parte da infância em Washington, onde seu pai era advogado da Embaixada do México. Quando o México nacionalizou a indústria petrolífera, Fuentes deixou de ser popular na escola e "se tornou um forasteiro, o bandido, o estrangeiro, o mexicano".

O presidente Roosevelt reagiu com uma política de negociação em vez de passar ao confronto, dando início ao que Fuentes ainda vê como um avanço nas relações entre o México e os Estados Unidos. Quando criança, ele uma vez trocou um aperto de mãos com F. D. R., e brinca que desde então nunca mais lavou as mãos: "Olhe, Roosevelt assumiu o poder no mesmo ano que Hitler na Alemanha e veja a diferença – o compromisso social de Roosevelt, sua confiança de que a sociedade civil poderia resolver o problema dos Estados Unidos".

Aos 21 anos, enquanto estudava direito internacional na Suíça, Fuentes viu Thomas Mann jantando em um restaurante. Não se aproximou, "paralisado de admiração", mas naquele momento decidiu se tornar um escritor. Para ganhar a vida, trabalhou no serviço diplomático mexicano durante a década de 1950, passando, posteriormente, quatro anos como embaixador do México na França. No entanto, faltava-lhe o tato de um diplomata de carreira.

Ao lado de colegas do *boom* de escritores, como Mario Vargas Llosa, Julio Cortázar e Gabriel García Márquez, Fuentes liderou o renascimento da literatura latino-americana na década de 1960. Por um curto período, colaborou com García Márquez em roteiros para cinema, mas o olhar literário dos dois refreou seus esforços: "Passávamos muito tempo preocupados com as vírgulas do texto".

Durante muitos anos suas convicções políticas de esquerda o impediram de entrar nos Estados Unidos. Fuentes apoiou a Revolução Sandinista na Nicarágua e foi um defensor dos primórdios da Cuba de Fidel Castro. No entanto, sua simpatia por Castro se esvaiu em 1965, quando as autoridades cubanas o rotularam, bem como a Pablo Neruda, de traidores, por terem comparecido a uma cerimônia da PEN International, em Nova York.

Críticas feministas às vezes reclamam que suas personagens femininas são ou madonas ou prostitutas, mas Fuentes não se sente atraído a discutir com seus detratores: "Eu não os leio, não respondo, não me preocupo com isso".

No entanto, quando o Prêmio Nobel mexicano Octavio Paz publicou em seu jornal literário *Vuelta* um artigo polêmico contra ele assinado pelo autor Enrique Krauze, Fuentes encerrou uma amizade de quase quatro décadas. Quando Paz faleceu, em 1998, Fuentes não compareceu ao funeral. "Eu não provoquei essa briga", diz ele, "portanto não tinha motivos para desfazê-la ou mantê-la".

O ensaio de Krauze se tornou matéria de capa da *New Republic*, em 1988. Sob o título de *Guerrilla Dandy*, Krauze acusou Fuentes de ser um estrangeiro em seu próprio país: "Para Fuentes, o México é um *script* comprometido com a memória, não um enigma ou um problema, não algo realmente vivo, não uma experiência pessoal".

Em *Eu e os outros: ensaios escolhidos*, sua coleção de ensaios autobiográficos de 1988, Fuentes escreve sobre sua prévia decisão de ser um "viandante em busca de uma perspectiva", sabendo que "onde quer que eu fosse o espanhol seria a língua dos meus escritos, e a América Latina, a cultura de minha linguagem".

Seu primeiro casamento, com o ícone do cinema mexicano Rita Macedo, durou catorze anos, apesar de casos com atrizes como Jean Seberg e Jeanne Moreau. A filha que teve desse casamento, Cecília, é agora a única descendência que lhe resta. Em 2005, Fuentes e Lemus perderam seu segundo rebento, Natasha, com a idade de 30 anos.

A mídia mexicana registrou diferentes versões da morte de Natasha. Um jornal disse que ela teve um colapso no infame distrito de Tepito, na Cidade do México, aparentemente por uma overdose; outro alegou que seu corpo foi encontrado sob um viaduto. Também existem rumores de que ela teria sido sequestrada e esfaqueada até a morte por membros de uma gangue. Pressionado, Fuentes responderá apenas: "Tragédia", pedindo que se passe para a próxima pergunta.

No livro de fotografias de Mariana Cook *Fathers and Daughters*, de 1994, consta um assustador retrato em branco e preto de Carlos e Natasha Fuentes. O autor está com o braço em torno de Natasha, menos como um gesto de afeição do que como de repressão, enquanto ela, desafiadoramente, olha para outro lado.

Em um comentário que acompanha a foto, Fuentes descreve como, aos 11 anos, Natasha foi mandada para um internato francês: "Ela chorou pedindo a volta para a segurança daquilo que chamava 'minha linda casa'. Disciplina, cultura, o aprendizado de línguas; as razões prevaleceram sobre as emoções".

Fuentes descreveu sua inteligência precoce de uma maneira que agora soa como um obituário prematuro: "Ela sabia demais, protegia-se num conhecimento tão brilhante quanto nocivo; não descobriu uma maneira de se inventar no palco, em um pedaço de papel; em vez disso, representava na noite, escrevendo na calçada".

A novelista Chloe Aridjis foi uma das melhores amigas de Natasha e sugere que a verdade sobre sua morte foi suprimida. Seu próximo romance, *Oaxaca*, será dedicado à memória de Natasha. "Muito do que ela fez em vida foi um pedido de atenção", diz ela. "De alguma forma ela se sentia abandonada."

Natasha e seu irmão deixaram a escola cedo e ficaram se deslocando entre cidades e países, às vezes em um período de poucos meses. "Ambos vivenciaram a liberdade muito, muito cedo... e como resultado se sentiam bastante autônomos e eram suficientemente livres para fazer o que quisessem", diz Aridjis.

Ela se lembra de Natasha "sempre ligeiramente desligada da realidade, mas de uma maneira muito bonita e comovente". Natasha queria se tornar uma atriz e imaginava colaborar com seu irmão atuando em um de seus filmes: "Acho que ela teria sido uma atriz muito talentosa, caso houvesse mais constância em sua vida".

Os pais de Natasha, orgulhosos de sua beleza e de seu charme, compravam-lhe roupas caras e esperavam que ela se tornasse uma garota brilhante da sociedade. Em vez disso, ela se vestia em estilos variados como gótico, pária *punk-rock* e gângster hispânico. "Geralmente seus namorados eram estrelas do *rock* ou...", Aridjis hesita: "Bom, mais tarde ficou um pouco mais mórbido". As drogas começaram a destruir Natasha aos 20 e poucos anos, quando ela "caiu em um poço escuro e na verdade nunca saiu de lá".

Aos 15 anos, depois que sua melhor amiga morreu de overdose, Natasha alugou um apartamento perto de Harvard, onde Aridjis estudava. Aridjis diz que Natasha queria ficar perto dela, além de sentir falta de "algum outro lugar para ir, na verdade – algo que acontecia com frequência".

Jenny Davidson, uma professora de inglês da Columbia University, também havia estudado em Harvard, e ficou amiga de Natasha quando ela tinha acabado de raspar a cabeça em sinal de luto pela amiga morta. "Em uma de nossas primeiras conversas, ela disse: 'Você admira a obra do meu pai. Ele é um grande escritor, mas é um pai terrível'", recorda Davidson. "Eu achava estranho que se permitisse – ou mesmo que se encorajasse – que uma garota de 15, 16 anos perambulasse pelo mundo, hospedando-se com pessoas ao acaso."

Apesar do seu silêncio com respeito à morte de Natasha, Carlos Fuentes chama de crime relacionado à droga "o imenso problema que meu país enfrenta agora". Ele espera que Barack Obama e o presidente mexicano Felipe Calderón juntem forças para combatê-lo: "Os Estados Unidos se recusaram a assumir qualquer responsabilidade, mas o México não exportaria drogas se não hovesse compradores nos Estados Unidos". Ao lhe perguntarem como alguém supera a morte de dois filhos, ele diz: "Você não supera. Eu os tenho comigo quando escrevo. Eles estão presentes".

— *Novembro de 2008*

David Guterson

Quando David Guterson era criança, sua mãe desajustada, Shirley, preveniu-o de que as pessoas não são o que parecem ser. "Ela dizia coisas como: 'O mecânico do posto de gasolina, que está consertando o carro – não é quem parece ser, ele está usando uma máscara'", conta ele. A própria Shirley era uma personalidade Jekyll e Hyde, que poderia preparar o jantar numa noite e ser internada na noite seguinte.

No entanto, sua paranoia sobre as diversas identidades que as pessoas assumem continha alguma verdade. Em seu último romance, *The Other* (2008), Guterson observa como as pessoas são moldadas por suas outras personalidades reprimidas. "Somos todos habitados por figuras sombrias", diz ele, "outras transmutações de nós mesmos que são inconscientes e que, no entanto, impactam a nossa vida." A epígrafe do livro cita o poeta francês Arthur Rimbaud: "Sou um outro".

The Other fala de dois amigos aparentemente opostos, unidos na adolescência por sua paixão pela vida ao ar livre. O narrador, Neil Countryman, é um estudante de escola pública oriundo da classe trabalhadora, que segue a trilha da vida de Guterson – termina o curso superior, casa-se cedo e se torna um professor de inglês do ensino secundário.

O amigo de Neil, John William, é herdeiro de uma linhagem abastada, e se sente tão revoltado com a sociedade que larga a universidade e desaparece numa região selvagem, para viver hermeticamente em uma caverna. Apenas Neil sabe o paradeiro de John; ele traz mantimentos para o amigo e vela por seu segredo mesmo quando o ermitão se deteriora.

The Other é o romance mais autobiográfico de Guterson, baseado em suas experiências de adolescente, quando fazia *trekking* pelas montanhas próximas a Seattle no início da década de 1970, fase da qual ele se recorda como um limbo cultural. Segundo o romancista de 53 anos: "Éramos a geração que estava em busca do entusiasmo dos anos 60, e era um pouco cedo para a era disco".

A região noroeste norte-americana à beira do Pacífico também foi o cenário de seu romance de estreia, *Neve sobre os cedros* (*Snow Falling on Cedars*,1994), sobre o julgamento do assassinato de um pescador nipo-americano em 1954, quando ainda prevaleciam os sentimentos antijaponeses. Recebendo, em 1995, o prestigioso Prêmio Pen-Faulkner na categoria ficção, o livro vendeu quase 5 milhões de cópias e foi transformado em filme pelo diretor australiano Scott Hicks, em 1999.

Os romances subsequentes, *A leste das montanhas* (*East of The Mountains*, 1999) e *Nossa Senhora da Floresta* (*Our Lady of the Forest*, 2003), retomaram sua paisagem nativa, mas foram menos aclamados pela crítica. O primeiro traça a jornada espiritual de um cirurgião aposentado, diagnosticado com câncer terminal; *Nossa Senhora da Floresta* é um conto de fadas sombrio sobre a fuga de uma adolescente que alega ter visto a Virgem Maria.

Em *The Other*, Guterson questiona se é possível – ou desejável – levar uma vida cujo princípio seja o não comprometimento. "Neil projeta sua própria alienação em outra pessoa, de forma que não tenha que assumi-la em sua vida consciente", diz Guterson. "John projeta sua própria inclinação para o convencionalismo em Neil."

O romance é narrado em *flashback*, décadas após o falecimento de John, conforme Neil reflete sobre o motivo pelo qual seu amigo teria desenvolvido o ódio pela civilização, levando-o a escolher a morte em lugar da vida, naquilo que ele denominava "o mundo hambúrguer". "Comecei a lidar com essa questão mais ou menos após o 11 de setembro: 'Por que eles nos odeiam?'", diz Guterson. "Esse livro lança um olhar sobre alguém que critica ferozmente a sociedade ocidental."

Neil especula sobre o papel dos pais de John no cultivo de sua raiva – especialmente de sua mãe Virginia, mentalmente doente, cuja ideia de disciplina consistia em ignorar o choro do filho pequeno. Guterson admite que o problema de Virginia é semelhante à doença não diagnosticada de sua mãe, que perdurou por dez anos, desaparecendo após o crescimento dos filhos. Ele sugere que, provavelmente, o problema de Shirley era uma reação à pressão de ter de criar um filho.

O pai de Guterson, Murray, continua sendo aos 79 anos um eminente advogado criminalista, mas ele se ausentou completamente durante a infância de Guterson. Murray foi o modelo para Nels Gudmundsson, o advogado de defesa de *Neve sobre os cedros*, e Guterson diz que seu pai e Nels compartilham a "distância que os separa dos acontecimentos e a tristeza com a qual encaram a natureza humana". O pai *workaholic* de John, Rand, sentindo-se culpado, questiona-se interiormente se teria contribuído para a sorte do filho com sua passividade perante a negligência da esposa.

Quando criança, Guterson aceitava que o pai precisasse trabalhar até tarde; essas eram as normas da época. Mas era estranho que sua mãe, uma eterna estudante que nunca trabalhou, estivesse raramente em casa: "Era mais provável que você, como uma criança daquela época, ficasse bravo com a sua mãe e dissesse: 'Ei, todas as outras mães estão preparando o café da manhã; o que você está fazendo?' Ela diria: 'Bom, vou sair. Faça seu próprio café'".

Por sorte, Guterson não era filho único, como John, e ele e seus quatro irmãos tomavam conta uns dos outros: "Nós nos levantávamos de manhã e nos virávamos juntos para preparar o café da manhã". Guterson se lembra de visitar Shirley no hospital quando ela estava bastante sedada: "Eles fazem com que as pessoas façam coisas como desenhar, criar pequenas figuras de argila ou jogar *shuffleboard*, e é como se sua mãe estivesse no filme *Um estranho no ninho*. Você sairia do hospital e diria: 'Nossa, gostaria de nunca ter vindo visitá-la. Não quero ver isto'".

Como adulto, atendo-se ao convencional, Guterson parece ter ganhado a estabilidade que lhe faltava. Ele passou quase toda a vida próximo a seu lugar de nascimento, em Seattle, mudando-se apenas uma vez, dentro do estado, para fazer mestrado em um curso de redação criativa na Brown University, em Rhode Island. Abandonou-o depois de dois meses, achando o curso extremamente experimental, e frustrado pelo ambiente. "Era um desses cursos de redação em que você senta em volta de uma mesa com dez pessoas e analisa os manuscritos dos outros, e todos gritam e ficam loucos uns com os outros", diz ele.

O que Guterson mais gosta no relevo montanhoso que cerca sua propriedade de 10,9 hectares em uma ilha em Puget Sound, perto de Seattle, é sua familiaridade. "É ótimo conhecer de fato algum lugar e saber o que há em qualquer direção para onde você olhe." Ele não consegue se imaginar voltando para a cidade, já que "você passa todo o tempo ocupado com a logística; tudo é muito difícil".

Seus quatro filhos – agora com 16, 24, 25 e 28 anos – nunca poderiam dizer que foram abandonados. A esposa de Guterson, Robin, uma paixão dos tempos escolares, lecionou para eles em casa até chegarem à adolescência. No ano passado, o casal adotou uma menina, Yerusalem, de 7 anos, da Etiópia.

Guterson defendeu a causa do ensino em casa em *Family Matters*: *Why Homeschooling Makes Sense* (1992), e não acredita que o envolvimento emocional dos pais com seus filhos os impeça de serem professores eficientes. Ele também não acha que seja importante que as crianças convivam diariamente com seus colegas: "Em muitos centros educacionais institucionalizados, existe uma espécie de compromisso social neurótico competitivo e cheio de panelinhas. Não é normal pegar um grupo de pessoas da mesma idade e forçá-las a conviver todos os dias".

Seu amigo, o romancista Charles Johnson, lembra-se dele referindo-se afetuosamente aos valores que adquirira durante seus anos como escoteiro, quando alcançou o grau da águia. "Ele sempre foi sólido como uma rocha", diz Johnson, que lecionou para Guterson na University of Washington, onde defendeu o mestrado em redação criativa, depois de deixar Brown. "Ele não tem nenhum desses traços infantis e irresponsáveis que nós no Ocidente frequentemente associamos a pessoas criativas – bebedeira, promiscuidade sexual ou uso de drogas."

Guterson reconhece ter conservado um espírito de escoteiro: "Se houver uma senhora idosa precisando de ajuda para atravessar a rua, não fico constrangido em ajudá-la. Não acho que isso seja antiquado." Mas ele ainda comete pequenos delitos. Durante anos atirou em passarinhos e os comeu. "Fiz isso sem pensar muito", diz ele, "mas a certa altura comecei a pensar: 'Eu simplesmente não quero derrubar outro passarinho'."

Suas boas ações são inúmeras. Enquanto estudava na University of Washington, foi bombeiro voluntário nas férias de verão, e a fumaça tornou sua voz permanentemente rouca. Com a fortuna amealhada com *Neve sobre os cedros*, ajudou a fundar um centro de escritores locais, Field's End, e dotou com uma bolsa de estudos os estudantes de redação criativa.

Guterson escreveu esse livro durante oito anos, enquanto trabalhava como professor e batalhava para criar quatro crianças em uma cabana desmantelada com uma renda anual inferior a 30 mil dólares. Depois que o livro se tornou um *best seller*, construiu uma casa confortável e passou a ser um escritor em tempo integral, mas continuou a viver modestamente – sem casas de férias, profusão de carros, barcos ou viagens caras –, e menciona os ensinamentos de Buda como uma influência importante.

Criado como judeu e agora agnóstico, ele se descobre cada vez mais preocupado com questões espirituais. "Acredito que só pelo fato de envelhecer já tornamos todos mais espiritualizados. Ter que lidar com a absoluta e inegável realidade da própria morte o faz começar a se perguntar: "O que é que eu vou fazer agora que realmente importe? Existe alguma coisa que importe?" E acrescenta: "Com o tempo, venho me inclinando a considerar essas questões com uma calma muito maior".

Ele também parece tranquilo em relação à sua infância, apesar do que *The Other* sugere, e se recusa a julgar sua mãe. "Atualmente, acredito que as pessoas diriam que preparar o café da manhã não deveria ser apenas responsabilidade dela", ele diz. "Quero dizer, ela tinha exatamente o mesmo direito de sair para estudar que meu pai tinha para fazer o que fazia." As palavras de perdão de um educado e leal escoteiro águia talvez encubram uma criança zangada.

— Junho de 2008

Peter Handke

A cidade de Chaville, nos arredores de Paris, tem um ar sonolento, quase pastoral. É aqui que Peter Handke, o homem destronado das letras germânicas, vive recluso atrás de altas grades e árvores. Tendo sido já o mais venerado escritor vivo da Áustria, Handke caiu em desgraça com a desintegração da antiga Iugoslávia, por suas opiniões polêmicas pró-Sérvia. Em sua casa ao lado da floresta, ele vive sem computador, além do alcance da cultura consumista e midiática que seus romances neorromânticos, clamando pela comunhão com a natureza, tentam remediar.

O portão se abre e Handke me cumprimenta, descalço, com o cabelo pelos ombros – sua marca registrada – agitando-se turbulentamente ao vento. Um paletó esporte preto confere um ar levemente elegante a seus amassados trajes campestres. Ele esteve andando pela floresta, colhendo cogumelos selvagens e frutas silvestres, que agora formam uma alta pilha na mesa externa onde estamos sentados. "Não seja duro comigo", diz Handke, 66, embalando a mão artrítica. "Não estou me sentindo bem." Ao servir uma sopa de cogumelos no almoço, ele me diz para não ter medo; jura que consegue identificar as espécies venenosas.

Nenhum outro escritor europeu contemporâneo experimentou tais extremos de louvação e ignomínia. Sua fama foi conquistada aos 20 e poucos anos, como um *enfant terrible* associado ao chamado Gruppe 67, que procurava libertar a literatura alemã do realismo politicamente engajado do pós-guerra. Em um histórico simpósio realizado na Princeton University em 1966, ele atacou Günter Grass e Heinrich Böll por reduzirem a ficção a uma crítica social. Handke argumentou que a própria linguagem era a única realidade que a arte seria capaz de representar.

Suas primeiras peças eram *succès de escandales* que atacavam o artifício do teatro. Eliminando as convenções teatrais de personagem e trama, sua antipeça de estreia, *Insulto ao público* (*Offending the Audience*, 1966), consistia em autores anônimos atacando o público pagante. Mas sua reputação internacional se deve predominantemente a seus romances, principalmente *A Sorrow Beyond Dreams* (1972), uma novela fria, porém estranhamente vigorosa, sobre o suicídio de sua mãe aos 51 anos; e *A repetição* (*Repetition*, 1986), que acompanha um escritor da província natal de Handke, a Caríntia, em sua viagem à Eslovênia à procura de um irmão desaparecido durante a Segunda Guerra Mundial.

Quando a escritora Elfriede Jelinek, sua colega austríaca, ganhou o Prêmio Nobel em 2004, declarou que Handke era mais merecedor. A maioria das pessoas concordava, mas o partidarismo de Handke pelo regime de Miloševic era seguramente um anátema para a Academia Sueca, avessa a controvérsias.

Em 1996, a opinião internacional se voltou contra Handke, quando ele publicou *A Journey to the Rivers: Justice for Serbia*. Mesclando uma narrativa de viagem com panfleto político, Handke retratou os sérvios como "um povo grandioso e íntegro, *Volk*, que sabe que é desprezado aparentemente por toda a Europa e sente isso como loucamente injusto". Ele encontrou na Sérvia uma pastoral pré-capitalista de pessoas bebendo água nas mãos. Até certo ponto apoiando os sérvios, empobrecidos pelas sanções econômicas ocidentais, Handke esperava que o país continuasse não contaminado pelo consumismo.

Ao encontrar um homem que "literalmente proclamava aos berros a culpa dos líderes sérvios pelo atual sofrimento do povo", Handke escreve: "Eu não queria ouvir sua acusação aos seus líderes; não aqui, neste espaço, nem na cidade ou no país". Sua desconfiança pela linguagem jornalística fê-lo colocar seus encontros pessoais com sérvios comuns acima dos fatos divulgados sobre a brutalidade sérvia. Argumentou que os muçulmanos da Bósnia massacraram seu próprio povo em Sarajevo e depois responsabilizaram as forças sérvias.

Usando assustadoras citações para invocar o "massacre" de Srebrenica, questionou "os fatos despudorados, lascivos, com apelo de mercado, e os fatos supostos". *A Journey to the Rivers* faz com que pareça que os principais culpados pelas guerras iugoslavas seriam os jornalistas estrangeiros. "Os jornalistas cometeram verdadeiros crimes com a linguagem", considera Handke agora. "Pode-se matar inúmeras pessoas com a linguagem."

Handke continua seu ataque à mídia em *A perda da imagem ou através da sierra de Gredos* (*Crossing the Sierra de Gredos*, 2007), seu último trabalho em inglês. Trata-se de um romance filosófico de quinhentas páginas, originalmente intitulado *The Lost of the Image*, que apresenta uma banqueira rica que credita seu sucesso à inspiração de "imagens" revigorantes. "Quando eu era jovem, surgiam-me imagens involuntariamente", diz ele. "Elas significavam tudo para mim. Depois, conforme a vida foi passando, as imagens foram se tornando cada vez mais fracas." Como seria de se esperar, Handke culpa a mídia pelo declínio de imagens autênticas.

Conforme a célebre banqueira anônima viaja para a região da Mancha, na Espanha, para se encontrar com seu biógrafo, junta-se a ela um repórter que o autor satiriza por sua impermeabilidade a experiências subjetivas. Eles encontram uma população isolada, conhecida como os *hondarederos*, que o repórter desconsidera como "refugiados do mundo". Contudo, para a banqueira, cuja visão romântica se assemelha ao olhar sentimental de Handke sobre os sérvios, o povo primitivo leva uma existência parecida com a do Éden, tendo uma relação íntima com a terra, não corrompida pelo capitalismo ocidental.

Aqui há indícios de uma polêmica, mas Handke descreve suas sentenças longas e elípticas como uma batalha contra a opinião: "Carrego muita raiva, mas tenho que evitá-la quando escrevo. No entanto, você não pode evitá-la porque a fúria é algo material em você. Então, as frases se tornam muito complicadas". O que ele almeja é um distanciamento brechtiano: "Tenho que me sentir emocionado, mas pouco antes de me emocionar profundamente há uma espécie de luz que me leva para uma direção diferente da emoção".

Para Handke, a clareza impõe a tirania do significado. Assim, ele deprecia o cineasta australiano Michael Haneke por ser "um ideologista que diz: 'É assim que as pessoas são'". Igualmente desdenhados por Handke são os escritores franceses Alain Finkielkraut, André Glucksmann e Bernard--Henri Lévy, que "não são intelectuais, não estão à procura, porque sabem onde está o bem e o mal".

Como a sua prosa, a fala de Handke é frequentemente fragmentária e elusiva, mas ele se irrita com as tentativas de fazê-lo ser mais claro: "Quando você faz uma pergunta começando com 'Por quê?', isso é falso. Não se pode responder a isso. Existem tantos 'por quês', tantas não razões!"

A heroína do romance foi inspirada nos encontros de Handke com mulheres banqueiras. "Elas tinham que ser cruéis, mas ao mesmo tempo eram muito sensíveis. Cada uma delas parecia estar ferida e em perigo. Eu disse a mim mesmo: 'Esta é uma pessoa controversa'."

Pergunto sobre o surpreendente subenredo envolvendo o irmão da banqueira, um terrorista, que sonha com um país utópico não especificado. Handke diz que a história do irmão permanece um fragmento porque era muito doloroso completá-la – presumivelmente por ecoar o romance fracassado do autor com a Sérvia Maior: "Para muitos de nós existe um país que sugere uma vida mais radiosa – uma vida com mais alma. Isso nunca poderia ser a Iugoslávia de agora".

A sensibilidade romântica das obras de Handke resiste em suas lembranças de ter crescido perto da fronteira da Eslovênia, "uma vida muito autêntica e digna – a floresta, as maçãs, os morangos, as amoras, os cogumelos; olhar, esconder-se, cheirar". Sua mãe, uma eslovena étnica, ficara traumatizada com a morte dos dois irmãos na Segunda Guerra Mundial: "Eles eram iugoslavos de mente e alma, mas foram obrigados a guerrear na Rússia, em nome de Hitler – algo contra o que eles queriam lutar. Minha mãe foi apaixonada por seus irmãos mortos durante toda a vida. Esse era o mito da minha família. O que ela me contou sobre eles foi meu início como escritor".

Foi aos 12 anos, num dos seis anos que passou em internato católico, que Handke começou a ler assiduamente. Por fim, expulso por ler um romance sexualmente explícito de Graham Greene, acabou estudando direito, enquanto permanecia determinado, diz ele, "a me salvar pela escrita".

Qualquer vago interesse que tivesse por direito Handke atribui à raiva que sentia pelo padrasto, Bruno Handke – um motorneiro com quem sua mãe se casara antes de seu nascimento: "Algumas vezes eu dizia a mim mesmo que queria ser advogado para defender assassinos. Eu podia me imaginar matando alguém – meu padrasto quando ficava bêbado. Ele se tornava muito violento, chegando a bater na minha mãe. Para nós, crianças, isso era insuportável. Eu sempre fantasiava que pegava um machado e o matava enquanto dormia. Em minha imaginação, matava-o todas as noites".

Ao proferir uma homenagem no funeral de Milosevic, em 2006, Handke realizou sua fantasia de juventude de defender um assassino. "Sua morte simbolizava o fim da Iugoslávia. Para mim, a Iugoslávia era a república mais linda, livre e utópica da Europa." A Comédie Française, importante companhia teatral francesa, cancelou em seguida uma apresentação prevista da peça de Handke *Voyage to Sonorous Land or the Art of Asking*. Logo depois, quando Handke recebeu o prestigioso Prêmio Heinrich Heine, os políticos de Düsseldorf ameaçaram vetar a decisão do júri. Handke preventivamente renunciou ao prêmio em uma carta ao prefeito intitulada "Je refuse!". "Meu último livro quase não foi resenhado na França", ele diz com uma gargalhada. "Eles boicotam minha obra por causa da atração erótica que sinto por funerais."

Apelidando meu gravador de "a máquina hostil", ele sente visível prazer em usar a presença de um jornalista para desabafar seu desprezo pela profissão. "Os jornalistas detestam literatura. Os jornalistas escrevem, escrevem, viajam, viajam, bebem uísque, bebem uísque, mas nunca se tornam heróis, como os escritores – só quando são mortos. Agora eles têm ainda mais poder do que o governo, mas não são agradecidos. São pessoas ruins. Detestam os escritores."

Quando saio, já é noite, e Chaville tem um aspecto mais desolado. Lembro-me do que Handke disse na entrevista: "Em Paris, as pessoas pensam que não estão sós, mas estão. Aqui, elas sabem que estão sós. Há um monte de bêbados – um monte de perdidos. Gosto disso".

A esposa de Handke, a atriz alemã Katja Flint, vive agora em Paris, para proporcionar-lhe solidão para escrever. Talvez nenhum escritor contemporâneo evoque melhor a exaltação, o desespero e a solidão do que Handke. Como Ezra Pound, Louis-Ferdinand Céline e Knut Hamsun, cujas obras-primas literárias continuam sendo admiradas apesar de suas posições políticas fascistas, Handke merece um lugar permanente na história da literatura. Mas sua estética e seu cinismo idiossincráticos sobre a mídia já não podem ser colocados de lado como se fossem meramente os excessos inocentes de uma mente excêntrica.

— *Novembro de 2007*

Seamus Heaney

Costuma-se dizer que poucos ganhadores do Nobel criam alguma coisa digna de nota depois de o receberem. O fardo da expectativa e as exigências diplomáticas que recaem sobre o laureado são fatais para as energias criativas. Em 1995, quando Seamus Heaney, aos 56 anos, foi premiado, temia-se que pudesse sucumbir à síndrome de Estocolmo. Preocupações extraliterárias claramente contribuíram para que o comitê responsável pelo Nobel escolhesse um escritor irlandês imediatamente após o histórico progresso em prol da paz na Irlanda do Norte. No entanto, o que foi raro na história recente do Nobel foi o fato de essa decisão ter despertado uma oposição irrisória.

Uma década e três livros depois, Heaney se provou imune à maldição do Nobel. Após a morte de seu amigo Ted Hughes, em 1998, ele certamente é o poeta vivo mais celebrado da literatura inglesa. Evitando a impenetrabilidade de modernistas como Eliot e Pound, seus livros são aclamados tanto pelo público quanto pela crítica. Vendem-se às centenas de milhares – coisa quase inaudita em se tratando de poesia.

Sua frequentemente comentada humildade também não foi afetada pela "coisa de Estocolmo" ou "a *N-word*" (como Heaney a chama eufemisticamente). Ele continua lecionando em tempo integral na Harvard University, onde foi poeta-residente. "Eu não queria ir atrás de um *status* especial por ser poeta – não queria confundir meu ofício com minha profissão." Mais do que apenas conduzir oficinas de poesia, ele lecionou poesia inglesa e britânica porque, segundo diz: "Eu não queria me refestelar no manto da minha criatividade".

Heaney escreve no sótão de sua casa em Dublim, assepticamente equipada apenas com uma escrivaninha, uma máquina xerox, uma cama de solteiro e livros. "Não quero vestir a armadura do ego ou os trajes de poeta em evidência, com minha coleção especial de lápis e papel feito à mão", diz ele. "Quero um compromisso corpo a corpo comigo mesmo – um autoesquecimento, mais do que uma autoconsciência."

Ao comentar o processo pelo qual surge um poema, ele cita, endossando-a, uma frase de um ensaio de Frost: "'Visar, emocionar-se, olhar para dentro'. Quando se começa a criar, mais da metade do trabalho já está feita. A parte crucial da criação é o que acontece antes de se encarar a página em branco – o momento do primeiro contato, quando uma imagem ou uma lembrança surge subitamente à mente, e você percebe nela o atrativo da existência poética".

Nascido em 1939, Heaney, o mais velho de nove filhos, foi criado em uma casa de sapé de três cômodos, em uma fazenda de County Londonderry. Embebeu-se da compulsória ladainha católica e das cadências das previsões de tempo marítimas da BBC, recobertas pelos ritmos de fundo da semeadura de batatas.

Aos 12 anos, ganhou uma bolsa para estudar em Derry. "Uma parte de mim ainda consegue sentar à cabeceira de uma mesa de fazenda, ser o homem que eu teria sido se não tivesse ganhado uma bolsa de estudos para o St. Columb's College, e olhar com distanciamento para a pessoa em que me tornei, como se fosse um estranho", ele comenta.

Enquanto ainda era estudante, Heaney conheceu Hughes, nove anos mais velho do que ele, que o encorajou a submeter seus poemas às publicações locais. Ao ler o poema de Hughes "Visão de um porco", Heaney percebeu que seu ambiente rural não precisava ser um entrave, mas que, pelo contrário, poderia servir como um manancial para sua poesia.

Em 1966, sua estreia, *Death of a Naturalist*, surgiu inundada das poças e turfas de sua infância. Heaney contrastou sua escrita com a de seus densos antecessores: "Entre meu indicador e meu polegar/ descansa a grossa pena./ Cavarei com ela". Heaney foi ungido pela crítica como herdeiro de Yeats, falecido no ano do nascimento de seu filho literário. Mas uma minoria de críticos desconsiderou seus poemas como sendo convencionalmente pastoris, criticando o autor por andar ao largo do choque sectário que banhava seu país de sangue. Um deles alfinetou: "Calcem as botas, aí vem Heaney".

Ao ensinar no Berkeley College, na Califórnia, em 1970, Heaney observou o modo como os estudantes negros comprometiam sua independência ao mergulhar no movimento pelos direitos civis. Decidiu que as pressões para que se tornasse um arauto político na Irlanda não fariam o mesmo com ele. No *Flight Path*, um militante do IRA interpela Heaney: "Quando, afinal de contas, você vai escrever /Algo por nós?"* Ele responde: "Se eu escrever alguma coisa... estarei escrevendo por mim mesmo".

Contudo, com a publicação de *Norte* (*North*), em 1975, o conflito começou a vazar em seus poemas. "Eu precisava fazer isto para respirar mais facilmente", ele disse. Alguns, que anteriormente sentiam que ele fugia às suas obrigações como poeta católico de Ulster, ficaram satisfeitos com a guinada política. Mas Heaney também irritou os militantes, que se sentiram abandonados pela ambiguidade de sua postura política. Porque os poemas de *Norte* falam menos do conflito do Norte do que dos dilemas artísticos que ele apresenta. A tensão entre o efeito embelezador da poesia e a crueldade da violência política transparece em poemas como "Station Island", em que Heaney é acusado pelo fantasma de um primo falecido de maquiar a sua morte: "Você confundiu evasão com tato artístico/ Os protestantes que me balearam a cabeça/ acuso diretamente, mas indiretamente acuso você".

Em 1972, quando Heaney mudou sua família para um chalé rural na República da Irlanda, alguns tiveram a sensação de que ele estava traindo sua tribo. Se sua mudança para o Sul teve motivações políticas, isso depende do jornalista com quem ele conversa. Agora ele enfatiza que a mudança não foi política: "Recebi uma carta de uma mulher oferecendo-me o uso de um pavilhão na entrada de uma antiga fazenda em County Wicklow. Passei duas semanas por lá, com minha família, adorei o lugar – sua estrutura de pedra e ardósia, seu isolamento, sua perfeição como retiro – e voltei para casa disposto a partir e me reacomodar".

O livro de Heaney de 1991, *Seeing Things*, marcou sua maior mudança de posição desde *Norte*. Heaney sentiu que o sectarismo se esvaziara como

---

* No original: *"When, for fuck's sake, are you going to write/ Something for us?"* Não temos um equivalente para *for fuck's sake*. Talvez a tradução mais próxima fosse: "Quando, pelo amor do seu caralho, você vai escrever/ Algo por nós?" (N. T.)

tema. Além disso, queria mostrar que a riqueza de experiência não podia ser destruída pelo derramamento de sangue. Assim sendo, retomou o tom mais subjetivo do início de seu trabalho.

No entanto, ao passo que anteriormente ele rejeitava os tons visionários – palavras como "espírito" e "alma", que seus primeiros mentores lhe recomendaram que evitasse –, aqui Heaney "exalta [exaltou] milagres cotidianos" (segundo a Academia Sueca). O imaginário terreno de seus pantanosos poemas do início deu lugar a descrições transcendentes de água e ar. Como Heaney escreve em "Fosterling": "Espero [Esperei] até estar próximo aos cinquenta/ Para louvar maravilhas". A morte recente de seus pais o liberou para que desenvolvesse esse viés enlevado. "Chame-o de voo da alma ou do espírito", ele sugere. "Isso me ajudou a me libertar da vergonha que eu tinha do vocabulário da eternidade."

Heaney retomou um agourento enredo político em *District and Circle*, seu livro mais recente, que ganhou o Prêmio T. S. Eliot, e analisa "o mundo de violenta polarização, sanções severas e retaliações posterior ao 11 de setembro e à invasão do Iraque". A memória permanece o trampolim para seus poemas, mas vem imbuída de um lancinante senso de ameaça.

"A viagem de metrô, que é a razão da sequência do título, tem realmente início", ele explica, "em 1962, quando trabalhei em Londres, nas férias, e andei nas linhas District ou Circle todos os dias. O que difere é o nível de alerta. Atualmente, uma viagem pelo subsolo é revestida de certa ameaça. Não apenas se tem o arquétipo da viagem ao mundo dos mortos, mas se tem a realidade dos ataques no metrô de Londres em julho de 2005."

Em "Polish Sleepers", as descrições táteis de Heaney estão encobertas pela sombra dos campos de morte nazistas: "A realidade física dos trens noturnos é uma coisa sobre a qual sempre gostei de escrever – suas texturas, seu volume, a confiança que eles inspiram. Mas quando os dormentes de antigas ferrovias da Polônia foram utilizados por um paisagista como limitadores para um novo gramado, não pude deixar de pensar nos trens que devem ter corrido sobre eles na década de 1940".

O título *District and Circle* evoca a permanente preocupação de Heaney com a tensão entre as facetas inglesa e irlandesa de sua identidade. Ele expôs seus sentimentos antiassimilacionistas no início da década de 1980, ao se recusar a fazer parte da antologia *The Penguin Anthology of British Verse*. No entanto, ao mesmo tempo que se declara irlandês, há muito que resiste a ser cooptado para a causa nacionalista. Ele nunca se esquece de que está trabalhando dentro de uma tradição literária inglesa, nem que sua vocação foi estimulada por editores de Londres.

"Suas associações são principalmente com Londres, mais do que com a Irlanda ou com o campo", diz ele a respeito de *District and Circle*. "Gosto disso por ser, de certo modo, inesperado. Mas, reavaliando, um leitor poderia perceber: 'Ah, sim, apesar do poema sobre Londres, na maior parte dos outros ele circula por seu próprio distrito'."

Em 1991, Bill Clinton viajou pelo Ulster e citou a poesia de Heaney em quase todos os seus discursos, usando seus versos como uma proposta de coabitação pacífica: "A história diz: não espere / Deste lado da cova. / Mas então, uma vez na vida / O almejado movimento da maré / Da justiça pode subir, / Fazendo com que esperança e história rimem".

Considerando sua reticência em relação a assuntos públicos, é possível imaginar o desconforto de Heaney ao ser tratado como um símbolo vivo da paz. Mas seu discurso é mais sutil: "A paz não é o oposto da guerra, e sim a civilização, assim eu gostaria de ser considerado um representante da esperança de Yeats: 'Que a civilização não sucumba, / Estando perdida sua grande batalha'".

Na visão de Heaney, qual é o poder da poesia? "Proporcionar prazer. Levar a mente, como diz Eliot, 'à reflexão e à ponderação'. Produzir uma cultura compartilhada de intimidade e ternura, consciência e ceticismo. Ajudar-nos a reconhecer a nós mesmos e ao modo como nos apresentamos no mundo."

— Fevereiro de 2006

Peter Høeg

Quando *Senhorita Smilla e o sentido da neve*, de Peter Høeg, foi publicado em tradução inglesa em 1993, os críticos aclamaram sua assombrosa mistura de conspiração ártica e ultraje moral na expropriação colonial pela Dinamarca da população nativa inuíte da Groenlândia. Era improvável que o livro vendesse 2 milhões de cópias. Um suspense melancólico, com provocativas pontas soltas, *Senhorita Smilla* tinha mais a ver com um romance de ideias europeu do que com um típico *thriller* de sucesso.

Narrado pela gelada glaciologista semi-inuíte Smilla Jasperson, estava repleto de densas especulações metafísicas e relatos detalhados de formações e numerologia glaciais. Como o próprio Høeg reconhece, a versão cinematográfica de Bille August, de 1997, fracassou por ter se atido muito intimamente ao livro. O autor prevenira o cineasta de que as ambiguidades do romance não alcançariam um bom resultado ao ser transferidas para a película.

Em seu romance mais recente, *The Quiet Girl* (2006), Høeg retoma o gênero *thriller* ao discorrer sobre Kaspar Krone, um palhaço de circo mundialmente famoso, com paixões por Bach e pôquer, que foge das autoridades depois de acumular dívidas exorbitantes. O ouvido privilegiado de Kaspar lhe dá acesso ao cerne acústico das pessoas – a nota musical na qual "a Todo-Poderosa" afina todas. Quando uma estudante de 10 anos de idade que compartilha seu dom místico é sequestrada, Kaspar é tentado por uma oferta de isenção de suas contas atrasadas a ir em seu encalço.

The Quiet Girl provocou comparações com os escritores pós-modernos John e Thomas Pynchon, por lançar mão de uma narrativa trivial e desarticulada.

PETER HØEG 49

Suas páginas estão repletas de exposições sobre teologia, música, filosofia, cultura *pop* e ciência. No entanto, apesar da turbulência do romance, *The Quiet Girl* não chega a ser um título inadequado, considerando-se o silêncio de Høeg sobre os dez anos que passou a escrevê-lo. O autor, deliberadamente recluso, concordou apenas com esta entrevista para a publicação do livro em língua inglesa.

Høeg, 52 anos, só comprou um telefone e uma televisão quando suas três filhas – de seu antigo relacionamento com uma dançarina queniana – alcançaram idade suficiente para fazer exigências. "Prefiro a vida sossegada", diz ele no escritório de seu editor de Copenhague.

Elegante e jovial, Høeg se movimenta com o equilíbrio de um dançarino (sua antiga profissão), e seus braços vibram de tensão conforme fala: "Penso que o nível de estresse e de informação geralmente é mais alto do que saudável". O ritmo de alta-tensão e a sobrecarga de informações de *The Quiet Girl* se contrapõem à busca por uma maior consciência em seu núcleo.

Ao ser publicado na Dinamarca no ano passado, muitos críticos ficaram desapontados com o fato de que o subtom vagamente espiritual de *Senhorita Smilla* tivesse evoluído para um misticismo cru, esotérico. O jornal *Dagbladet Information* argumentou que o romance "não procura a autenticidade da arte, mas a da fé".

Os críticos também reclamaram que não conseguiam acompanhar a trama. "Se você não compreende alguma coisa, a reação psicológica natural é a de sentir que deve haver algo errado com aquilo que está lendo", diz Høeg. "É muito mais difícil considerar: 'Será que eu deveria ler o livro mais vezes?'."

Ele atribui o enredo labiríntico do romance a seus dez anos de criação: "Tive muito tempo para transformá-lo em algo muito condensado. Senti que estava conduzindo o leitor ao limite; devo ter ido mais longe do que pude perceber".

Antecipando-se aos analistas que criticaram as contínuas referências culturais, um personagem ataca Kaspar por ostentar um conhecimento que é "emprestado. Roubado. Colcha de retalhos! Seus sentimentos não têm profundidade. Você vive e fala o tempo todo como se estivesse representando na arena".

O romancista norueguês Jan Kjaerstad saltou em defesa de Høeg perguntando: "Como é possível que um livro tão animado, generoso, aberto seja recebido com tanta gravidade e severidade, por mentes tão fechadas, na velha e tolerante Dinamarca?"

Høeg esperava alguma resistência dos dinamarqueses protestantes, mas ficou surpreso com o grau de hostilidade: "A ideia de treinar a mente e o coração – a possibilidade de experimentar o mundo de uma maneira diferente – parece estranha ao povo dinamarquês. Desde a Reforma, há várias centenas de anos, todo aprendizado místico foi banido".

Todos os dias antes de trabalhar Høeg medita durante uma hora, "para ser mais compassivo e menos dispersivo". Produz a maior parte de sua obra vivendo longe da família, em um retiro rural – ele se recusa a dizer onde –, por períodos que variam de uma semana a três meses. "O importante é fechar o compartimento e não receber muita informação de fora."

Após completar um livro, descansa por um ano, enquanto acompanha sua recepção: "Fico comovido, tanto se for positiva quanto se for negativa, como o movimento da relva quando o vento sopra; ela se move para lá, para cá, mas permanece firme".

Ele identifica a questão central de *The Quiet Girl* como "a possibilidade de estar mais alerta do que normalmente estamos – de sentir o mundo mais intensa e completamente do que o fazemos agora". Høeg tentou tornar acessível sua exploração do despertar espiritual, focando-o no poder da música. "Precisava de algo que transmitisse a mensagem de forma plausível, e todo mundo se relaciona com a música."

Como seu protagonista, Høeg venera a obra de Bach, ouvindo-a diariamente. "Quando a mente se torna muito quieta, Bach é a única música que gosto de ouvir repetidamente, por não ser emocional. Não que não tenha coração, mas não tem emoções grosseiras." Høeg poderia estar descrevendo sua própria prosa não sentimental e austera, mas também profundamente sincera, que fez com que *Senhorita Smilla* fosse tanto um estudo elegíaco da solidão quanto um livro instigante.

Esse romance evocou as memórias da infância de Høeg em um subúrbio desprivilegiado de Copenhague, densamente povoado por inuítes pobres. Embora seu pai fosse advogado e sua família estivesse bem estabelecida, o bairro onde ele vivia significava que ele não poderia confiar cegamente em sua afluência. "Vi a última pobreza da Dinamarca", diz ele.

A penúria desapareceu da Dinamarca com o surgimento da previdência estatal, mas em seu lugar surgiram novos problemas associados com a eliminação do individualismo através da engenharia social. Høeg explorou a assustadora face oculta da inclusão dinamarquesa em *Borderliners*, de 1993, um romance polêmico contra o sistema educacional, baseado no experimento controverso de assimilar crianças instáveis, colocando-as em contato com estudantes capacitados, posto em prática por 54 escolas na década de 1960.

Escrever sobre crianças lhe dá um rápido acesso à natureza humana, ele diz, porque elas expressam o inconsciente dos adultos: "Os adultos sempre têm uma criança dentro de si".

O tema do abuso de crianças permanece em *The Quiet Girl*, mas a raiva de *Borderliners* se foi, ele diz. "Confúcio disse: 'É melhor até mesmo o menor feixe de luz do que desperdiçar a vida insultando a escuridão'. Perdi algum tempo em *Borderliners* atacando a escuridão em vez de fazer brilhar a luz. Frequentei uma escola particular muito rígida, e estava cheio de raiva desde a infância. O desenvolvimento humano tem muito a ver com o perdão."

Em 2007, Høeg se reuniu a um grupo de doze pessoas de diversas profissões comprometido com a missão de planejar novos modelos de aprendizagem, procurando preencher o que ele vê como um vazio criado pelo colapso da tradicional relação autoritária entre professor e estudante.

No final de *Borderliners*, o narrador, Peter, casualmente revela que, depois de ter escapado de sua sinistra escola experimental, fora adotado por um casal chamado Eric e Karen Høeg (os pais do autor). Høeg diz que dar seu nome ao narrador do romance não implicava que o livro fosse autobiográfico, mas era meramente uma brincadeira com o seu então reduzido número de leitores. *Borderliners* foi publicado um ano depois de *Senhorita Smilla*, mas foi terminado um pouco antes de ele se tornar uma celebridade internacional. "Eu tinha 5 mil leitores dinamarqueses. Era como se eu conhecesse todos, porque os encontrava quando viajava pela Dinamarca e me apresentava. Um dia, simplesmente deixei o 'Eu' que estava falando assumir o meu nome, porque senti que estava apenas provocando 5 mil pessoas. Elas poderiam ficar chocadas, mas elas me conhecem. Quando aquele livro surgiu, porém, tratava-se de milhões de leitores."

Antes de ficar famoso com *Senhorita Smilla*, Høeg viajava pela Dinamarca uma vez por ano apresentando um espetáculo solo de comédia, inspirado na tradição da *commedia dell'arte* – "uma forma de atuação de *clown* medieval" – popularizada pelo Prêmio Nobel italiano Dario Fò. Høeg escreveu sobre artistas de circo em sua coleção de contos *Tales of the Night* (1990) e em *The History of Danish Dreams* (1998) – uma saga mágico-realista livre que percorre 450 anos da história dinamarquesa. Figuras marginais são recorrentes na ficção de Høeg – ciganos, artistas, deficientes, crianças, inuítes –, mas os palhaços de circo lhe interessam particularmente, porque ele os vê como pessoas que incorporam a essência da arte. "Até mesmo os escritores podem viver às custas do governo dinamarquês, mas não os artistas de circo. Eles estão além do requinte e das tendências. As pessoas se sentam em um teatro porque é elegante e de alto nível. Nas ruas as coisas não acontecem assim. Ou você ganha a atenção do público ou não. O sustento deles depende disso. Admiro imensamente esse tipo de objetividade e de honestidade. Eu mesmo nunca tive coragem de apresentar nada nas ruas."

Como um palhaço de circo, Høeg é imensamente concentrado – fixando seu interlocutor com um olhar autoritário –, mas também camuflado e vago, sorrindo timidamente sempre que pressionado a revelar detalhes pessoais.

Ele se tornou um *performer* depois de se sentir desanimado com seus estudos universitários de literatura comparada. "Não se desenvolveu uma ciência estável de textos e significado. Uma tendência se sucede a outra. Isso para mim era tedioso." Praticante de esgrima, optou pela dança na época em que o frenesi dançante do final da década de 1970 alcançou a Europa. "Eles aceitavam qualquer um, principalmente garotos que conseguiam se mexer. Nunca fui um bom dançarino. Eu tinha uma certeza interior de que a longo prazo aquela não seria minha opção de vida."

Entre os 20 e os 30 anos, escreveu contos, antes de finalmente desistir de lecionar em uma escola de arte dramática e musical para escrever em tempo integral.

Começou escrevendo seu primeiro romance, *The History of Danish Dreams*, com forte influência de seus ídolos literários – Gabriel García Márquez, Jorge Luis Borges, Karen Blixen e Per Olov Enquist. Essas estrelas-guias literárias continuaram a influir no trabalho de Høeg até sua ecofábula de 1996,

A mulher e o macaco (*The Woman and the Ape*), sobre o amor entre uma aristocrática inglesa alcoólatra e um chimpanzé. "Quando eu estava próximo dos 40, os modelos se esvaíram e me conscientizei de estar escrevendo em um nível mais profundo – o amontoado coletivo de linguagem e ideias." Ele parou de ler ficção mais ou menos na mesma época. "Você entra em contato com um nível mais profundo de si mesmo, onde está menos dependente de estímulos exteriores. Com *The Quiet Girl*, tive a clara sensação de percorrer uma trilha onde ninguém jamais pisara, com o sentimento de perigo e liberdade que existe quando se segue tal caminho."

Na universidade, Høeg teve aulas com o linguista pioneiro do estruturalismo Peter Brask, que o apresentou ao potencial humano pelo esforço intelectual de risco. "Pela primeira vez, vi como é possível ir além de onde está todo o conhecimento conquistado até agora e dar um grande passo em direção ao espaço vazio. Você lentamente reúne a coragem de dar esses grandes passos em sua vida, seu casamento ou seu trabalho, ao ver alguém que tem esse tipo de ousadia. Não existem muitas pessoas livres. A maioria de nós está, de alguma forma, enjaulada ou paralisada."

Ele cita o Dalai Lama, Desmond Tutu e Nelson Mandela como manifestações vivas da liberdade – "pessoas que não têm medo, que dizem o que sentem e o que pensam, que não estão presas a convenções mas impulsionadas por uma grandeza de alma e pela clareza da mente". No entanto, apesar de Høeg obviamente considerar *The Quiet Girl* como seu trabalho mais revolucionário, ele reage à sugestão de que tenha alcançado a liberdade de seus ídolos: "Quando escrevo, de alguma maneira fico preocupado de não conseguir chegar até o leitor, de que eles não gostem totalmente daquilo. Preocupo-me com meu *status*, com minha posição. Talvez antes de morrer eu tenha obtido algum grau de liberdade, mas não estou livre das reações do mundo externo".

— *Outubro de 2007*

Michel Houellebecq

Desde que Michel Houellebecq publicou *Partículas elementares* (*Les particules élémentaires*, 1998) e se tornou o romancista francês mais comentado desde Albert Camus, a opinião sobre ele se divide. Para seus admiradores, o ataque de Houellebecq às ortodoxias de esquerda por si só rejuvenesceu a literatura francesa, tornando-o a voz preeminente do tédio contemporâneo. Para seus detratores, ele é um misantropo racista que distribui provocações mal-humoradas à mídia para cinicamente atrair publicidade.

Partículas elementares foi uma investida vingativa contra a geração de 1968, que enterrou a religião e livrou a sociedade de seus fundamentos morais. Para Houellebecq – que foi abandonado por seus pais *hippies* aos 6 anos e a partir de então foi criado pelos avós –, a geração de seus pais reduziu o sexo a uma mercadoria, marginalizando os idosos e os fisicamente indesejáveis.

Seu romance seguinte, *Plataforma* (*Plateforme*, 2000), provocou revolta por promover o turismo sexual como um antídoto para a crescente miséria do mundo. Ele também confirmou sua reputação de gênio profético, descrevendo um ataque terrorista islâmico em um *resort* tailandês apenas meses antes dos bombardeios de Bali. Agora, Houellebecq lamenta ter usado a Tailândia como um paradigma do turismo sexual. "O turista sexual arquetípico é o ocidental rico, mais velho, que surge para recrutar os serviços sexuais de moças pobres", ele diz por *e-mail*. "A Tailândia é mais complexa. Uma grande parcela da clientela é ela mesma asiática. A Tailândia não é de fato um país pobre."

Antecipando seu último romance, *A possibilidade de uma ilha* (*La possibilité d'une île*, 2005), foram publicados cinco estudos sobre Houellebecq na

França, em 2005. Eles variam de um polêmico ensaio literário, *Au secours, Houellebecq revient!*, a uma biografia não autorizada, que argumenta que o autor fantasia os fatos de sua vida com a mesma liberdade com que brinca com as devoções da esquerda liberal. Seu biógrafo, Denis Demonpion, revelou que ele nasceu em 1956 – não em 1958, como Houellebecq afirma. Demonpion descobriu também que, ao contrário do que Houellebecq contou à imprensa, sua mãe não está morta, nem é uma renascida muçulmana. "A maneira como eu fiz essa declaração deixava claro que a conversão de minha mãe não era para ser levada a sério", diz Houellebecq. "Era apenas uma excentricidade – uma atitude."

Em *A possibilidade de uma ilha*, assim como em seus romances anteriores, a identidade do protagonista se dissolve na do autor. O narrador, Daniel, é um comediante *stand up*, deprimido, adorado e detestado por shows como "Nós Preferimos as Putas Devassas Palestinas" e "Mastigue Minha Faixa de Gaza". Como acontece com seu autor, o humor de Daniel é imperdoavelmente racista e sexista (pense: "Como é que você chama a massa de gordura em torno da vagina?" "Mulher."). E como Houellebecq, Daniel tem um filho que ele não vê e com o qual não se preocupa, e ama seu cão corgi com uma devoção que nunca sentiu em relação às pessoas.

Daniel descreve seu estilo como "islamófobo burlesco leve". Houellebecq poderia ter usado os mesmos termos para explicar a observação que fez em uma entrevista de 2002, tipicamente regada a álcool, de que o Islã é "a mais estúpida das religiões". Em seguida ele foi chamado ao tribunal por incitar o ódio racial, mas foi absolvido.

Daniel teria feito você acreditar que o amor sexual é a única alegria genuína de que a humanidade pode dispor: "Era, na verdade, o único prazer, o único objetivo da existência humana, e todos os outros prazeres – associados a comidas requintadas, tabaco, álcool ou drogas – eram apenas compensações irrisórias e desesperadas, minissuicídios que não tiveram a coragem de se proclamar como tal".

Mas será que as visões dos narradores de Houellebecq podem necessariamente ser atribuídas a seu autor? "Quando meus personagens expressam seus gostos artísticos – em literatura e, ocasionalmente, em música e cinema –, esses gostos são meus", diz ele. "Fora isso, sinto-me capaz de colocar praticamente qualquer opinião em um personagem, desde que seja apresentada de maneira convincente."

No entanto, quando pressionado, o autor subestima sua afirmação, em pontos distintos, sobre suas atitudes em relação às mulheres e à clonagem (que previamente ele descrevera como "bem adaptada aos tempos modernos, à nossa civilização baseada no lazer"). Ele responde, displicentemente, que suas opiniões já estão suficientemente claras em seus livros. Além disso, em *A possibilidade de uma ilha*, Houellebecq parece zombar daqueles que resistem a identificá-lo com o ataque aos direitos humanos que percorre sua obra. Daniel caçoa dos críticos que leem sua sátira como obra de um humanista liberal: "Descobri-me escalado para o papel de um herói livre-pensador. Embora, pessoalmente, no que diz respeito à liberdade, eu fosse preferivelmente contra".

O jornal britânico *The Observer* referiu-se à obra de Houellebecq como "Le Penism* literário", em sua nostalgia pelas certezas anteriores a 1968. No entanto, o autor nega ser reacionário: "Um reacionário é alguém que quer voltar a um estado anterior da sociedade. Meus livros estão embebidos da ideia de que toda evolução é irreversível. Seria mais certo me descrever como conservador, sendo alguém que prefere manter um sistema que funciona a embarcar em transformações arriscadas".

A possibilidade de uma ilha oscila entre o presente e um futuro distópico, em que os descendentes clonados do narrador, Daniel 24 e Daniel 25, observam o passado humano a partir de um mundo esvaziado de emoção ou luxúria, livre da sexualidade. O interesse de Houellebecq pela clonagem cresceu ao observar o fracasso da religião na Irlanda, onde mora desde 1999. Ele começou a pensar se um novo sistema de fé ocuparia o seu lugar. "A Irlanda, que era o país mais católico da Europa, deixou de sê-lo no espaço de poucos anos, assim que a prosperidade chegou", ele comenta. "Achei impressionante que uma religião pudesse desmoronar tão rapidamente."

---

* Le Penism: Referência ao político francês Jean-Marie Le Pen, defensor do movimento nacionalista de extrema direita. (N. T.)

Embora algumas vezes aclamado como um herdeiro do niilista francês Louis-Ferdinand Céline, Houellebecq insiste que é um escritor moral. Sugere que em seus romances "o bem e o mal estão sempre nitidamente delineados. Não existe ambiguidade". Que ele seja olhado como um pessimista é indicativo de nossa época, diz ele. "Não me vejo como pessimista ou otimista. Considero-me um realista, assim como se considerava a maioria dos romancistas dos séculos passados. Atualmente as pessoas estão em busca de mais segurança porque o mundo está mais perturbador e instável; sendo assim, elas exigem um elevado grau de otimismo."

O agressivo hábito de fumar de Houellebecq e seu alcoolismo sugerem que sua visão comprometida possa ter menos a ver com a época do que com as lentes depressivas pelas quais ele a enxerga. Nas décadas de 1970 e 1980, ele foi regularmente hospitalizado por depressão. "No início eu me sentia como se fosse impossível viver naqueles lugares. Depois, insidiosamente – e foi isso que me apavorou –, comecei a me sentir bem, como se aqueles hospitais tivessem sido feitos para mim, como se fossem realmente a minha casa, e provavelmente o meu destino final", diz ele.

Até mesmo a fama é uma fonte de ansiedade para Houellebecq. "O excesso de entrevistas gradualmente leva as pessoas a me considerarem uma espécie de criatura virtual de espírito puro." E acrescenta: "Recentemente comecei a sentir angústia com a ideia de que eu iria gradualmente ser privado de todo contato humano, porque todos ficariam com medo de me incomodar. E também teriam medo de se sentir inferiores".

— *Novembro de 2005*

Elfriede Jelinek

Quando a escritora austríaca Elfriede Jelinek soube que fora escolhida para o Prêmio Nobel de literatura em 2004, reagiu – fiel a sua sombria visão da humanidade – com desânimo. Ela disse ao *Berliner Zeitung* que desejava desesperadamente que a Academia Sueca preferisse seu conterrâneo, o romancista austríaco Peter Handke. "Rezei para que ele não morresse ou ficasse doente", ela disse. Isso não aconteceu, mas mesmo assim ela ganhou. Na cabeça de Jelinek, não havia possibilidade de ela ser escolhida, em vez de Handke, por ser mulher.

Hoje, Jelinek rechaça essas observações. Em uma rara entrevista por *e-mail*, às vésperas da publicação em inglês de *Greed* (Ganância), a romancista agorafóbica explica que simplesmente temia a exposição de uma vida de laureada. "Claro que estou muito feliz e orgulhosa por tê-lo recebido", diz ela. "Meu problema é que, por causa de meu distúrbio de ansiedade, a publicidade é quase uma tortura." Sua fobia impediu-a de comparecer à cerimônia. Jelinek fez seu discurso de recebimento através das câmeras.

Uma antipatriota renegada em sua terra, Jelinek chamou a atenção internacional em 2001, com *A professora de piano*, a versão para cinema, feita por Michael Haneke, de seu romance de 1983 *A pianista*. Seus romances e suas peças atacam o que ela vê como o fascismo latente nas orgulhosas celebrações austríacas da cultura elitista, da beleza natural e das tradições folclóricas. "Crueldade, a falta de consideração do forte pelo fraco e a relação senhor–servo, no sentido hegeliano: esses são os meus temas", diz ela.

Insultada pela direita, Jelinek polariza a esquerda. Embora especialista em críticas satíricas ao patriarcalismo, suas heroínas masoquistas são o oposto dos modelos feministas. De 1974 a 1991, foi membro do Partido Comunista Austríaco, mas suas sarcásticas representações da classe trabalhadora estão longe de provocar empatia. Apesar de sua crítica cortante à objetificação da mulher, ela é uma lendária rainha da moda, que adora Yves Saint-Laurent.

O feminismo e o anticapitalismo ferrenhos de Jelinek fazem com que seus romances sejam constantemente menosprezados como sermões. O *New Criterion* considerou o comitê do Nobel um "alvo de risadas" por desperdiçar prestígio no "desavergonhado espojar de Jelinek em clichês". A declaração do Nobel considerou-a de outra maneira, aplaudindo-a por seu "fluxo musical de vozes e contravozes em romances e peças que, com extraordinário zelo linguístico, revelam o absurdo dos clichês da sociedade e seu poder subjugador".

A prosa experimental de Jelinek joga com cenas cotidianas da cultura popular, satirizando a mídia eletrônica, as revistas de moda, a *pulp ficcion*, a pornografia, os slogans políticos, os *press releases* e as brochuras sobre turismo. "Para mim, a realidade aparece de forma mais clara em clichês do que na descrição psicológica mais sutil", afirma ela. "O equilíbrio do poder na sociedade vem embalado neles."

Gier (Ganância) discorre sobre um sádico policial do interior, Kurt Janisch, que trata o sexo como um instrumento para acumular propriedades. Janisch embarca em uma relação extraconjugal com a narradora de meia-idade Gerti, forçando-a a entregar sua casa de campo como uma compensação por seu afeto. O compromisso de Gerti parodia a visão popular de romance. Como Jelinek escreve no livro: "O amor não derruba barreiras, como normalmente se acredita, ele as constrói, de forma que por trás delas as pessoas aprendam a esperar e nem sempre fiquem chutando sem sentido as balaustradas de ferro".

Os personagens de Jelinek são agentes da ideologia, mais próximos de caricaturas do que de personalidades. Assim, Gabi, a atrevida de 16 anos que fatalmente é seduzida pelo charme de Janisch, é descrita como: "Cabelo dourado. Boa como o ouro para ser usada para o inevitável, ou seja: o ouro é que move o mundo". Como explica Jelinek: "Os personagens são marionetes de suas condições sociais... Para mim, a psicologia de um personagem é deduzida retrospectivamente – ou seja, por meio de seu envolvimento na trama, e não ao contrário".

Seus romances evocam a hiper-realidade, em que a experiência autêntica é eclipsada pelas imagens recicladas da mídia de massa. Como Jelinek observa em *Gier*: "A natureza não existe mais; então, por que ela deveria voltar de repente?" Ela imita e menospreza os lugares-comuns da indústria do turismo: "Vamos lá, sua comparação engraçadinha do lago das montanhas com um diamante incrustado entre as montanhas, como eu conheço bem você, deite-se ali! Não, mas não em cima dos meus pés!" Jelinek comenta: "Não consigo ver a natureza sob uma perspectiva ingênua, como se ninguém nunca a tivesse visto antes como eu a vejo". *Gier* inverte o retrato dos livros infantis de um paraíso alpino. "A beleza da Áustria – sob a qual os corpos do período nazista estão enterrados – encobriu muito de sua história", diz Jelinek.

Seu romance de 1980, *Die Ausgesperrten* (Tempos incrivelmente maravilhosos), acompanha a transmissão do nazismo aos filhos dos criminosos, conforme quatro adolescentes revoltados cometem atos aleatórios de violência no final da década de 1950. "Na Alemanha do pós-guerra, os crimes eram estudados exaustivamente", diz Jelinek, "mas na Áustria, como queríamos ser bem vistos pelos Aliados, precisávamos negar nossa cumplicidade com os nazistas e nos apresentarmos como 'pobres inocentes'. Não se pode esquecer que Hitler aprendeu seu antissemitismo com as revistas vagabundas da Áustria e foi exportado para a Alemanha como uma mente totalmente política. O antissemitismo já foi, por assim dizer, nosso grande produto de exportação."

A crítica de Jelinek à cegueira histórica da Áustria faz dela a *bête noire* dos analistas conservadores. Quando *A pianista* foi publicado pela primeira vez, o *Die Welt* comparou seu texto a uma cusparada: "Ela detesta música, detesta Viena, detesta as pessoas. E, acima de tudo, ela detesta a si mesma". *A pianista* continua sendo sua obra mais vigorosa, porque Jelinek controla seus excessos *avant-garde* e concede a seus personagens uma dimensão de realismo psicológico. Autobiograficamente, a novela explora a sexualidade problemática de Erika, uma pianista de 36 anos que mora sozinha com a mãe cruelmente autoritária, desde que seu pai foi internado em um manicômio quando ela era criança.

Também filha única, Jelinek nasceu em 1946, quando sua mãe tinha 43 anos. Seu pai era um judeu que se salvou trabalhando como químico para os nazistas. Ficou louco enquanto a filha ainda estava na escola, morrendo em um asilo em 1969. "Com certeza ele não foi feito para ser pai de criança pequena", afirma Jelinek. Sua mãe era uma psicótica paranoica, que proibia a filha de sair de casa para brincar ou de ter amigos. Ela impôs uma agenda diária extenuante de estudo de piano, composição e aulas de balé, convencida de que a filha era um gênio. Qualquer forma de prazer era proibida. "Minha mãe não era apenas neurótica, ela era extremamente neurótica – uma terrorista da normalidade", diz Jelinek. "Tive a estranha sina de ter um pai e uma mãe loucos, mas, vendo como o mundo todo é louco, talvez isso seja normal! As pessoas são, sem exceção, neuróticas. Não consigo me relacionar com as pessoas, então eu as evito. Com certeza, isso é produto de minha infância extremamente infeliz."

Jelinek começou a escrever aos 18 anos, depois de ter sofrido um esgotamento mental que interrompeu seus estudos universitários de história da arte e teatro. Depois de um ano recuperando-se em casa, diplomou-se como organista no Conservatório de Viena e juntou-se ao Vienna Group, um grupo de poetas surrealistas. "Nessa época eu perseguia essas técnicas no campo do realismo e tentava combiná-las", ela conta. "Trabalho com fonética – com os sons da linguagem. Eu não teria seguido esse método sem minha formação musical. A desvantagem disso é que se torna difícil traduzir meu trabalho."

Aos 28 anos, ela se casou com o compositor cinematográfico Gottfried Hüngsberg, colaborador do diretor alemão Rainer Werner Fassbinder. Jelinek e seu marido mantiveram um casamento de longa distância: ela o visitava em Munique, enquanto continuava a viver com sua mãe, em Viena, a maior parte do tempo. Esse arranjo permaneceu até a morte de sua mãe, em 2000, aos 96 anos. Atualmente, Jelinek divide seu tempo entre as duas cidades. "Minha mãe era completamente louca, embora não tenha ficado senil – foi muito inteligente até o final", ela diz. "Claro que eu tinha que ficar. Eu não podia deixá-la naquele estado. Era terrível. Ainda hoje, infelizmente, me sinto culpada. Fico feliz todos os dias por ela finalmente estar morta; caso contrário, com certeza eu estaria."

O tratamento que Jelinek dá a seus personagens é tão impiedoso que poderia parecer estar imitando a tirania de sua mãe. No entanto, ela insiste que não está parodiando o sofrimento de seus personagens, mas antes as ideologias que os reduzem a joguetes: "Eu me vejo como uma espécie de cientista que olha para um prato Petri[*] da sociedade, sem entusiasmo e sem raiva. Sempre se pode

---

[*] Prato Petri: prato raso de vidro ou de plástico, com bordas baixas, usado para o estudo de culturas em laboratório. (N. T.)

ver mais ao olhar para a figura como um todo, apesar de uma aparente falta de simpatia, do que ao examinar as coisas apenas em detalhe. Mas se você ler nas entrelinhas, poderá perceber muito entusiasmo, raiva e confusão".

Jelinek foi atraída a escrever sobre assassinato porque, através da morte violenta, "a brutalidade da sociedade sibila de maneira crescente, como se fosse o escape de uma panela de pressão". Ela atribui a superioridade das escritoras policiais – Dorothy L. Sayers, Ruth Rendell e P. D. James – à sua posição de subordinadas: "O inferiorizado, que na sociedade patriarcal é a mulher, precisa estudar o poder para conseguir superá-lo, como os escravos faziam em Roma. É por isso que as mulheres escrevem romances policiais tão bons; elas conhecem os mecanismos do poder". *Greed* é anunciado como um *thriller*, apesar de sua trama básica e da ausência de tensão. O assassino Janisch lembra o falecido político de extrema direita Jörg Haider – também um apaixonado esportista das montanhas –, que posou de torso nu em fotos publicitárias, numa arrepiante deferência à cultura do corpo ariana. Durante as eleições do Conselho Nacional de 1999, Haider lançou um cartaz de campanha contra os artistas "degenerados", com *outdoors* ostentando a pergunta: "Você quer Jelinek ou você quer Arte?"

De 2000 a 2002, quando o Partido da Liberdade da Áustria era parceiro do governo de coalizão, Jelinek protestou contra a guinada que o país deu para a extrema direita, proibindo a apresentação de suas peças nos teatros do governo. Mas não é óbvio que tal boicote seria bem-vindo pela ala direitista da Áustria? "Com certeza foi uma decisão errada, mas a compreensão *a posteriori* é uma coisa maravilhosa", afirma ela. "Quando ocorreu a atrocidade da formação do governo, tentei desesperadamente fazer alguma coisa. De todos os países, a Áustria foi a primeira a reinstalar um governo de extrema direita após a guerra." Jelinek apoiara o Partido Comunista como um contrapeso ao consenso da ala direitista: "Nos países genuinamente socialistas, eu certamente teria sido um membro da oposição. Infelizmente, nunca acreditei realmente no poder da classe trabalhadora de fazer a história".

Ela se sentiu ferida pela maneira como os austríacos receberam *Gier*. "Simplesmente não entendo o motivo de tanta raiva contra mim", diz ela. "Não me refiro a críticas negativas, que logicamente são aceitáveis, mas a textos de desprezo e cheios de ódio, que me destruíram pessoalmente."

O fato de ter ganhado o Prêmio Nobel pode não tê-la deixado menos vulnerável, mas ela está certa de que ele depreciou seu *status* sexual. "Um homem pode incrementar seu valor erótico por meio do sucesso, não importa que tenha 30 ou 80 anos", ela comenta. "Uma mulher fica eroticamente desvalorizada com suas realizações, porque se torna intimidante. Ela sempre estará acorrentada a seu ser biológico."

— *Setembro de 2006*

Ismail Kadaré

Em 2005, os juízes do inédito Man Booker International Prize fizeram uma lista dos dezoito luminares finalistas, incluindo Gabriel García Márquez, Philip Roth, Günter Grass, Milan Kundera e Kenzaburo Oe. Quando o prêmio de 60 mil libras pelo conjunto da obra de um autor foi para o escritor albanês Ismail Kadaré, a escolha pareceu excêntrica. Ele já tinha sido indicado uma vez para o Prêmio Nobel, mas, até que ganhasse o Booker, o escritor *émigré* era pouco lido fora de seu país e da França, sua terra de adoção.

Depois de ganhar o Booker, tem havido uma demonstração de interesse por Kadaré e seus mais de trinta livros. *O sucessor* já fora traduzido para o inglês, e foi publicado depois de o prêmio ter sido anunciado. A partir de então, o professor de Princeton David Bellos traduziu vários outros para o inglês, incluindo, mais recentemente, *Os tambores da chuva* (*The Siege*). Ambientado no início do século XV, o livro conta a tentativa, por parte do exército otomano, de capturar a fortaleza albanesa. Escrito em 1969, foi traduzido para o francês em 1972 e amplamente aplaudido.

Apesar de o mundo anglófono só agora estar se dando conta da força da ficção de Kadaré, há muito que ele vem sendo um porta-voz na nação dos Bálcãs. Kadaré nasceu em 1936 na cidade-fortaleza sulista de Gjirokastër, perto da fronteira com a Grécia. Quando criança, assistiu à chegada e à igualmente abrupta partida das forças de ocupação italianas, gregas e depois alemãs – experiências que se refletem em seu romance autobiográfico *Crônica na pedra* (1971).

Kadaré escreveu sob os quarenta anos do jugo stalinista do ditador Enver Hoxha – que presidiu o mais brutal e isolado regime comunista da Europa até morrer, em 1985. Depois de receber seu primeiro diploma na Universidade de Tirana, Kadaré foi para Moscou estudar no Instituto de Literatura Máximo Górki – uma instituição voltada para a formação de escritores realistas-socialistas que se adequavam ao sistema. "Gostei muito da vida de estudante em Moscou", explica Kadaré em uma entrevista por *e-mail*, "mas, no que dizia respeito ao ensino, eu era totalmente refratário. Os cursos constituíam uma educação negativa – uma das formas mais efetivas de aprendizagem que existem. Sempre que eu ouvia um conselho, dizia para mim mesmo: 'Nunca faça isso!'"

Outros escritores desabrocharam criativamente sob regimes repressivos, mas, de todos os autores albaneses, Kadaré é o único conhecido além das fronteiras de seu país. Para ele, as próprias restrições de viver e escrever sob um regime repressor estimularam seu espírito criativo. Sua ficção oferece um panorama valioso da vida sob tirania – suas alegorias históricas mostram tanto os grandes temas quanto os pequenos detalhes que compõem a vida cotidiana em um ambiente restritivo. Mas seus livros vão além de simples afirmações políticas – no que ele tem de melhor, é um grande escritor pelos padrões de qualquer país.

Tão poucos eruditos de língua inglesa falam albanês, que o trabalho de Kadaré é primeiro traduzido para o francês e depois retraduzido para o inglês. "O dialeto deles é estranho", diz um personagem turco em *Os tambores da chuva*. "É como se Alá o tivesse envolvido em um manto de nevoeiro, para tornar impossível separar uma palavra da outra." Seus romances resistem surpreendentemente bem às duplas traduções. Sua prosa límpida perde menos com a tradução do que estilos mais elaborados e poéticos.

Apesar do aprendizado stalinista de sua prosa, Kadaré não estreou no romance com um retrato de camponeses trabalhando alegremente em trigais ensolarados. Em vez disso, em 1963, aos 27 anos, fez algo muito mais arriscado. *O general do exército morto* é uma história sorumbática que acompanha um general italiano em missão à Albânia para repatriar os despojos de seus compatriotas mortos na Segunda Guerra Mundial. O romance levou Kadaré à aclamação na França, quando ali foi publicado em 1970, transformando-se em um filme estrelado por Marcello Mastroianni e Michel Piccoli em 1983.

Isso fez com que Kadaré ganhasse um perfil internacional que lhe serviu como proteção para os piores excessos do regime albanês, e ele continuou, vindo a escrever seus melhores romances, que incluem *A ponte dos três arcos* (1978*), *O palácio dos sonhos* (1981) e *Abril despedaçado* (1978). "Para mim, o reconhecimento internacional foi uma espada de dois gumes", comenta Kadaré. "Fazendo um balanço, acho que é justo dizer que serviu mais para me proteger do que para me colocar em risco, mas também deu margem a suspeitas potencialmente muito perigosas."

Tendo desfrutado da proteção de Hoxha, Kadaré recebeu ameaças após a morte do ditador. Em 1990, ele buscou asilo político na França, e atualmente divide seu tempo entre Paris e a capital albanesa, Tirana. "Em todo o período Hoxha, escapar da Albânia provocava represálias terríveis na sua família", diz ele. "Todos os seus parentes e amigos sofreriam rebaixamento, banimento para o interior, encarceramento ou coisa pior. Fugir, considerando-se que você pudesse fazê-lo com sucesso, não era algo que qualquer ser humano decente pudesse tentar com consciência."

Têm surgido pedidos para que ele siga o exemplo de Václav Havel, o escritor tcheco transformado em político, e concorra à presidência da Albânia. Mas Kadaré retruca: "Sou um perfeccionista por natureza e, quando você entra na política, a primeira coisa que abandona é qualquer pretensão à perfeição. Além disso, a Albânia não é a Tchecoslováquia. A Albânia é um país difícil e os albaneses são pessoas difíceis".

Então, o que está por trás disso – será que Kadaré desconsiderou seus princípios, ou ficou apenas nos limites da aceitabilidade para poder criticar? Embora sua obra divida as opiniões, provavelmente ambas as respostas se aplicam. Outros escritores albaneses foram banidos para campos de trabalhos forçados ou executados por produzir obras que não eram consideradas de acordo com a ética oficial marxista. Mas a carreira de Kadaré floresceu. Um dos poucos albaneses autorizados a viajar para o exterior, ele foi membro do Parlamento de Hoxha e do Sindicato de Escritores, apoiado pelo governo. Assim, quando o Booker foi anunciado em 2005, alguns albaneses criticaram os juízes do prêmio por consagrarem um colaborador.

---

* Todas as datas de publicação se referem à da edição original, e não à publicação no Brasil ou em língua inglesa. (N. T.)

"Nunca afirmei ser um 'dissidente' no sentido próprio do termo", retruca Kadaré. "Opor-se abertamente ao regime de Hoxha, assim como opor-se abertamente a Stálin durante o seu domínio na Rússia, era simplesmente impossível. A dissidência era uma posição que ninguém podia ocupar, ainda que por poucos dias, sem enfrentar o pelotão de fuzilamento. Por outro lado, meus próprios livros constituem uma forma muito evidente de resistência ao regime." Kadaré sobreviveu precisamente porque seu trabalho poderia ensejar uma dupla leitura. Em *O grande inverno* (1973), seu romance sobre a cisão entre a União Soviética e a Albânia, em 1961, Kadaré retrata Hoxha como um dissidente heroico que se recusa a se submeter a Khruchov. Ele admite que escreveu o romance para cair nas boas graças de Hoxha e preservar suas chances de sobrevivência. "Vivi a década de 1960 sob constantes críticas por escrever sobre mitos e lendas, e por ambientar minhas histórias no passado", ele explica. "Finalmente me apresentaram uma espécie de ultimato – a não ser que escrevesse um romance sobre o presente, eu estaria acabado. Teria que desistir de escrever para sempre, ou preparar uma tigela de sopa socialista-realista."

Em *Concerto no fim do inverno*, uma sequência escrita quinze anos depois, Kadaré discorre sobre a dissolução da aliança da Albânia com a China e coloca Hoxha sob uma luz menos lisonjeira. O livro esteve banido da Albânia por cinco anos. "Sinto muito orgulho do fato de meus livros que criticam mais duramente a ditadura – *O palácio dos sonhos* e *Concerto no fim do inverno* – terem sido escritos sob o regime de Hoxha, e não depois do seu colapso. Não fiquei nem um pouco mais corajoso depois da queda."

A Albânia de Hoxha não tinha censura prévia às publicações, o que forçava os escritores e editores a se tornarem seus próprios e severos censores. Em 1975, o regime exilou Kadaré para uma cidade distante por vários meses, impedindo-o de publicar durante três anos. Seu crime fora escrever um poema, "Os paxás vermelhos", que começa por satirizar a paranoia do regime: "À meia-noite o Politburo* se concentra / O que há de novo na fronteira do norte? / O que acontece na fronteira do sul?" Kadaré descreve, então, as autoridades

---

* Politburo: comitê executivo de antigos partidos comunistas. (N. T.)

comunistas profanando as tumbas dos governantes oficiais da Albânia e experimentando suas roupas manchadas de sangue.

Kadaré certamente camuflou suas críticas políticas usando alegoria e cenários históricos – a China de Mao em *Concerto no fim do inverno*, a Albânia de 1930 em *Dossiê H* (1981) ou o antigo Egito em *A pirâmide* (1992). Mas essas visões de sociedades tomadas pelo terror e pela desconfiança também tinham um claro subtexto.

Seu quinto romance, *Os tambores da chuva*, se passa no século XV, mas refere-se à Albânia de 1968: quando os soviéticos invadiram a Tchecoslováquia, Hoxha incentivou a ansiedade de que a Albânia seria a próxima. Focalizando os turcos, inimigos da Albânia, Kadaré criou um retrato de tirania paralelo ao reinado de Hoxha.

Um comandante, ao perceber que seus soldados estão perdendo a motivação por causa das derrotas, exibe execuções públicas, fomenta a discórdia entre os generais e invoca falsas ameaças. No centro do romance está Mevla Çelebi, um historiador do exército incumbido de imortalizar a batalha, mas na verdade um funcionário pouco esperto. Conforme Çelebi molda acontecimentos em um épico engrandecido, Kadaré zomba da elaboração da história oficial. Com certeza, não é um romance que glorifique Hoxha.

Kadaré parodia o provincianismo de uma cidade fechada, isolada do mundo. Ele descreve os inimigos históricos da Albânia, motivo pelo qual, talvez, os poucos personagens simpáticos ganham uma exposição limitada. Mas a caracterização não é a especialidade de Kadaré. Os personagens de seus romances servem, principalmente, para apresentar temas. Em suas curtas fábulas, isso não é necessariamente um problema, mas em *Os tambores da chuva*, de trezentas páginas – extraordinariamente longo tratando-se de Kadaré –, a falta de força dos personagens dificulta a concentração na leitura do livro.

Quando Kadaré finalmente equilibra *pathos* com força polêmica, o resultado é o que pode ser considerado sua obra-prima, *O palácio dos sonhos*. Ele retrata um imaginário Império Otomano que seleciona e interpreta os sonhos de seus súditos para controlar o subconsciente coletivo e interceptar impulsos subversivos. Depois de posto à venda, as autoridades governamentais recolheram o livro. Kadaré pungentemente retrata as lealdades conflitantes de seu protagonista, pego entre sua promissora nova carreira como funcionário do aparelho de leitura de sonhos do Estado e o legado albanês de sua família – uma dinastia centenária. Descreve uma velha Albânia de lendas e superstições, que engana o controle do regime de Hoxha.

Apesar dos assuntos sombrios que aborda frequentemente, a força de Kadaré como escritor está em manter um toque de leveza sem trivializar o conteúdo. Seu romance mais divertido, *Dossiê H*, desenvolve-se na Albânia anterior à Segunda Guerra Mundial, sob o reinado do rei Zog. Acompanha dois eruditos americanos de origem irlandesa, que viajam para a Albânia para pesquisar a composição dos épicos homéricos. Os estudiosos são imediatamente tomados por espiões – um conceito que permite que Kadaré parodie a loucura burocrática da máquina governamental de Hoxha. Enquanto isso, Kadaré comenta dissimuladamente sua própria situação. Homero era, o romance pergunta, "um conformista, um criador de casos ou um membro do *establishment*?".

Para Kadaré, as próprias restrições do regime de Hoxha parecem ter desencadeado uma criatividade e uma liberdade que resultaram em sua obra mais vigorosa. Por contraste, *A pirâmide*, terminada logo após a queda do comunismo, tem um resultado menos favorável. O livro dá uma amostra do talento de Kadaré para o humor negro do absurdo; contudo, livre das restrições do período comunista, a mensagem sobre os sacrifícios humanos por meio dos quais se afirma a tirania perde a sutileza.

Quando o regime fracassou, o colapso das leis e da ordem fomentou um ressurgimento dos assassinatos por *vendetta*. Em *As frias flores de abril* (2000), Kadaré retrata a mistura anárquica de forças modernas e medievais na Albânia pós-comunista. Entrelaçando corajosamente mitos antigos com acontecimentos contemporâneos, expõe dívidas de sangue tradicionais que disputam com a Máfia a vida dos aldeões. Mas, com o fim do tom indignado de seus romances da era comunista, fica difícil perceber aonde o autor quer chegar. A trama se arrasta e dessa vez o simbolismo de Kadaré não é tão óbvio, e sim obscuro.

Ele voltou à Albânia de Hoxha com seu romance de 2003, *O sucessor*, que retoma o mistério que cerca a morte de Mehmet Shehu – o aparente herdeiro do déspota enfermo, que foi encontrado morto por uma bala em 1981. Em tom burlesco, que não era usado desde *Dossiê H*, Kadaré retrata habilidosamente uma sociedade na qual a verdade está soterrada e os mexericos prevalecem.

Os romances de Kadaré sugerem que é impossível viver sob o totalitarismo sem se ver, de algum modo, envolvido nele. O herói de *O palácio dos sonhos* inadvertidamente provoca tragédia em sua família ao interpretar erradamente um sonho. Em *Abril despedaçado*, seu trabalho mais emotivo, um escritor é criticado por seu interesse em disputas de sangue: "Em vez de fazer alguma coisa por esses infelizes montanheses, você colabora com a morte, vai em busca de temas exaltados, procura na morte a beleza para alimentar a sua arte". Em *O sucessor*, um arquiteto acredita que, por reformar de maneira suntuosa a casa de campo de um provável líder, provocou a inveja do ditador, causando, assim, a morte de seu empregador.

É extraordinário que Kadaré tenha sobrevivido sob a tirania de Hoxha. Seus romances fomentaram a imaginação de um povo faminto de vida cultural. Alguma necessária cumplicidade com o regime dificilmente deveria ser encarada como um delito digno de enforcamento. Essa, com certeza, seria a lógica da tirania.

— *Abril de 2008*

Peter Matthiessen

Em um dia desalentador em Hamptons, Nova York, as ruas estão desertas e uma chuva torrencial transborda os lagos salgados perto da casa de Peter Matthiessen. No verão a região é um parque de diversões para os ricos em férias, e Matthiessen mora no que talvez seja o código postal mais caro dos Estados Unidos. Mas hoje a área lembra a paisagem despretensiosa habitada por plantadores de batatas que o atraiu para lá há mais de cinco décadas.

Será que ele preferia o Hamptons daquela época? "Ah, claro", diz Mattiessen suspirando, enquanto volta de carro do depósito sanitário onde, ágil aos 82 anos, despejou caixas de lixo debaixo de lençóis de água. Ele logicamente não pensou em esperar pela melhora do tempo, tendo passado grande parte da vida exposto aos elementos. Esse homem alto, de rosto sulcado e fino, parece gasto pelo tempo, mas saudável.

Com uma obra que abrange trinta livros, incluindo oito romances, ele se estabeleceu como um dos mais importantes escritores vivos voltados para a vida selvagem. Seu compromisso com a preservação do mundo natural e das populações nativas contra a ganância do capitalismo resultou em livros sobre a Nova Guiné, a África, a América do Sul, a Antártica, o Alasca, a Sibéria, o Nepal e o Caribe. No que diz respeito ao lugar onde mora, defendeu os direitos dos índios americanos, dos pescadores nativos de Long Island e dos trabalhadores migrantes das fazendas. Ele também se aventurou em buscas espirituais, como um pioneiro defensor de drogas alucinógenas e um expoente do zen-budismo.

Passamos pelo cemitério onde sua segunda mulher, a poeta Deborah Love, está enterrada. Matthiessen guardou luto de sua morte por câncer através de uma expedição pelo Himalaia recontada em *The Snow Leopard* (1978), feita em companhia do zoólogo George Schaller, para observar o bharal, ou carneiro azul, e o ardiloso felino selvagem que dá nome ao livro. Ele ganhou o National Book Award por não ficção em 1979, mas foi rotulado como escritor naturalista quando a ficção se tornou seu trabalho mais importante. Apesar de escrever suas obras de não ficção com rapidez, seus romances demandam muito trabalho. Sua trilogia sobre o fora da lei dos pântanos Edgar Watson – *Killing Mister Watson* (1990), *Lost Man's River* (1997) e *Bone by Bone* (1999) –, revista e publicada em 2008 como um único romance de 900 páginas, *Shadow Country*, foi uma tarefa que lhe tomou trinta anos.

Em sua varanda da frente acha-se uma caveira de baleia de 1,50 m de altura que ele achou ao caminhar na praia no dia em que terminou *Mens' Lives* (1986), uma elegia de não ficção ao desaparecimento das tradições dos trabalhadores da baía de Long Island. Logo ao cruzar a porta, há um modelo do navio de Charles Darwin, o *Beagle*, que o falecido vizinho de Matthiessen, Kurt Vonnegut, lhe deu poucas semanas antes de morrer: "Ele simplesmente entrou e disse: 'Olha, este é um presente para você'. Eu disse: 'Kurt, fique para o almoço', mas ele virou as costas e foi-se embora. Depois de velho, ele ficou um pouco rabugento".

Uma lareira de pedra se ergue no meio de sua sala de estar – entulhada de enfeites, fotos e lembranças de suas viagens – em implícita represália às suntuosas propriedades dos Hamptons de hoje. A ironia é que ele comprou a sua quando era jovem, como rebeldia às suas origens aristocráticas. Seu pai era um abastado arquiteto militar, amigo da família Bush, da qual ele se lembra como "pessoas sem qualquer interesse, comuns, endinheiradas".

Embora nascido na cidade de Nova York, Matthiessen cresceu principalmente nas áreas selvagens do estado de Nova York e de Connecticut, onde mantinha cobras em cativeiro. Aos 13 anos, ofereceu-se para trabalhar como voluntário em um acampamento beneficente para crianças dos bairros miseráveis de Connecticut. A indignidade da desigualdade econômica atingiu-o pela primeira vez na noite em que ajudou a preparar um banquete para as crianças: "Elas ficavam olhando por cima do ombro a cada dois segundos, o que sugeria que nunca tinham o suficiente, que sempre havia algum irmão mais velho ou um tio que levava a comida deles embora. Todas comiam em excesso, e todas ficavam extremamente doentes."

Aos 15 anos, ao saber que sua família constava do *Social Register* (um anuário da elite social), Matthiessen abriu mão de seu nome. Sua emergente consciência social acabou por fazer com que fosse posto para fora de casa aos 17, indo para a marinha, onde passou um ano – uma experiência usada em seu terceiro romance, *Raditzer* (1961). Foi com esse romance, em que descreve a amizade iniciada na marinha entre o herdeiro de uma família rica e um órfão, que Matthiessen sentiu que estava "começando a chegar à sua verdade". Mudando-se para Paris após os estudos preparatórios para estudar na Sorbonne, cofundou a *Paris Review* em 1952. Seu primeiro romance, *Race Rock*, surgiu em 1954, mas após voltar para os Estados Unidos trabalhou como pescador profissional para sustentar sua jovem família. "Era um trabalho extremamente pesado, mas interessante. Eu adorava os peixes e os pássaros marinhos. E isso me manteve em excelente forma. Quanto mais saudável estou, melhor escrevo."

Nos fins da década de 1950, o fato de trabalhar com regularidade para a revista *The New Yorker* permitiu que ele escrevesse em tempo integral. "Eu queria explorar os últimos lugares selvagens antes que acabassem. Naqueles dias, eles não cobriam nada selvagem. O mais longe que se atreviam a ir era à Europa." Seu estilo de vida itinerante significava que raramente estava em casa, o que, ele admite, era "difícil para a minha família".

Matthiessen sugere que seus romances "exigem demais do leitor comum" e oferecem pouco para "a leitora média, que quer algo romântico ou coisa parecida", portanto seu reconhecimento pela crítica nunca foi equiparado ao de uma vendagem de massa. Ele teve grandes esperanças com *The Snow Leopard*, quando seu editor telefonou para cumprimentá-lo por uma resenha altamente elogiosa, planejada para ser capa do suplemento literário do *New York Times*. "Meu editor disse: 'Desta vez você arrasou!' Bom, um dia antes da data em que a matéria deveria ser publicada, houve uma tremenda greve no *New York Times*, e ninguém nunca chegou a vê-la."

Segundo Matthiessen, os críticos da costa leste têm sido parcimoniosos com sua ficção. "Eles simplesmente não têm grande interesse pelo tipo de pessoas que abordo – gente durona e vigorosa. É claro que quem mora na cidade tem os mesmos problemas – as mesmas tristezas, as mesmas decepções e o mesmo amor. Mas a vida deles tem sido muito bem descrita por praticamente todos os nossos escritores modernos." Publicado em 1965, *Brincando nos campos do Senhor* foi seu "primeiro romance realista", descrevendo o choque entre índios do Amazonas e os missionários. Transformado em filme em 1991 por Hector Babenco, o romance motivou o ícone da cultura da droga psicodélica, Timothy Leary, a mandar uma carta a Matthiessen, dizendo ser o melhor relato sobre viagem alucinógena que ele já lera.

Matthiessen se voltou para o zen em 1969, como uma maneira de ter uma visão holística sem química – uma viagem relatada em *Nine-Headed Dragon River* (1986). Mas ele sente que se beneficiou enormemente do LSD. "Todo paciente tem algum bloqueio, e às vezes levam-se anos para desencavar isso por meio da terapia convencional. O LSD vai direto ao centro do problema. Ele de fato expõe qual é a sua dificuldade."

Como *roshi* – um professor de zen –, Matthiessen conduz um grupo de meditação todas as manhãs no estábulo reformado pegado à sua casa. Seu quinto romance, *Far Tortuga* (1975), uma louvação aos pescadores da tartaruga-verde do Caribe, foi o romance que ele mais gostou de escrever, porque experimentou um estilo minimalista que espelhava os ensinamentos zen: "Tiro fora todos os adjetivos e advérbios. Deixo apenas os fatos. Assim você tem o 'instantâneo' de tudo".

Ao longo de sua viagem interior, a advocacia social continuou a orientá-lo. De seu compromisso com os índios americanos surgiu *In the Spirit of Crazy Horse* (1983) – uma obra polêmica de 650 páginas sobre um confronto a bala, em 1975, entre os ativistas do American Indian Movement e o FBI. Matthiessen alegou que Leonard Peltier – um índio americano que recebeu duas sentenças de prisão perpétua por supostamente ter matado dois agentes do FBI – fora preso por acusações forjadas.

Um antigo agente do FBI e o então governador de Dakota do Sul processaram Matthiessen e sua editora, a Viking, em 50 milhões de dólares, por calúnia. Apesar de no final a decisão ter sido favorável a Matthiessen, o processo durou nove anos. "Os advogados disseram: 'Se eles nos levarem à corte, você perderá tudo o que tem'. Estávamos enfrentando o governo, e eles tinham verbas ilimitadas."

Então o presidente Bill Clinton leu o livro, e em 2000 divulgou-se que ele planejava perdoar Peltier, mas, pressionado pelo FBI, acabou vacilando. "Pensávamos que tínhamos resolvido a questão. Fiquei muito bravo na época." Matthiessen mantém contato com Peltier e diz: "É um homem muito valente. Nunca ouvi uma queixa sua. É acusado de ser assassino de um policial, mas até mesmo os guardas gostam dele".

Existem poucas dúvidas sobre a culpabilidade de Edgar Watson, o empresário de bandidos que protagoniza *Shadow Country*. A obra épica, ganhadora do National Book Award for Fiction em 2008, recria o universo rude dos fazendeiros e pescadores dos ermos da Flórida, por volta da virada do século passado.

O fascínio de Matthiessen por Watson data de 1940, quando seu pai o levou em uma viagem de barco subindo pela costa oeste do labirinto de 10 mil ilhas – na maioria mangues – dos Everglades da Flórida. "Ele me mostrou esse rio que descia para o golfo do México e disse que a cerca de 3 mil milhas ao norte daquele rio ficava a única casa dos Everglades, e que ela pertencera a um homem chamado Watson, que fora morto por seus vizinhos. Esse detalhe do homem morto por seus vizinhos naquele rio tão solitário ficou na minha cabeça. Deviam ser fazendeiros ou pescadores muito modestos. Eles não são assassinos. Então, o que tinha acontecido? O que esse homem fazia? Ou foi um linchamento ou foi em defesa própria – disseram que ele atirou primeiro."

Matthiessen planejava escrever um romance sobretudo sobre a devastação do meio ambiente e da vida selvagem da Flórida, e sobre a desapropriação de suas tribos nativas, mas, à medida que foi mergulhando nas pesquisas, a saga de Watson assumiu o controle. "Entrevistei todo mundo acima de 90 anos no sudoeste da Flórida. Essa lenda americana absolutamente incrível se revelou. Acreditava-se que ele tivesse matado mais de cinquenta pessoas – o que não era absolutamente verdade. Provavelmente ele matou de fato sete ou oito trabalhadores das suas terras. Dizia-se que, quando se aproximava o dia do pagamento, em vez de lhes pagar, ele os matava."

Os diversos filhos dos três casamentos de Watson a princípio ignoraram as abordagens de Matthiessen. "Ele foi uma desgraça para a família. Sua filha era casada com o cabeça de um grande banco da Flórida – estava socialmente muito bem estabelecida – e tinha um pai que fora eliminado com uma saraivada de balas! Antes disso, ele já tinha uma reputação bem ruim. Estivera em julgamentos por assassinatos no norte da Flórida." Finalmente, os filhos de Watson se renderam; uma de suas netas sondou Matthiessen por meio de cartas curtas e depois outros membros da família mostraram curiosidade pela sua pesquisa.

À medida que Matthiessen se aprofundava na vida de Watson, o bicho-papão da cana-de-açúcar, o lendário magnata se tornava mais complexo: "Todas as esposas o admiravam. Seus filhos também, com exceção de um. Era muito querido, tinha muita personalidade, muito charme, era muito esperto, um ótimo fazendeiro – só que tinha um temperamento homicida, além de beber demais. Também tinha filhos com outras mulheres, não oficialmente. Era um velhaco. Diverti-me muito com Watson. Dei-lhe uma inteligência muito, muito rápida, e uma sarcástica vida de desafios".

Embora originalmente escrito como um único romance de mais de 1.500 páginas, Matthiessen acabou por dividi-lo em três volumes, do que mais tarde se arrependeu amargamente. "As três partes eram como movimentos de uma sinfonia", ele explica. "Quando você divide, perde a arquitetura do romance como um todo." Depois que o tríptico foi publicado, ele resolveu retrabalhá-lo como um único romance. Imaginava que isso seria um projeto para um ano, mas acabou levando seis: "Minhas primeiras anotações eram de 1978. Essa era a minha primeira ficção em todo esse período, com exceção de duas novelas. Esse projeto ocupou metade da minha vida como escritor".

Se o autor demonstra certa admiração por Watson, provavelmente é pelo fato de seus ídolos serem pessoas que suportam estoicamente as agruras da vida. O mais velho dos quatro filhos de Matthiessen, Luke, ficou cego depois de desenvolver uma doença congênita na vista, quando estava se formando na faculdade. O filho mais velho de Luke foi atropelado e morto por um ônibus. Alcoólatra reabilitado, Luke atualmente administra clínicas para alcoólatras e viciados em drogas. "Esse garoto recebeu todos os golpes possíveis na vida e nunca se lamenta. Ele é, de fato, meu herói."

Pregadas na parede de seu escritório – um chalé revestido de madeira em frente à sua casa – há fotos de sua esposa inglesa, Maria Eckart, dos tempos em que era modelo, e uma foto do crítico de arte Robert Hughes, outrora seu companheiro de viagens e de mergulho em alto-mar. Matthiessen mostra-se entusiasmado com Richard Flanagan, o romancista e ambientalista da Tasmânia, descrevendo-o como um "escritor muito arrojado e original".

Apesar de uma vida de combate às deslealdades políticas, Matthiessen afirma "estar além da amargura". Conforme deixa a entrada de carros para me levar até o ônibus, aponta para um velho salgueiro gigante derrubado pela tempestade algumas noites antes. A árvore despencou com uma precisão geométrica no espaço estreito entre sua casa e o jardim de meditação, poupando até mesmo os alambrados em torno. No gramado desse visionário ambientalista, isso não parece ter acontecido por acaso.

— *Março de 2008*

Jay McInerney

Houve uma época, depois da publicação de *Brilho da noite, cidade grande* (*Bright Lights, Big City*), seu romance de estreia, em 1984, em que parecia que Jay McInerney poderia relaxar. O trabalho autobiográfico, que recontava a vida noturna de um checador da *New Yorker* movido a cocaína, vendeu mais de 1 milhão de exemplares e definiu o espírito dos exuberantes anos da década de 1980.

Mas o que faz um definidor de época depois que sua época foi definida? No caso de McInerney, espera o contragolpe. Seus romances seguintes, *Ransom* (1985) e *Story of My Life* (1988), foram recebidos com pouco entusiasmo nos Estados Unidos. O filme feito a partir de *Brilho da noite, cidade grande*, estrelado por um equivocado Michael J. Fox, foi um fracasso monumental.

Também não foi um bom sinal o fato de ele ser comparado constantemente com seu herói, F. Scott Fitzgerald, ungido como a voz da era do jazz com a publicação de *Este lado do paraíso* (*This Side of Paradise*), em 1920. Assim como McInerney, Fitzgerald era conhecido tanto por sua vida desregrada quanto por seus romances sobre os ricos hedonistas, e morreu alcoólatra aos 44 anos. O gim era para Fitzgerald o mesmo que o pó boliviano se tornou para McInerney e seus contemporâneos. Havia um risco de que a vivência dissoluta de McInerney acabasse se tornando um problema também para ele, conforme os anos dourados foram substituídos pelos tediosos 1990, deixando seu porta-voz literário para trás.

Mas, de todo o *brat-pack* literário – rótulo aplicado a escritores como Bret Easton Ellis e Tama Janowitz, que satirizavam os costumes de sua geração –, McInerney era o que mais se destacava, em parte por sua vida social glamourosa e por sua vontade de fomentar fofocas entre os colunistas, mas também porque os críticos estrangeiros ficavam alardeando seu trabalho. "Na Europa, a reação aos meus livros é menos histérica", explica McInerney. "Eles são tratados mais como acontecimentos literários e menos como novos episódios da autobiografia de Jay McInerney."

Estamos conversando na espaçosa sala de visitas de sua cobertura no Lower East Side, aonde cheguei por meio de um elevador revestido de madeira, acompanhado por um porteiro mal-humorado que o chama de senhor Jay. "Sempre quis morar em uma cobertura", diz McInerney. Ele está com 54 anos e sua cintura engrossou, mas continua um garotão, vestindo com elegância uma camisa azul e mocassins pretos de camurça.

Dizem que toda vez que McInerney escreve um livro, arruma uma nova namorada e um novo apartamento. Ele se mudou para cá há três anos, mais ou menos na época em que se casou pela quarta vez, então com a herdeira do ramo editorial Anne Hearst, e publicou seu sétimo romance, *The Good Life* (2006). "É a primeira vez, pelo que consigo me lembrar, que me sinto muito tranquilo", ele diz. É óbvio que McInerney não vai se mudar de casa, nem de mulher, com a publicação de sua segunda antologia de contos, *The Last Bachelor* (2009); a primeira saiu em 2000, *How It Ended*.

"Escrever um romance é semelhante ao compromisso a longo prazo do casamento", ele diz; "os contos são como um encontro de uma noite. É assustador sentar diante do computador e pensar em passar os próximos dezoito meses de sua vida fazendo uma coisa da qual você não tem certeza de que poderá dar conta", diz ele, sorrindo. "Mas, no caso do conto, basta tentar, porque em poucas horas estará terminado."

McInerney se afastou das drogas ilícitas há anos, mas a persona de delinquente permanece. Em 2005, Ellis, seu amigo íntimo, publicou *Lunar Park*, apresentando um *designer* viciado em drogas, um arrivista chamado Jay McInerney, como seu "gêmeo tóxico". "Achei engraçado", diz o McInerney que está diante de mim. "Mas o Jay McInerney que aparece no livro não é o Jay McInerney atual." No entanto, ele continua saindo quase todas as noites, e ocasionalmente visita clubes noturnos com amigos mais jovens, mas admite que agora acha esses ambientes "um pouco repetitivos e tediosos".

Seu charme parece espontâneo, apesar de não se tratar de uma qualidade natural em uma criança que era sempre forçada a se adaptar a novos ambientes. Filho de um executivo comercial de uma companhia de papel, McInerney mudava-se frequentemente de cidade, nos Estados Unidos, no Canadá e na Inglaterra. "Eu era um garoto bem desajeitado", ele relembra; "então, demorei um tempo para criar uma *persona* mais sofisticada e requintada do que realmente era." McInerney frequentou dezoito escolas, e sua permanência mais longa em uma única instituição terminou quando ele foi expulso por explodir um banheiro. Então, quando criança ele também precisava de atenção? Ele ri descontraidamente: "É, acho que isso continua se repetindo".

Parecia natural que ele acabasse em Nova York, "a cidade natal dos errantes inquietos e dos provincianos ambiciosos". Ele se mudou para cá aos 22 anos, um ano antes de sua mãe morrer de câncer. Isso fez com que McInerney entrasse em parafuso, como o vivido pelo herói de *Brilho da noite*, cuja perda da mãe confere ao romance seu subtom melancólico. Escrevendo para *The New Yorker* após a morte de seu pai, McInerney contou a confissão que lhe foi feita por sua mãe no leito de morte sobre um caso extraconjugal. A princípio seu irmão ficou furioso, mas depois acabou por perdoá-lo. Uma hostilidade fraternal ecoa em um dos doze contos de *The Last Bachelor*.

Enquanto trabalhava como checador na revista *The New Yorker*, McInerney fez amizade com o escritor Raymond Carver, que o encorajou a se candidatar a uma bolsa de mestrado em redação, em vez de trabalhar em tempo integral para se sustentar. De qualquer modo, ele foi despedido da *New Yorker* e foi para a Syracuse University, onde estudou com Carver e Tobias Wolff e onde escreveu *Brilho da noite*.

Lá, ele conheceu Merry Reymond, uma estudante de doutorado que se tornou sua segunda mulher. Sua primeira mulher, modelo de passarela semi-japonesa que ele conheceu no ano em que lecionou inglês no Japão, trocou-o por um fotógrafo milanês quatro meses depois. Seu casamento com Reymond durou sete anos, mas as rachaduras começaram a surgir quando ele se tornou uma celebridade. "Ela estava cansada de toda a atenção que eu estava recebendo", ele diz.

Separaram-se em 1987, depois que McInerney a traiu com Marla Hanson, modelo de destaque cuja carreira fora destruída quando um agressor retalhou o seu rosto com uma navalha. Reymond tentou o suicídio. "Eu não conseguia entender seu distúrbio bipolar, porque nunca tinha visto nada parecido", diz ele. "Eu achava que ela estava apenas irritada." McInerney gastou 200 mil dólares no tratamento de Reymond; ela retribuiu o favor escrevendo um romance acusatório sobre ele e um artigo para a revista *Spy*, no qual o descrevia como "perigoso e pouco simpático".

Seu caso obsessivo com Marla Hanson, cheio de traições mútuas e arremesso de taças de vinho, terminou depois de quatro anos, mandando McInerney para o consolo dos braços de Helen Bransford, uma bela *designer* de joias sulista. Uma vez ele descreveu Bransford, que logo se tornaria sua terceira mulher, como "tranquila como um homem. A primeira pessoa com quem vivi algum tempo que não era emocionalmente traumatizada ou terrivelmente carente". Difícil de acreditar. Insegura por ser sete anos mais velha que McInerney, ela se submeteu a uma plástica no rosto e escreveu um livro sobre essa experiência, *Welcome to Your Facelift* (1997).

Bransford alega ter resolvido entrar na faca quando McInerney entrevistou Julia Roberts para a revista *Harper's Bazaar* e voltou para casa apaixonado. "Conversei com ela sobre você", teria ele comentado com Bransford. "Bom, falei de tudo, menos da sua idade." McInerney agora menospreza a referência a Julia Roberts como "uma enorme besteira; mas resultou em uma boa história para ela contar nos programas de entrevistas".

Atraído pelos ares sulistas de Bransford, McInerney não precisou de muito para ser convencido quando ela sugeriu que se mudassem para uma fazenda no Tennessee. Desses bucólicos anos surgiu *The Last of the Savages* (1996), uma saga sulista que confundiu os críticos da mesma maneira que o Tennessee fez com McInerney.

As luzes brilhantes de Nova York acabaram por chamá-lo de volta. "Fico feliz por ter passado essa temporada lá, mas não vou me mudar para o Sul. Sempre me senti um estranho, observando, e nunca poderia de fato me integrar àquele lugar." Quando Bransford sugeriu que tivessem filhos, McInerney concordou, embora ele sempre tivesse achado que poderia adiar indefinidamente a paternidade. Mas ela estava com 43 anos quando eles se casaram e, após uma série de abortos, o casal recorreu a uma mãe de aluguel. Bransford conseguiu que uma amiga, uma cantora de música *country*, doasse os óvulos.

Como a portadora da gestação fumasse pesadamente em toda a gravidez, Bransford publicou na revista *Vogue* um ensaio dirigido a seus gêmeos não nascidos: "Por favor, saibam que cuidarei melhor de vocês quando saírem daí. Vocês não terão que respirar fumaça, comer McDonald's ou ouvir música *country* dia e noite".

A transição de cidadão do mundo para pai não foi fácil para McInerney. "Uma parte de mim tinha medo de crescer, medo de assumir responsabilidade por qualquer pessoa." Na maior parte do tempo, ele conseguiu se abster de sair até que seus filhos, John Barrett McInerney III e Maisie, estivessem dormindo.

Ele também sentiu que seu trabalho precisava amadurecer. Em 1998, tinha acabado de publicar *Model Behaviour*, sobre um escritor de 32 anos que escreve perfis de celebridades e é abandonado pela namorada, uma modelo. Conseguiu críticas respeitáveis, mas percebeu que já tinha passado da hora de escrever sobre o mau comportamento de jovens privilegiados. No entanto, ao tentar iniciar um novo romance, sentiu um bloqueio que perdurou três anos. "Eu não sabia como fazer a transição para algo mais maduro", ele diz.

Gary Fisketjon, um colega da faculdade e seu editor de longa data, lembra-se de McInerney profundamente abalado naqueles anos: "Ele sempre conseguira escrever; portanto, esse período em que não conseguia criar nada foi terrível para ele". Além disso, o casamento de McInerney com Bransford estava terminando e ele ficou muito deprimido. Seguiram-se dois anos de terapia e de antidepressivos e uma volta às drogas.

Bransford conseguiu a custódia dos gêmeos após o divórcio, em 2000, e se mudou para Hamptons, mas McInerney mantém com ela um relacionamento amigável e visita os filhos na maioria dos fins de semana. Com 14 anos, os dois adoram pesquisar o nome do pai no Google e o enchem de perguntas sobre seu passado de *playboy*. McInerney se vangloria do talento precoce da filha para a poesia.

Após os ataques terroristas de 11 de setembro, McInerney lutou para justificar a voz irônica que sustentara sua carreira. "Havia uma estranha coincidência entre meu próprio estado de espírito e aquele cataclismo que afetara a todos tão profundamente", relembra. Ele testemunhou a destruição do World

Trade Center do seu apartamento: "Nunca mais me senti o mesmo ao olhar por aquela janela; então, logo depois saí daquele prédio".

Quando McInerney contou a Norman Mailer seu plano de escrever um romance focalizando os ataques, o falecido romancista recomendou-lhe que esperasse uma década – o tempo, ele insistiu, de que qualquer escritor precisaria para que aquilo fizesse algum sentido. Mas McInerney diz: "Eu queria registrar as impressões emocionais enquanto ainda estivessem frescas. Era um momento tão ilustrativo da história de Nova York, e de minha própria história pessoal, que parecia bobagem ignorar isso".

Assim, ele escreveu *The Good Life*, sobre duas famílias de Manhattan que, abaladas pelo bombardeio, reavaliam a vida. Esse romance, que vai encontrar os personagens de *A luz que cai* (*Brightness Falls*, 1992) na idade madura, ajudou McInerney a superar a depressão. E também assinalou uma mudança em seu trabalho. "Descobri uma maneira de escrever sobre maturidade, casamento, paternidade e mortalidade", diz ele. Fisketjon considera *The Good Life* o melhor trabalho de McInerney, com personagens marcados por uma nova complexidade.

Desde julho de 2008, McInerney vem trabalhando em um romance sobre um nova-iorquino forçado a se reinventar depois de perder sua posição social e financeira, e é como se ele estivesse escrevendo em tempo real. "Eu simplesmente não imaginava que os acontecimentos atuais se infiltrariam no romance com a intensidade que entraram", diz.

Ele especula que seu próximo trabalho também estará voltado para o desmoronamento da cultura do dinheiro de Wall Street. Não, ele enfatiza, que alguma vez tenha tentado capturar um estado de espírito da época, mas porque Manhattan é e sempre será o seu tema. "Nova York será um lugar muito diferente daqui a um ou dois anos", diz. "Não quero que a cidade resvale para a pobreza e o caos, mas acho que um pouco de sanidade, um pouco de gravidade é uma boa coisa."

— *Janeiro de 2009*

Rick Moody

Segundo suas próprias palavras, houve um tempo em que Rick Moody parecia ser um dos escritores com menor probabilidade de se entediar consigo mesmo. Depois de satirizar sua infância *wasp* na era Nixon em *Tempestade de gelo* (1994), seu romance mais conhecido, suas memórias, *The Black Veil* (2002), intercalam sua história de excesso de álcool e drogas com a de um antepassado que usava um véu em penitência por ter, inadvertidamente, matado um amigo. "Você vai perceber o meu livro da maneira como me perceberia: em tempo integral, de modo hesitante, irritante, impaciente, duvidoso, compadecido, generoso", escreveu Moody.

Mas, conforme toma seu chá em um café do Brooklyn, sem sinais aparentes de sua prosa ansiosa ou de seu passado instável, Moody diz que agora se acha um sujeito sem graça. *The Black Veil* pertence a uma época diferente; ele entregou a última prova no dia 10 de setembro de 2001. "Depois de 11 de setembro, eu realmente quis lidar com a cultura como um todo, em vez de ficar apenas olhando para o meu umbigo", diz ele daquele seu jeito arrastado.

As três novelas do seu último livro, *The Omega Force* (2008), exploram a paranoia pós 11 de setembro. "K&K" acompanha um serviçal de uma seguradora que desvenda o mistério de um colega anônimo que coloca notas ameaçadoras na caixa de sugestões. "The Albertine Notes" é ficção científica *cyberpunk*, ambientada em uma Manhattan destruída por uma bomba; os nova-iorquinos sobreviventes são afetados por uma epidemia da droga Albertine, que estimula memórias felizes anteriores à explosão. Na história que dá título ao livro, um funcionário aposentado do governo se convence de que sua ilha-santuário está sendo invadida por estrangeiros de "compleição escura".

Sob o ponto de vista de Moody, os protagonistas das três novelas "têm uma mania que os induz a interpretações errôneas. É a doença da administração Bush: interpretar constantemente as coisas e imaginar conspirações em cada esquina".

Com seus personagens insatisfeitos e um estilo inovador, Moody às vezes é colocado ao lado de Dave Eggers, David Foster Wallace, Jonathan Lethem e Jeffrey Eugenides como uma geração de americanos pós-modernistas que reage contra seus antepassados realistas. Mas pouca coisa é convencionalmente moderada em Moody. Homem miúdo, de 46 anos, ele usa um cardigã bege sobre uma desbotada camiseta de R. L. Burnisde. Longe do álcool e da nicotina (além do açúcar, da cafeína e da carne), ele pratica ioga e toca em uma banda *folk*.

Moody é um agnóstico que vai à igreja por gostar do ritual e por sentir que "você tem que acreditar em alguma coisa". Em 1997, coeditou *Joyful Noise*, uma antologia de ensaios sobre o Novo Testamento: "Eu tinha a teoria de que a única maneira de a esquerda ter o mesmo impacto cultural de antes seria recooptando a Bíblia, que eu achava que tinha sido sequestrada pela direita".

Seu romance de estreia, *O estado jardim* (1992), analisava a vida árdua dos adolescentes sem objetivo de Nova Jersey. O próprio Moody se internou numa clínica de reabilitação quando já tinha escrito metade do livro, aos 25 anos, depois de sofrer um colapso por excesso de álcool e cocaína e de ter alucinações de que seria violentado por um homem como castigo por suas transgressões. "Você pode perceber isso como uma grande fissura que corre ao longo do livro – o antes e o depois. Acho que é um livro realmente chocante, mas emocionalmente é de fato acessível e vulnerável, e eu admiro isso."

Acostumado a escrever intoxicado, Moody levou seis meses depois de sóbrio para voltar a escrever. O retorno à igreja onde foi educado ajudou-o a recuperar a saúde mental. Como lhe falta moderação, ele nunca voltou a beber. "Não havia um período calmo, em que eu poderia tomar um ou dois drinques e ficar espirituoso em uma festa. Eu tomaria mais seis ou oito e tentaria transar com as namoradas de outras pessoas. Algumas vezes eu estava tão bêbado que não conseguia ler o que estava datilografando."

Deixar de beber fez com que se tornasse um escritor melhor. "Emocionalmente, quando você bebe, não consegue realmente entender os outros. As pessoas em avançado estado de alcoolismo sempre têm esse comportamento artificial." Ele não lamenta seus anos de abuso de substâncias, uma vez que era "uma coisa pela qual eu tinha que passar para ser quem sou hoje. Como isso é um problema de toda a minha família, não havia muita chance de eu não passar por isso".

O fato de ter que falar repetidamente do mês vivido em um hospital psiquiátrico enquanto fazia a divulgação de *The Black Veil* foi "uma viagem ao inferno", levando-o algumas vezes a se arrepender da publicação do livro. Digressivas e intensamente claustrofóbicas, as memórias polarizaram os críticos, fazendo com que o famoso demolidor literário Dale Peck intitulasse Moody "o pior escritor de sua geração".

Moody leu apenas o primeiro parágrafo da verborragia de Peck que motivou um debate internacional sobre a ética na crítica literária. Contudo, embora nunca tenha falado publicamente de Peck, Moody se prontifica a contestar a opinião de que escrever memórias aos 40 anos tenha sido prematuro e autoindulgente. "Onde está dito que para escrever um livro de memórias é preciso ter vários casos para contar?" Os ataques de 11 de setembro não o levaram a mudar as últimas linhas, que ele repete quando em turnê: "Ser americano, ser um cidadão ocidental é ser um assassino. Não se engane. Cubra o rosto".

Moody remonta seu estilo confuso e experimental a *América púrpura* (1996), sobre um vagabundo alcoólatra que tenta cuidar da mãe moribunda. "Quando eu estava escrevendo as frases curtas e objetivas de *Tempestade de gelo*, ou de *O estado jardim*, era porque achava que tinha que ser assim. Percebi que as pessoas sentiam falta da pressão dos sentimentos na minha obra, porque venho de uma cultura que normalmente não expressa diretamente as emoções. Então, com *América púrpura*, decidi escrever um livro que seria quase lírico em sua ambição de expor sentimentos."

Tempestade de gelo discorre sobre a decadência moral de duas famílias de Connecticut e se tornou um aclamado filme de Ang Lee. O fato de ter permanecido seu livro mais famoso é "culpa de Hollywood, não minha", diz Moody, que o rejeita por considerá-lo um livro de principiante. "Não existe uma sentença ali de que eu me lembraria. Ele simplesmente não ecoa." Ele namora a ideia de escrever uma sequência, "para acertar o que eu errei".

Depois de *Tempestade de gelo*, alguns críticos ungiram Moody como herdeiro de John Cheever e John Updike, ambos conhecidos por discorrer sobre o mal-estar da suburbana classe média alta. Moody acha uma comparação fácil: "Me rotulam como um escritor *wasp*. Na verdade, a não ser pelo fato de ter escrito um livro sobre os subúrbios, eu não me assemelho em nada a eles".

A família de Moody se sentiu ferida, mas foi compreensiva com *Tempestade de gelo*. "Nem sempre é fácil, mas eles entenderam que é escrevendo que tento lidar com as coisas", diz ele, acrescentando: "Na verdade, não é de jeito nenhum muito ficcional". A mãe de Moody se divorciou de seu pai, um banqueiro da área de investimentos, em 1970, provocando uma ferida que Moody lutou para resolver até depois de adulto. "Algumas pessoas simplesmente não pensam nisso. Meu irmão e minha irmã se sentiram menos abalados com o fato do que eu."

Seu avô paterno, um vendedor de automóveis, lhe deu um traquejo da linguagem comercial. "Ele tinha aquele tipo de conversa amigável de vendedor que eu achava muito sedutora. Sou inseguro socialmente, um pouco deslocado, e gosto da facilidade e da segurança que os vendedores conseguem transmitir."

Enquanto estudava na Brown, Moody teve como professores os romancistas pós-modernos Robert Hoover, Angela Carter e John Hawkes. Preguiçoso e drogado, ele duvida que tenha causado alguma impressão, mas os três significaram muito para ele. Relembra "o jeito condescendente, doce e generoso" de Hawkes e a maneira divertidamente ríspida de Carter. "No primeiro dia, a classe estava superlotada. Ela basicamente a reduziu para catorze pessoas assustando os alunos. Um rapaz levantou a mão e perguntou: "Bom, afinal, que tipo de obra é a sua?" Ao que ela respondeu, do seu jeito suave: "Minha obra corta como uma lâmina de aço na base do pênis de um homem".

Moody também teve aulas de semiótica e desenvolveu um apetite pelo jargão pós-estruturalista. "Sua densidade era tão agressiva! Adoro as frases compridas e confusas de Derrida. Gosto da sua rebeldia e da sua falta de vontade de se comprometer. Gosto de discursos marginalizados, ambiciosos." A mania de Moody destacar palavras e sentenças em itálico em lugares inesperados sugere a influência de Derrida, mas ele a atribui ao romancista austríaco Thomas Bernhard ("um grande adepto do itálico").

As frases prolixas de Moody refletem sua tentativa de descrever uma realidade indefinível. "Minha experiência com a linguagem é aquela experiência lacaniana de constantemente querer capturar alguma coisa em prosa que eu não consigo. Então há esse excesso de palavras, de frases incompletas e de parágrafos. Para mim, o termo 'caótico' denota grande admiração."

Ele se mantém contrário a formas de realismo convencional que presumem que a realidade possa ser capturada pela linguagem. "O realismo, especialmente na medida em que depende da epifania e da estrutura de fórmulas, é politicamente duvidoso. Se a literatura não estiver tentando se mover para uma nova maneira de pensar sobre como poderíamos descrever a vida, então ela está apenas cooperando com o que já existe, e o que existe neste país é duro de engolir."

No entanto, no conto que dá nome a sua antologia *Demonologia* (*Demonology*, 2001), Moody abandona todos os artifícios, escrevendo sobre a morte da irmã mais velha, Meredith, aos 38 anos, de derrame. "Eu poderia levá-lo mais para a ficção", escreve o narrador. "Poderia me esconder. Poderia considerar as responsabilidades da caracterização." Moody escreveu a história em dois meses, logo após a morte de Meredith. "'Demonologia' é o que parece – uma história perfeitamente realista." Ele continuou usando em seus livros a fotografia que a irmã tirou dele, até que envelheceu tanto que começou a parecer absurdo. "Era difícil para mim não ter mais o nome dela na sobrecapa dos livros", diz ele.

Depois de se envolver profundamente com os filhos de Meredith, Moody decidiu se casar com sua companheira, a ambientalista Amy Osborne, e finalmente ter os próprios filhos. "Até então eu estava muito preocupado com minha própria trajetória como escritor para dar importância a crianças. De repente, a ideia de ter filhos teve muito mais apelo, resultado de uma epífana diminuição de egoísmo."

A mudança de Moody, ao olhar para o mundo de fora em vez de para dentro de si mesmo, alcançará um novo estágio com seu próximo romance, parcialmente ambientado em Marte. "Será ainda mais distópico do que 'The Albertine Notes'", diz Moody, mas ele se sente animado com – e não apesar de – sua perspectiva desesperada. "Minha crença na natureza exploratória da psicologia humana me deixa livre para me sentir bem em relação às coisas. Espero o pior das pessoas e das instituições. Quando elas não procedem de acordo, fico surpreso e encantado."

— *Março de 2008*

Toni Morrison

Toni Morrison dedicou *Amada*, sua obra-prima de 1987, recentemente apontada pelo *New York Times* como o melhor romance americano dos últimos 25 anos, aos "mais de 60 milhões" de negros que se diz terem perecido sob o tráfico de escravos na América. Não havia um monumento apropriado para homenagear os escravos americanos, ela lamentou na época: nenhuma placa, árvore ou estátua. Nem mesmo um banco ao lado da rua.

Em julho de 2008, uma sociedade internacional de estudiosos e admiradores de Morrison se reuniu para colocar um banco com 1,80 m de comprimento em Sullivan's Island, Carolina do Norte, um antigo porto de navios negreiros. "Eu realmente gostei dele, porque era simples e despretensioso; era aberto, qualquer um poderia sentar ali", diz Morrison por telefone, em sua voz lenta e sussurrante. "Não era uma espécie de monumento tradicional."

Laureada com o Prêmio Nobel, a escritora é mais do que apenas uma figura literária. Para muitos leitores ela é um ícone que ajudou a resgatar a experiência afro-americana da história branca. Até mesmo os críticos às vezes acham sua prosa obscura, mas Oprah Winfrey endossou quatro dos seus livros, e eles vendem aos milhões. Quando *Amada* foi preterido para o National Book Award, 48 escritores afro-americanos assinaram uma declaração em protesto, e ele em seguida ganhou o Prêmio Pulitzer. Winfrey produziu e atuou no filme feito por Jonathan Demme, em 1998, a partir do romance.

Agora aos 77 anos, e com seu novo romance, *Compaixão* (*A Mercy*, 2008), recentemente publicado, Morrison está ávida por se livrar da imagem de consciência nacional. Em um encontro em Londres, ela corrigiu um membro do público que a chamou de porta-voz da comunidade afro-americana: "Não falo por você, falo para você".

Na maioria de suas quatro décadas como romancista, Morrison aceitou ser classificada como uma "escritora negra americana", preferindo enxergar isso mais como uma liberação do que como uma limitação. "Toda essa história de rótulos é muito cansativa – não se pode escapar disso, mas pode-se tentar assumi-lo", ela ri. "Não acho que consegui de jeito nenhum."

Amada mostra, de forma devastadora, como a escravidão deformou a habilidade das negras em cuidarem de seus filhos. O romance foi inspirado em um velho recorte de jornal que Morrison leu sobre uma escrava fugitiva, Margaret Garner, que preferiu matar a própria filha a vê-la retornar à servidão. *Compaixão* explora um território semelhante, acompanhando uma escrava negra, Florens, que é separada da mãe e enviada para o sítio de um fazendeiro anglo-holandês, Jacob, como pagamento de uma dívida.

Contudo, *Compaixão* se passa no final do século XVII, dois séculos antes de *Amada*, quando a escravidão não estava associada à cor da pele. Morrison queria imaginar como era ser uma escrava, mas não sujeita ao racismo: "Foi por isso que tive que voltar para antes da institucionalização do racismo, quando isso se tornou lei". No século XVII, várias nações e impérios europeus estavam requerendo posse de terra e Morrison "estava interessada em quem eram aquelas pessoas que vieram para o continente – as pessoas comuns que estavam fugindo de algo e esperando encontrá-lo nesse novo mundo".

Quando Jacob morre de varíola, seus agregados – entre eles uma escrava índia e dois trabalhadores brancos contratados – lutam para se manter na árida região. Depois que a esposa de Jacob também adoece, Florence parte em busca de um ferreiro com poderes curativos – um africano livre, objeto de sua obsessão sexual. "Eu estava tentando apagar o racismo da narrativa americana", diz Morrison, "deixá-lo de fora, e observar pessoas de diferentes lugares, diferentes classes, diferentes partes do mundo tentando formar uma família, uma espécie de unidade."

O título do original era simplesmente *Mercy* – um título típico de Morrison, com apenas uma palavra, como seus três romances anteriores: *Jazz*

(*Jazz*, 1992), *Paraíso* (*Paradise*, 1999) e *Amor* (*Love*, 2003). Mas ela achou que *Mercy*, que se refere a algo que acontece no último capítulo do livro, seria um termo muito indefinido; assim, ele se tornou *A Mercy*. "É apenas um gesto humano, e você não recebe nada em troca", afirma Morrison. "Isso não o leva a se sentir bom. Você apenas faz, de repente, o que só os seres humanos podem fazer, que é oferecer compaixão."

A Mercy foi, originalmente, programado para ser publicado em 2009, mas os editores de Morrison o anteciparam para que o lançamento coincidisse com a eleição americana. O retrato que o romance traça da integração racial obteve, assim, uma aceitação maior. Barack Obama telefonou pessoalmente a Morrison para pedir seu apoio, e ela lhe escreveu uma carta descrevendo-o como "o homem do momento".

A vitória de Obama foi amplamente vista como um marco para o progresso racial, mas o ponto de vista de Morrison foi peculiar. Sua decisão de apoiar Obama contra Hillary Clinton não teve nada a ver com raça, ela diz. "Não estou interessada nele por causa de sua raça, de jeito nenhum. Isso já passou da conta. É como Otelo – todo mundo representa aquele papel como se a peça girasse em torno do fato de ele ser um mouro. Todos se vestem com exagero, escurecem o rosto, reforçam os lábios com vermelho e ficam histéricos. A peça não tem nada a ver com isso."

Ao observar a discussão sobre raça na campanha para a eleição, Morrison sentiu como se um furúnculo estivesse sendo lancetado – um processo de limpeza que, depois de terminado, permitirá que as pessoas falem de alguma outra coisa. "As pessoas tentaram dizer a palavra e não dizer, depois usá-la e rejeitá-la, tentaram desenvolver uma linguagem que fosse sobre raça em que se pudesse dizer alienígena, estrangeiro – tudo, exceto raça."

Ao contemplar Morrison com o Nobel em 1993, a Academia Sueca elogiou-a como uma escritora de "força visionária e importância poética" que "penetra na própria linguagem, uma linguagem que ela quer libertar das amarras da raça". Uma pequena mas vibrante roda de escritores negros creditou sua vitória mais a uma atitude de correção política do que ao mérito. "Ataques?", Morrison protesta. "Que ataques? Quem atacou?" Entre eles, Stanley Crouch, que classificou *Amada* como um "romance do holocausto fantasiado de negro". Morrison ameniza, recusando-se a ser levada para a arena: "Ah, Stanley! Esse é o seu ganha-pão".

O romancista negro Charles Johnson criticou-a por discorrer negativamente sobre os homens e brancos. No entanto, Morrison se opôs, em uma ocasião, à tentativa de um destacado grupo de *lobby* afro-americano de censurar *Huckleberry Finn*, de Mark Twain, pelo uso da palavra "nigger". Ela também saiu em defesa de O. J. Simpson e de Bill Clinton contra as acusações das feministas. Escrevendo para a revista *The New Yorker*, em 1998, Morrison se referiu a Clinton como o primeiro presidente negro da América – uma observação que agora ela deveria lamentar? "Eu nem mesmo disse isso. [Só para deixar claro, ela disse.] Eu disse que ele era tratado como um – ou seja, com total desrespeito, total: 'Você já é culpado'."

Morrison cresceu na pobre cidade siderúrgica de Lorain, Ohio, que era dividida mais por classes do que por raças. Seus vizinhos e colegas de escola vinham de diversas culturas e o racismo era uma abstração: "Meus pais vieram do Sul, então eu sabia que existia um outro mundo, mas era o passado deles, não o meu presente". Seu pai, George, um soldado, não deixava que brancos entrassem em sua casa, mas sua mãe, Ramah, uma dona de casa, "sempre julgava as pessoas individualmente". Com uma fé ardorosa na mudança política, ela uma vez escreveu ao presidente Roosevelt sobre os gorgulhos que havia em sua farinha.

Quando estudava na Howard University, a chamada Black Harvard, em Washington, Morrison foi ridicularizada por propor a elaboração de um ensaio sobre os personagens negros de Shakespeare. Foi ali que ela, nascida Chloe Wofford, escolheu o apelido "Toni", uma abreviação de seu segundo nome, Anthony. Sua tese de mestrado em Cornell tratava da alienação dos romances de William Faulkner e Virginia Woolf. Mais tarde, ela retornou à Howard University para lecionar, antes de se tornar editora de livros.

Seu primeiro romance, *O olho mais azul* (The Bluest Eye, 1970), era sobre uma menina negra que sonha com olhos azuis e cabelos loiros. O romance era vagamente autobiográfico, mas Morrison o escreveu porque "nunca li sobre 'mim' em nenhum dos livros que amei – e por 'mim' quero dizer uma das mais vulneráveis pessoas da sociedade: uma criança, uma mulher e uma criança mulher negra". Morrison trabalhou nele durante mais de cinco anos, acordando todas as manhãs às 4h30 para escrever, enquanto era editora na Random House. Ela também educou sozinha os dois filhos, Harold e Slade, depois de se divorciar do pai deles, o arquiteto jamaicano Harold Morrison, em 1964.

Morrison nunca voltou a se casar, e diz que ela e o filho mais velho, Harold, entraram em choque porque ele esperava que ela fosse subserviente. Sobre sua opção tardia pela escrita, observa: "Gostei de ter alguma coisa minha sobre a qual eu tinha que refletir muito". Havia poucas vozes literárias negras femininas na década de 1960, e elas não serviam de modelo para a ficção corajosa que ela queria escrever. "A maioria era sobre quanto as pessoas eram real e verdadeiramente nobres no mundo negro. Eu escrevia sobre como era realmente a dor."

Na Random House ela estimulou a carreira literária de escritores afro-americanos, tais como Toni Cade Bambara, Angela Davis e Alice Walker, e editou um revolucionário livro de recortes sobre a história negra, *The Black Book* (1974). Somente após publicar *Sula* (1973), *A canção de Solomon* (*Song of Solomon,* 1977) e *Tar Baby* (1981) foi que deixou o emprego e passou a escrever em tempo integral. Ela se sentia economicamente insegura, o que atribui à infância passada na época da Depressão.

Em seu livro de 1992, *Playing in the Dark: Whiteness and the Literary Imagination*, Morrison argumenta que os personagens negros são fundamentais para o cânone literário americano. A visão branca do africanismo, ela escreveu, "apresentado como crueza e selvageria [...] forneceu a base de operações e a arena para a elaboração da requintada identidade americana".

Anima-a o fato de que os críticos já não leiam a ficção afro-americana principalmente como sociologia. Morrison recorda uma resenha de *Amada*, publicada em *The New Yorker*, que começava comparando a família do romance com a da série negra americana *The Cosby Show*. Agora, ela diz, "eles falam do livro como literatura – sobre a linguagem, a estrutura, sua relação com outros tipos de romance. Já não podem simplesmente escapulir dizendo: 'Este é um romance do mundo negro'".

— *Novembro de 2008*

Paul Muldoon

Como qualquer acontecimento que se torna lendário, é difícil separar fato de ficção no que diz respeito ao primeiro encontro de Paul Muldoon com Seamus Heaney. Mesmo Muldoon não confia em sua memória. Como vagamente ele recorda, tinha 16 anos quando um professor o apresentou a Heaney, em uma audição de poesia na Irlanda do Norte, com o epíteto *avis rara*. Posteriormente ele mandou alguns poemas a Heaney, perguntando: "O que posso aprender com você?" A resposta de Heaney: "Nada".

Aos 21 anos, Muldoon já tinha publicado seu primeiro livro, *New Weather* (1973) – depois que Heaney, então seu tutor na Queen University, em Belfast, mostrou seu trabalho para o editor de poesia da Faber and Faber. Agora, depois de dez livros de poesia (sem contar suas antologias), nenhum poeta irlandês compete com Muldoon pelo manto de laureado Nobel.

Mas, além dos seus chumaços de cabelos rebeldes, Muldoon tem pouco a ver com seu antigo mentor. A poesia divertida de Muldoon – em que alusões recônditas se moldam em um estilo coloquial e a emoção é superada pela ironia – contrasta com a grande seriedade e o refinamento de Heaney. Ao lado dos ousados experimentos de Muldoon, os versos pastorais de Heaney parecem antiquados.

Pessoalmente, Muldoon é igualmente atrevido. Com temperamento e aparência de garotão, apesar dos seus 58 anos, ele tem uma figura rotunda e um andar saltitante. Sua fala é tão macia e as maneiras tão suaves, que é difícil perceber de onde vêm as faíscas poéticas. Suas vogais cantadas de Ulster permanecem, apesar de duas décadas nos Estados Unidos, onde leciona na Princeton University. Com seu paletó esporte de *tweed* e seu cabelo desgrenhado, ele é um cruzamento de professor com um astro de *rock* de meia-idade. Em 2004, cofundou a *"three-car garage band"* Racket com Nigel Smith, professor de poesia de Princeton – Muldoon escreve as letras e toca guitarra.

Ele se sente surpreso por ser conhecido pelos versos crípticos e insiste em que não está tentando "apresentar enigmas ou charadas, mas interessar os leitores". Até mesmo Helen Vendler, talvez a mais eminente crítica de poesia americana, sugeriu que ele os publicasse com notas explicativas. "Certamente posso imaginar uma circunstância em que algumas notas poderiam ser úteis, lógico – mas vamos deixar que outra pessoa o faça", diz Muldoon. "John Donne e William Shakespeare precisam de notas, mas eles não fizeram as próprias."

Ele também estranha que a poesia seja vista com tanta frequência como intrinsecamente mais difícil do que o filme ou a música. "Passamos tanto tempo na vida vendo filmes que não temos consciência de como estamos sofisticados nesse aspecto", ele diz, olhando perscrutadoramente através dos óculos de aro preto sob a franja grisalha. "Nos filmes mudos, aquela famosa legenda: 'Enquanto isso, de volta ao rancho' tinha que ser filmada porque não havia como entender que os acontecimentos de uma cena se passavam ao mesmo tempo que os da cena seguinte, em vez de ser posteriores." E ele continua: "Aprendemos uma gramática muito sofisticada da música popular. A poesia não é algo que as pessoas leiam e digam: 'Não entendo isto'".

A poesia de Muldoon tem uma qualidade sonora que a torna convidativa mesmo quando resiste à compreensão. Seu apego por rimas improváveis levou algumas pessoas a brincarem que ele poderia rimar *knife* com *fork*. Embora os versos rimados tenham saído de moda, Muldoon não acha que estejam desaparecendo. "Essas pequenas rimas são deliciosas", ele diz. "Elas tornam as coisas memoráveis. Na cultura popular, a rima é uma força muito poderosa. Em tudo, do *rap* à publicidade." Ao se referir ao seu amor pela cultura popular, Muldoon uma vez se descreveu em um poema como um "príncipe do cotidiano".

Para um poeta tão sofisticado, suas origens são surpreendentemente provincianas. O mais velho de três irmãos, ele nasceu em uma família católica no condado de Armagh, na Irlanda do Norte. Seus pais eram contra a violência política e Muldoon herdou seu legado, mantendo em sua poesia uma visão imparcial do conflito sectário.

Seu pai, Patrick, era um pequeno produtor de hortifrúti e cogumelos, a quem Muldoon descreve como um homem castigado pela vida, mas alegre. Em seu poema "The Mixed Marriage", Muldoon conta como Patrick deixou a escola para se propor em uma feira de empregos: "Quando ele deixou a escola, aos oito ou nove anos, / pegou a foice e a vanga* / para conquistar a terra que nunca seria dele". Na verdade, seu pai tinha 12 anos. Embora quase analfabeto, o pai de Muldoon ouviu uma vez o poema de seu filho pela BBC e comentou: "Nossa, você me fez muito pequeno".

Sua mãe, Brigid, era uma professora determinada, que Muldoon admite "ter provavelmente demonizado mais do que o razoável". Em "Oscar", Muldoon narra a visita ao túmulo de seus pais, onde imagina que, "embora ela o tenha precedido/ por uns bons dez anos, o esqueleto de minha mãe/ deu um jeito de rastejar/ de volta para cima do velho/ e mais uma vez ela o tem sob controle". Muldoon usou o nome dela de solteira, Regan – como um anagrama de *anger* (raiva) –, para a dedicatória de *The Annals of Chile* (1994).

"A mãe" – como ele se refere a Brigid em conversa – educou os filhos por meio de revistas de conhecimentos gerais. Hoje Muldoon se mantém "menos interessado em literatura com L maiúsculo do que em livros que tragam apenas aspectos interessantes da vida – história, geografia, biologia, quase tudo".

Muldoon começou a escrever poemas aos 15 anos, no St. Patrick's College, do qual se recorda de vários grandes professores que fomentaram em seus alunos o amor pela poesia. "Eles fizeram com que ela parecesse interessante. Várias pessoas à minha volta estavam escrevendo poesia. Um de nossos ex--alunos era o poeta irlandês John Montague; portanto, havia a ideia de que era possível ser poeta sem que se tivesse vivido antigamente."

Foi no St. Patrick que ele descobriu Donne, o poeta inglês do século XVII conhecido por seu domínio do "conceito metafísico" – metáforas prolongadas que unem duas ideias improváveis. "Muitos dos meus poemas atuam de modo

---

* Vanga: embora esta palavra não conste dos dicionários Houaiss e Aurélio, está presente em vários catálogos brasileiros de produtos agrícolas. Significa pá fina e pontuda, para cavar em lugares pedregosos e solos duros. Diferentemente da pá, a vanga não serve para transportar terra de um lugar para outro. (N. T.)

parecido – a ideia da metáfora completamente imaginária, improvável", diz ele. "Adoro John Donne – as variações, o controle, a loucura. Ele é tão espirituoso, tão vivo, tão despretensioso! É um poeta modelo."

Muldoon lamenta que sua estimulante educação em poesia fosse uma coisa rara. "Geralmente, ela é ensinada no nível muito banal de 'Bem, então aqui temos nosso poema de hoje. Vocês notarão na primeira estrofe algumas aliterações. E reparem como a palavra *duro* tem um som duro'."

Nem todas as técnicas poéticas são tão óbvias. Quando Muldoon mostrou "Capercaillies" à revista *The New Yorker*, na década de 1980, os editores pareceram não notar que era um acróstico – um poema em que a primeira letra de cada linha vai soletrar uma mensagem – formando "Is this a New Yorker poem or what?". Apesar de Muldoon imitar o que lhe parecia ser a preferência da revista por poemas pastorais reveladores, a resposta para o acróstico foi claramente negativa – a *New Yorker* rejeitou-o. A recusa não fez com que a revista deixasse de contratá-lo como editor de poesia no ano passado – cargo que ele soma à sua exigente agenda de Princeton.

Mas Muldoon não quer mais tempo para escrever, tendo sempre composto apenas cerca de doze poemas por ano. "Tento não me envolver na composição de um poema a não ser que tenha certeza de que ele será absolutamente interessante", ele diz, "quando tenho uma imagem, ou uma frase ou duas, que acho, em minha inocência, que irá detonar."

Durante treze anos, antes de se bandear para os Estados Unidos em 1987, ele trabalhou como produtor de arte para a BBC, em Belfast, e "tanto naqueles dias quanto hoje, tudo o que escrevi foi feito na hora do almoço ou nos fins de semana".

Ele dificilmente está consciente da forma quando escreve. "Nunca saberia que algo resultaria em um soneto, a não ser que fizesse parte de uma sequência de sonetos – isso é apenas uma coisa que acontece. Mas estou apto a escrever um soneto porque a estrutura está predisposta em nós. A ideia básica do soneto, que em muitos casos é 'Aqui temos isto, depois temos aquilo', corresponde a uma maneira de pensar muito básica."

A poesia não se torna mais fácil com a experiência. "A poesia é feita a partir do material interno de uma pessoa, de suas vísceras", ele diz, agarrando o estômago. "E por isso ela vai se tornando cada vez mais difícil, da mesma maneira que uma aranha tece a partir das próprias vísceras e vai esticando e prolongando mais do que o necessário* à medida que envelhece. Os poetas decaem conforme seguem avante. Isso é apenas um fato da vida."

No entanto, pelo contrário, há indícios de que Muldoon esteja se aprimorando. Em 2003 ele ganhou o Prêmio Pulitzer por *Moy Sand and Gravel*, e seu livro de 2006, *Horse Latitudes*, foi muito aclamado. Embora os críticos nunca questionem sua habilidade verbal, alguns, como Vendler, criticaram seu trabalho por apelar mais para o cérebro do que para o coração. Mas ao criticar *Horse Latitudes* em *The New Republic*, Vendler escreveu que "a idade tornou a poesia de Muldoon mais profunda" e aplaudiu sua habilidade "de exaltar tanto a dor quanto o divertimento".

Em "Incantata", publicada em *The Annals of Chile*, Muldoon faz uma elegia a uma antiga namorada, a artista irlandesa Mary Farl Powers, que morreu de câncer em 1992. Ele relembra: "Você percebeu em mim uma tendência a colocar/ demasiada artificialidade, tanto como homem quanto como poeta, / razão de você me chamar de 'Poliéster' ou 'Poliuretano'". Mas Muldoon minimiza as afirmações de que sua obra tenha adquirido maior carga emocional. "Entendo que possa haver uma emoção mais evidente, mas sempre houve emoção."

Em "The Mudroom", o poeta mescla imagens judaicas e irlandesas para celebrar o casamento com sua esposa judia, a romancista norte-americana Jean Hanff Korelitz. Muldoon medita sobre a herança mestiça de seus filhos em "At the Sign of the Black Horse, September 1999", onde vê, no rosto de seu filho recém-nascido, Asher (agora com 9 anos), "uma grande quantidade de intrusos / não de Maghery... [mas] aquela criança que come repolho, na qual o quepe, Verboten, / em pouco tempo colocaria uma estrela de feltro amarelo". Em "The Birth", evoca os primeiros momentos de sua filha Dorothy, agora com 16 anos: "Olho através de uma torrente de lágrimas / enquanto eles lhe dão uma rápida esfregadinha / e a levam / para o berçário, depois checam seus grampeadores de gatilho, à procura de grampos".

---

* Aqui Muldoon faz um jogo de palavras com *to spin* (fiar, tecer e, em sentido figurado, compor, escrever, engendrar) e *to spin out* (prolongar, esticar [uma discussão, uma narrativa]). (N. T.)

Voos de fantasia permeiam os ensaios de Muldoon, não apenas a sua poesia. Em 2006, ele publicou *The End of the Poem*, que consiste nas quinze palestras que deu durante seus cinco anos como professor de poesia na Oxford University. Embora aplaudido por sua criatividade, para alguns a leitura seguida de quinze poemas foi muito idiossincrática. A professora de literatura Valentine Cunningham, de Oxford, as descreveu como "balbúrdia – uma loucura associativa".

Para Muldoon, os nomes são importantes. Ele lê a poesia de Marianne Moore como uma luta contra sua própria tendência para a ornamentação excessiva, típica da arte mourisca (ou islâmica). Sugere que o poeta português Fernando Pessoa escreveu sob heterônimos por causa de uma obsessão em reprimir a personalidade, resultante de seu nome "pessoa". "Os poetas, consciente ou inconscientemente, relacionam-se com seus próprios nomes", ele diz. "Vi muitas vezes meus alunos inconscientemente colocarem o próprio nome em seus poemas." Muldoon descreve sua afinidade com seu nome como "profunda" (lembra "The Mudroom").

The End of the Poem não é um lamento fúnebre pela forma, como seu título ambíguo pode sugerir. Em vez disso, ele se refere à crença de Muldoon de que, depois de entender a forma de um poema, o leitor deveria começar, racionalmente, pelo seu final. Ele acredita que o início do século XXI é um momento particularmente vital para a poesia. "O que eu gosto agora é que não existem figuras que detenham o monopólio da situação poética. Existem muitas vozes de todas as partes do mundo. Pode-se apreciar um poema de Les Murray, por exemplo, sem ficar envolvido em algum tipo de noção das figuras hercúleas. Na minha época, os que faziam esse papel eram [Ted] Hughes, [Philip] Larkin e [Thom] Gunn."

E agora temos Heaney, Murray e Muldoon? Ele sorri sem jeito: "Bom, veja, eu não saberia dizer".

— *Janeiro de 2007*

Harry Mulisch

Na Holanda, Harry Mulisch é visto como uma consciência nacional, o principal escritor pós-guerra de uma sociedade abalada por sua história de ocupação nazista. Mas, de sua parte, Mulisch não se sente holandês. "Nasci na Holanda, mas de uma maneira que a Holanda nunca nasceu em mim", ele reflete, observando que seus pais eram estrangeiros.

Entrevistado às vésperas do seu octogésimo aniversário, Mulisch parece uma década mais novo. Usando uma camisa listrada de rosa e branco e mocassins brancos, exibe um elegante par de braceletes em negro e prata e, embora totalmente à vontade com sua importância, tem lampejos de entusiasmo surpreendentes: "Tenho uma teoria de que cada um possui uma idade absoluta, que sempre terá. Minha idade absoluta é 17".

Para comemorar seu aniversário, o editor de Mulisch na Holanda encomendou seis novelas de destacados autores holandeses, escritas a partir de romances de Mulisch. Foi uma homenagem *sui generis* para um escritor cuja obra exuberantemente criativa e filosófica contrasta com o realismo subjacente da maior parte da literatura ficcional holandesa. "Os escritores e pintores holandeses são naturalistas, descrevem a vida normal. Essa tradição não é a minha", ele diz.

A literatura holandesa é muito menos conhecida internacionalmente do que a sua pintura; mesmo Mulisch só teve um terço de seu trabalho traduzido para o inglês. Ele é mais conhecido por dois livros: *O atentado* (*The Assault*, 1982), um *thriller* compacto e intenso que esmiúça décadas de reverberações de um assassinato político em uma Holanda ocupada pelos nazistas; e *The Discovery of Heaven* (1992), uma saga de intervenção divina de setecentas páginas na qual Mulisch caracteristicamente incorpora exaustivas demonstrações de seu conhecimento enciclopédico, com tópicos que variam de astronomia, filologia e teologia a arquitetura.

Algumas vezes lhe é erroneamente atribuída a escolha de *The Discovery of Heaven* como seu melhor livro. Mulisch compara o fato de se pedir aos autores que elejam o melhor entre seus livros à maligna pergunta de *A escolha de Sofia*, de William Styron (*Sophie's Choice*, 1979): "Não se deve perguntar a uma mãe qual de seus filhos é o preferido". Mas se, ele diz, um deus imoral – "e se houver um deus, ele será imoral" – o colocasse diante da escolha de destruir todos os seus livros menos *The Discovery of Heaven*, ou destruir todo o *Discovery of Heaven*, preservando o restante dos livros, ele ficaria com a primeira opção. "Não pelo fato de gostar mais dele, mas porque é o livro no qual todas as minhas obsessões e temas aparecem reunidos."

O atentado percorre 35 anos da vida de Anton, um anestesista cuja inocente família foi morta pelas SS, como represália pelo assassinato de um policial colaboracionista em 1945. Apenas o primeiro dos cinco capítulos se passa na guerra. Mulisch diz que, "para os jovens acostumados com os romances de guerra – por exemplo, *O diário de Anne Frank* –, as quatro cenas após a guerra lhes dão um contato com a guerra". O romance foi transformado em uma película que ganhou o Oscar de 1987 na categoria de filme estrangeiro. Mulisch admira o filme, mas sente-se aliviado de que ninguém o tenha descrito como um aperfeiçoamento do livro, o que seria "a pior coisa" que poderia lhe acontecer.

A tensão do romance chega ao auge quando Anton confronta o primeiro membro da resistência, que indiretamente provocou o massacre de sua família matando o homem violento, apesar de saber que os nazistas se vingariam nos civis locais. "O que me interessava era a diferença entre culpa e responsabilidade", diz Mulisch.

Ele tem boas condições para investigar as ambiguidades morais impostas pela história. Sua mãe era uma judia cuja família foi totalmente exterminada, enquanto seu pai era um gentio que salvou a esposa e o filho trabalhando para os nazistas como diretor do banco onde os judeus holandeses eram forçados a depositar seus espólios antes de serem deportados.

A mãe de Mulisch foi presa em 1943, mas o acesso que seu pai tinha ao poder fez com que ela fosse libertada após três dias. A extraordinária ascendência de Mulisch o tem levado a declarar: "Eu não tive grande 'experiência' com a guerra; eu sou a Segunda Guerra Mundial".

Ele se lembra de como, durante a guerra, no cinema, as luzes se acendiam revelando os nazistas que percorriam a plateia. Todos os homens cujos documentos de identidade mostravam ter três avôs judeus eram presos, ao passo que os que tinham um avô judeu eram obrigados a trabalhar em fábricas de munição alemãs. Mas Mulisch, sendo meio judeu, estava livre. "O fato de ter dois avôs judeus significava que você não era suficientemente judeu para ser morto, mas era suficientemente judeu para que lhe fosse permitido trabalhar nas fábricas alemãs."

Sua educação formal terminou em 1944, quando ele resolveu não se arriscar mais frequentando a escola. Embora originalmente decidido por uma carreira em ciências, ele se voltou para a escrita aos 18 anos, poucos meses após o final da guerra. Sua primeira tentativa, um conto, foi publicada em um jornal. Seu pai fora sentenciado a três anos de prisão por ter trabalhado para o nazismo e Mulisch continuou a escrever para ganhar o suficiente para duas refeições diárias.

Aos 23 anos, seu primeiro romance, *Archibald Strohalm* (1951), ganhou o prêmio Rein Geerlings para jovens escritores e foi bem recebido. O dinheiro era escasso, mas ele encontrou um patrono: "Uma namorada que estava empregada achava que eu era um gênio – menina muito esperta! – e vivi mais ou menos às custas dela. Eu era muito pobre, mas depois da guerra todo mundo era pobre".

Nos romances subsequentes, Mulisch se distinguiu de seus contemporâneos pela abordagem intelectual e por seu apreço pelo mítico e pelo enigmático. Ele sente mais afinidade com a pretensiosa estética do catolicismo do que com o sombrio protestantismo, que, segundo ele, explica a resistência holandesa à fantasia e à ornamentação: "O catolicismo, isto é, as estátuas, as rezas, o papa e os santos padres – tudo isso desaparece no protestantismo". Algumas igrejas da Holanda ainda estão desnudas, desde que seus monumentos foram destruídos pela Reforma. "Como escritor, não sou a favor da destruição de lindas estátuas. Eu ajudo a fazê-las."

Um escultor de palavras, mais do que um leitor, Mulisch não lê um romance há duas décadas. Mostra-se entusiasmado em relação a seu íntimo amigo de cinco décadas, o escritor holandês Cees Nooteboom, mas admite sem pudor não estar familiarizado com seus livros. "As pessoas me perguntam frequentemente: Você ainda lê romances? Mas é o mesmo que eu perguntar a um leitor: Você ainda está escrevendo romances? Se eu leio uma página de um livro quando estou em uma livraria, sei se ele é bom ou se não é nada. Não preciso ler um livro inteiro para perceber isso."

Mulisch lê apenas a não ficção que serve de pesquisa para seus romances. Ele gesticula em direção às paredes de seu espaçoso estúdio revestido de livros – aqui, livros sobre teologia, usados para *The Discovery of Heaven*; ali, outros sobre nazismo, usados para seu ensaio de 1962 sobre o julgamento de Adolf Eichmann, *Criminal Case 4061*.

Seu relato do julgamento apresentou uma teoria sobre a mediocridade de Eichmann semelhante ao estudo de Hannah Arendt sobre "a banalidade do mal" em *Eichmann em Jerusalém* (1963). "Meu livro veio antes", diz Mulisch, observando que Arendt cita seu trabalho positivamente.

Ele revisita a questão do mal em seu romance mais recente, *Siegfried* (2001), centrado em Rudolf Herter, um velho e presunçoso romancista holandês famoso por sua obra de mil páginas *The Invention of Love* (A invenção do amor). Durante uma turnê de propaganda, Herter se anima a tentar resolver a questão de Hitler, quando diz a um entrevistador: "Ele já foi analisado por todos os lados. Todas as ditas explicações simplesmente o tornaram mais invisível. Talvez a ficção seja a teia onde se consiga pegá-lo".

Mulisch oferece sua própria visão de Hitler: "Ninguém levantou a hipótese de que ele tinha esse poder não *apesar de* ele não ser nada, mas *porque* ele não era nada. Ele era uma espécie de buraco negro". Siegfried imagina que Hitler tivesse tido um filho e então considera sua reação à descoberta de que a criança era 1/32 judia. Ele se pergunta se Hitler a teria matado. "Ele fez com que 55 milhões de pessoas morressem, mas nenhuma delas com suas próprias mãos, a não ser uma – ele mesmo. Eu penso: 'Será que não havia um resquício de amor nesse homem? Será que tudo era apenas ódio e destruição?'."

Mulisch fala com orgulho de sua nomeação para o Man Booker International Award de 2007 pelo conjunto de sua obra, mas teoriza sobre a inveja de outros escritores holandeses. "É um país pequeno, mas essa pequenez também está nos próprios holandeses. Se de repente surge alguém que é realmente um grande homem – digamos, Spinoza –, ele é jogado fora." Mas enquanto espera ansioso por sua festa de aniversário com mil convidados, a sucessão de perfis biográficos na mídia, os fóruns literários públicos e a publicação de livros saudando-o em sua nona década, Mulisch certamente sabe que está exagerando.

— *Julho de 2007*

Haruki Murakami

Haruki Murakami poderia ser a própria representação do escritor–profeta japonês. Ele contempla os telhados do subúrbio ostentatório de Aoyama, em Tóquio, falando num tom baixo e urgente sobre a guinada do Japão para a direita. "Estou preocupado com o meu país", diz o escritor de 60 anos considerado por muitos o possível ganhador japonês do Prêmio Nobel. "Sinto que, como romancista, tenho a responsabilidade de fazer alguma coisa."

Ele está especialmente preocupado com o popular governador de Tóquio, o romancista Shintaro Ishihara. "Ishihara é um homem muito perigoso. É um agitador. Ele odeia a China." Conforme Murakami discute planos para fazer uma declaração pública contra Ishihara e criar um subtexto antinacionalista em um romance, fica difícil reconhecer o escritor frequentemente escarnecido pelos literatos de Tóquio como um apático artista *pop* – uma ameaça à ficção japonesa politicamente engajada. No entanto, Murakami sempre se colocou à distância da tradição japonesa do escritor como admoestador social: "Eu me considerava apenas um escritor de ficção".

A resistência de Murakami a panelinhas literárias levou-o a ser visto como alguém que desdenha o Japão e sua literatura. Ele se recusa a cumprir as típicas obrigações públicas dos escritores – participar de *talk shows*, concursos de jurados e feiras literárias – e declina todos os pedidos de entrevista na televisão e por telefone. Tão introvertido e sonhador quanto seus inamistosos protagonistas, Murakami não tem amigos escritores e nunca vai a festas. Ele passou grandes períodos de sua vida adulta na Europa e nos Estados Unidos.

"Não me interesso pela literatura japonesa ou por pessoas ligadas à literatura. Não tenho modelos na literatura japonesa. Criei meu próprio estilo, minha própria maneira. Eles não gostam disso", diz ele.

Quando adolescente, Murakami reagia contra o gosto literário de seus pais – ambos professores universitários de literatura japonesa – consumindo baixa literatura de mistério americana, em inglês. Ele lia "para escapar da sociedade japonesa". Os ídolos de Murakami continuam a ser escritores norte-americanos: Fitzgerald, Carver, Chandler e Vonnegut. Sua prosa espontânea, repleta de referências à baixa cultura americana, contrasta com a elegância formal das atrações literárias japonesas – Yukio Mishima, Kenzaburo Oe e Jun'ichiro Tanizaki.

Os heróis de suas narrativas surrealistas, de fusões de gêneros sexuais, são pessoas sem rumo, desempregadas, sem filhos ou companheiros fixos, que se recusam a se submeter aos valores japoneses da família e da corporação. Eles estão mais propensos a comer espaguete, ouvir Radiohead e ler Len Deighton do que a beber saquê ou citar Oe. "Parece natural a referência às músicas do Radiohead porque eu adoro música. É como uma trilha de cinema. Mas eu não ouço música quando escrevo. Preciso me concentrar em escrever."

Em seu conto "The Rise and Fall of Sharpie Cakes" – que faz parte de sua coleção de contos *Blind Willow, Sleeping Woman*, de 2006 –, Murakami alegoricamente descreve o tumulto que provocou depois de receber um prêmio por seu romance de estreia, *Hear the Wind Sing*, em 1979. O protagonista é finalista em um concurso para uma nova receita de um antigo doce conhecido como "Sharpie". Seu modernizado Sharpie causa um tumulto sangrento entre os corvos mirrados que julgam a competição. Os jovens festejam sua receita; a velha guarda, não.

Blind Willow, Sleeping Woman reúne 26 contos escritos ao longo de 25 anos. Na introdução informal, Murakami diz: "Acho que escrever romances é um desafio e escrever contos, uma alegria". "A 'Poor Aunt' Story" ilustra a opinião de Murakami de que, "com uma ideia, uma palavra, pode-se escrever um conto". Seu narrador, que se denomina "uma dessas pessoas que tentam escrever histórias", vê-se dominado pela fortuita imagem de uma pobre tia, comentando: "Por alguma razão, as coisas que me arrebataram eram sempre coisas que eu não entendia".

Murakami trabalha seus contos nos intervalos dos romances. "Pode-se testar em um conto uma nova técnica para o próximo romance. O primeiro esboço é feito em dois ou três dias. Assim, é uma experiência – um jogo." *Minha Querida Sputinik* (*Sputnik Sweetheart*, 1999) saiu de "Man-Eating Cats", em que o narrador desaparece depois de ter sido atraído por uma melodia intoxicante que assoma uma colina no interior da Grécia. Como é típico em Murakami, a perda e o suicídio parecem ser o tom predominante. "Muitos dos meus amigos se suicidaram, então há vários espaços vazios em minha mente. Acredito ser minha responsabilidade olhar para eles. A vida é um conflito com muitos obstáculos. Às vezes você só quer escapar deste mundo. Quando você se suicida, não tem mais que se preocupar com nada. Você não envelhece. Você não sente mais dor. Às vezes é muito tentador."

O romance mais famoso de Murakami, *Norwegian Wood* (1987), originou-se de "Firefly" – sobre um universitário introvertido, Toru, que pena por causa de sua namorada mentalmente desequilibrada. Como Toru, Murakami cresceu em Kobe e se mudou para Tóquio para estudar teatro e cinema. Ali, presenciou a ruptura do idealismo de sua geração com o aniquilamento dos tumultos estudantis de 1968 e 1969. Embora não tenha participado das demonstrações, seus personagens frequentemente se debatem com a sensação de vazio proveniente da derrota. "Espiritualmente, eu estava entre os que protestavam, mas não podia cooperar. Sou um lobo solitário."

Apesar de seu hábito de leitura, Murakami era um estudante apagado, pouco motivado. "Meus heróis não têm nada de especial. Eles têm algo a dizer aos outros, mas não sabem como, então conversam consigo mesmos. Acho que eu era uma dessas pessoas comuns." Embora nutrindo vagas aspirações a se tornar roteirista, Murakami finalmente percebeu que "fazer um filme é uma arte coletiva. Então, desisti de ser roteirista".

Na universidade, Murakami conheceu sua companheira de vida, Yoko, e juntos ele tocaram um bar de jazz, Peter Cat, durante sete anos. "Eu não estava interessado em trabalhar para uma grande companhia como a Toyota ou a Sony. Só queria ser independente. Mas não era fácil. Neste país, se você não pertencer a algum grupo, você é quase nada."

Tipicamente, seus personagens, segundo ele, "estão procurando o jeito certo, mas isso não é fácil de encontrar. Acho que essa é uma das razões pelas quais os jovens gostam de ler meus romances. Entre os diversos valores da vida, o que eu mais aprecio é a liberdade. Gostaria de conservar essa liberdade em meus personagens, para que os protagonistas não tivessem que viajar diariamente para a companhia ou o escritório. Eles não são casados, portanto estão livres para fazer o que quiserem, para ir aonde quiserem".

A compulsão de escrever o atingiu com toda a força aleatória de um estopim para uma história. Murakami mostra a janela que dá para o estádio onde, em uma noite de 1979, ele "estava simplesmente assistindo ao beisebol e tomando cerveja, e pensei: 'Eu posso escrever'". Trabalhou em seu primeiro romance nos seis meses seguintes, escrevendo de madrugada, após catorze horas diárias de trabalho no Peter Cat. Escreveu os capítulos iniciais em inglês, antes de traduzi-los para o japonês. "Eu não sabia como escrever ficção, então tentei escrever em inglês porque meu vocabulário era limitado. Eu sabia palavras demais em japonês. Era muito exaustivo."

Ele escreve como um músico de *jazz* improvisa – guiado pelo impulso, sem um plano. "Como escritor, não tive um professor ou um colega; então, o único caminho que eu conhecia era o da boa música – ritmo, improviso, harmonia. Só sei como começar. Se soubesse como terminar, não seria divertido, porque saberia o que ia acontecer em seguida. Quando você lê um livro, mal pode esperar para virar as páginas. A mesma coisa acontece quando escrevo. Mal posso esperar para virar as páginas. Escrever é como sonhar acordado. Quando você está dormindo, é impossível sonhar um sonho contínuo. Mas quando se é um escritor, pode-se prosseguir no sonho todos os dias. Então é divertido."

O casal fechou o Peter Cat em 1980, depois que o segundo romance de Murakami, *Pinball, 1973*, se tornou um *bestseller*. O reconhecimento internacional veio com seus romances seguintes – *Em busca do carneiro selvagem* (*A Wild Sheep Chase*, 1982) e *Hard-Boiled Wonderland and the End of the World* (1985) –, alucinações calidoscópicas com uma fusão de convenções dos romances de detetives intratáveis, camadas de *sci-fi* e comédias excêntricas.

Em 1987, Murakami surpreendeu os leitores ao criar um romance tradicional de ritos de passagem, expandindo 'Firefly' para *Norwegian Wood*. "Eu tinha que provar que conseguia escrever em um estilo realista." Mas, ao se arriscar no realismo, Murakami provocou um tsunami. *Norwegian Wood* atingiu

2 milhões de exemplares. Para Murakami, foi além da conta. "Tornou-se um fenômeno. Deixou de ser um livro. Eu me senti muito desconfortável com o fato de ser famoso, porque ser famoso não me trazia nada de precioso ou de importante. Senti-me traído. Perdi alguns amigos. Não sei qual a razão, mas eles se foram. Eu não me sentia nem um pouco feliz."

Ele partiu para a Europa com Yoko para fugir da agitação, zanzando entre países europeus durante cinco anos antes de conseguir uma bolsa para escritores em Princeton, em 1991. Do exterior, Murakami testemunhou o estouro da bolha econômica do Japão. De súbito, o *mainstream* japonês teve de confrontar as questões que perturbavam seus personagens. "Tivemos que parar e pensar – o que é de fato bom para nós? Quais são nossos valores? Perdemos a confiança, então tínhamos que achar alguma outra coisa que fosse o propósito da sociedade. Depois da guerra, fomos ficando cada vez mais ricos, e estávamos certos de que íamos continuar assim."

"Atualmente estamos mergulhados no caos", continua Murakami; "existe o nacionalismo, e estamos em busca de novos valores. Assim, algumas coisas são perigosas, mas basicamente acho que as coisas estão melhorando. Os jovens do Japão já não são como éramos há vinte ou trinta anos. Na década de 1960, costumávamos ser mais idealistas, e as pessoas eram muito seguras."

O fosso entre Murakami e o Japão se estreitou mais em 1995, quando o país foi abalado por duas novas convulsões. Em 17 de janeiro, Kobe foi atingida por um terremoto que matou 6.500 pessoas. Dois meses mais tarde, na hora do *rush*, os devotos do culto de Aum soltaram no metrô de Tóquio um gás tóxico ao sistema nervoso. Murakami, que tinha passado os quatro anos anteriores em Princeton escrevendo *Crônica do pássaro de corda* (*The Wind-up Bird Chronicle*, 1997), voltou do autoexílio. "Não foi uma atitude patriótica. Só queria fazer algo pelo meu povo."

A intensidade do comprometimento social de Murakami veio à tona em *After the Quake* (2000) – um conjunto de seis desolados contos absurdos que retratam as reações ao choque provocado pelo terremoto de Kobe. Ele também se voltou recentemente para a não ficção com *Underground* (1997), uma coleção de entrevistas com os cultores do juízo final responsáveis pelos ataques a gás e com os passageiros do metrô que sobreviveram aos ataques. Murakami acabou se solidarizando com os assalariados *workaholics* e com as executivas, sobre os quais anteriormente ele achara que não valia a pena escrever: "Muitas pessoas esperavam que eu fosse simpatizar com os devotos por serem marginalizados, mas esse não era o caso. Eles são rasos, ao passo que as pessoas comuns têm a profundidade da vida real".

Sem filhos, como seus personagens, Murakami está livre para prosseguir em sua rotina diária de escrever, traduzir e se manter em forma. Após acordar às 6 h da manhã, ele escreve por cerca de seis horas, interrompidas por uma hora de *jogging* ou natação. "Quando parei de tomar conta do bar de *jazz*, comecei a correr porque precisava de uma saída física." Ele passa as noites ouvindo *jazz* e traduzindo romances americanos para o japonês.

Como tradutor, Murakami introduziu o público leitor japonês a mais de quarenta obras de autores como Truman Capote, John Irving, Tim O'Brien e Grace Paley. "Escrever ficção é como criar seu próprio quebra-cabeça, mas traduzir é exatamente como se você estivesse resolvendo esse quebra-cabeça. Em outras palavras, quando você redige seu próprio material, está criando seu próprio *videogame*. Quando traduz, você joga esse jogo. Então é divertido. Ao escrever ficção, você se torna egoísta. É preciso ter segurança. Mas quando se traduz é preciso respeitar o texto, fazendo com que seu ego se reduza a seu tamanho normal. Isso é bom para a saúde mental."

Quando questionado sobre sua decisão de não ter filhos, Murakami comenta que não consegue compartilhar o idealismo pós-guerra de seus pais: "Não sou tão otimista". Também observa que "os livros são mais importantes para mim". Silencia, pensativo, e depois, com um meio sorriso – talvez significando que esses são meros equívocos –, diz: "Não quis ser pai porque sabia que meus filhos iriam me odiar". Ele se recusa a conversar sobre o difícil relacionamento com seus pais, dizendo apenas que "eles tinham seus próprios valores e eu tinha os meus. Eu era filho único, e a presença deles pesava".

Apesar do que a maioria dos tacanhos eruditos japoneses argumenta, os textos de Murakami sempre estiveram mais próximos de sua terra natal do que os universos ficcionais de Fitzgerald, Carver e Chandler. Os críticos ocidentais tradicionalmente comparam Murakami a pós-modernistas como Don DeLillo e Thomas Pynchon, mas no Japão, segundo Murakami, "as pessoas não acham que minhas histórias são pós-modernas".

Na espiritualidade japonesa, o limite entre o real e o fantástico é permeável; portanto, seus contos sobre caveiras de unicórnios, sapos de 2 metros, carneiros com estampas de estrelas e Coronel Sanders* são "muito naturais". "Você conhece o mito de Orfeu. Ele desce ao inferno à procura da falecida esposa, mas é muito longe, e ele tem que passar por várias provações até chegar lá. Há um enorme rio e um deserto. Meus personagens vão para o outro mundo, o outro lado. No mundo ocidental, existe uma parede imensa que é preciso escalar. Neste país, se você quiser chegar lá, é fácil. Está exatamente sob os seus pés."

— *Maio de 2006*

---

* Coronel Sanders: o autor se refere a Harland David Sanders, já falecido, fundador da rede Kentucky Fried Chicken (KFC). (N. T.)

Ben Okri

Ben Okri está admirando o *design* de uma garrafa de água mineral. "Não é uma cor maravilhosa?", ele pergunta, erguendo o vidro azul-safira contra a luz. Ele pede ao garçom mais uma garrafa e uma sacola para levá-las para casa. "Chhh", ele murmura a respeito da dispendiosa água no luxuoso Langham Hotel de Londres. "Não quero ser visto carregando essas bebidas. Não quero que se tornem populares demais. Faço coleção delas."

Não é de surpreender que uma garrafa provoque a admiração fantasiosa de Okri. Nas realidades alternadas de seus romances, os objetos cotidianos assumem qualidades talismânicas, pressagiando fertilidade e fome, nascimento e aniquilação.

Seu romance de 1991, *The Famished Road*, que ganhou o Booker Prize, acompanha a criança-espírito Azaro, que adeja entre o reino humano e o espiritual, tendo ao fundo a guerra civil da África ocidental. Desde então, o autor escreveu mais dez livros, fundindo uma estética amplamente africana com uma espiritualidade New Age e técnicas mágico-realistas popularizadas por escritores latino-americanos.

Os críticos se dividem quanto ao estilo oracular de Okri, mas ele desfruta de adeptos devotados; Bridget Jones se comprometeu a terminar *The Famished Road* como parte de sua disciplina de autoaperfeiçoamento.

A visão de mundo de Okri tem a ingenuidade intencional de um homem que mantém as sofisticações da vida moderna ao largo, que não dirige, não tem computador nem usa telefone celular. Ele faz um dramático gesto de espanto quando apresento dois gravadores, questionando minha confiança na tecnologia. Explico que duplico por compartilhar de sua tecnofobia, mas Okri parece não ouvir. "Vou lhe mostrar algo", ele diz, aparecendo com uma caneta e um papel onde escreve silenciosamente, deixando um intervalo de trinta segundos na gravação. "Um computador não pode registrar isto, pode?", ele pergunta, acrescentando criticamente que "o silêncio é a maior das ações".

Ele se vê como um artista do silêncio, que se sente frustrado por ter que usar palavras: "O texto da experiência é extremamente rico e misterioso, mas o texto da prosa é muito visível. Outro gênero está dentro de mim tentando se expressar através deste meio". Em seu último romance, *Starbook* (2007), ele literalmente dá voz ao silêncio, ao escrever: "Houve um longo silêncio, enquanto o silêncio falava".

Starbook é uma sinuosa narrativa de fábulas, aforismos e tratados proféticos, em tópicos como "autenticidade", "verdade" e "visão". Acompanha os esforços de um príncipe doentio na conquista de uma pobre donzela de uma tribo invisível de artistas que canalizam a sabedoria dos deuses em esculturas proféticas. Seu namoro desencadeia uma enigmática profecia de uma época sombria, governada por "espíritos brancos", que só será vencida por meio do amor. A iluminação do príncipe incita o ódio dos anciãos da tribo, zelosos de seu monopólio do poder.

Okri explica que tentou inserir silêncio em *Starbook*, dividindo-o em 150 capítulos curtos. Ao comparar o efeito da divisão em capítulos ao "vento soprando sobre uma vasta paisagem vazia", ele encerra um capítulo quando quer "pousar a narrativa em um expressivo silêncio".

Okri gesticula com o ritmo controlado e lento de um *connaisseur* de artes marciais. Começou a praticá-las ainda adolescente, para compensar o fato de ser menos desenvolvido fisicamente do que seus colegas. Tanto sua prosa quanto sua luta provêm da filosofia taoísta de que "não se deve ter estilo"; de que "um estilo é uma limitação"; de que, "dependendo de como a luta se apresenta, você acompanha a luta".

Apesar de sua sintaxe rítmica e ornamentada, Okri insiste em que não almeja uma linguagem elegante. "Não quero que você repare em como os movimentos de minha mão são bonitos quando minha intenção é derrubá-lo." Em

Starbook, a tribo de artistas não tem uma palavra para beleza; eles a extirparam de seu vocabulário porque o estilo é um impedimento para uma consciência mais ampla.

A frase de abertura de *Starbook*, "Esta é uma história que minha mãe começou a me contar quando eu era criança", foi o manancial de onde fluiu o romance. "Se eu não tivesse aquela frase, nunca teria tido o livro. Você não tem ideia de como levou tempo para chegar a uma frase tão obviamente simples." O início de um romance é um processo de se encontrar o ritmo certo, porque "o universo é musical, e existe uma cadência precisa pela qual algo pode se tornar verdadeiro".

Em *Starbook*, que é lido como uma alucinação calidoscópica, os deuses se comunicam com as pessoas através de sonhos. Okri diz que ele "não pode" – querendo dizer que não vai – comentar o papel dos sonhos em seu processo criativo, mas observa que muitos de seus romances preferidos – como *O peregrino*, *Dom Quixote*, *O médico e o monstro* e *Ievguêni Oniéguin* – se originaram de sonhos. "Muitas de nossas maiores descobertas científicas surgiram em sonhos. A criatividade e os sonhos compartilham a mesma matriz."

Okri é tão indefinível quanto seus personagens porque, como acontece em seus textos, formula suas ideias abstratamente, evitando sentimentos concretos, motivações e acontecimentos. Diz que os anos que levou escrevendo *The Famished Road* foram os mais árduos de sua vida, mas não se anima a expor as razões. "Foi uma noite muito, muito, muito comprida, que pensei que fosse durar para sempre. Se eu não tivesse superado aquilo, não estaria aqui agora, vivo."

Depois de terminar *The Famished Road*, ele produziu oito livros no mesmo número de anos. "Foi como se todos os caminhos de minha vida estivessem congestionados; quando aquilo saiu, fiquei livre." Com cinco anos de elaboração, *Starbook* vinha surgindo de forma relativamente lenta. "O que aconteceu foi que havia um material jorrando, e agora voltou a ser novamente o rio." Quando jovem, muitas vezes ele trabalhava febrilmente durante a noite, mas agora escreve em um ritmo mais cuidadoso. Para ele a ambição é hostil à escrita, porque "este universo não foi criado pela ambição, mas pela simplicidade".

A recorrente alusão de *Starbook* ao "livro da vida entre as estrelas" reflete o interesse de Okri em como nossa vida participa de uma história infinita, inacessível à mente humana. "Existem filósofos antigos que acreditam que a realidade consiste inteiramente em um sonho na mente de Deus – um livro, uma narrativa perene." Os romances de Okri não têm realmente um fim, mas um declínio, porque "o verdadeiro propósito da arte é manter o outro em uma jornada sem fim". Em *Starbook* ele percebeu o clímax quando "o livro tocou aquele ponto que toca todos os outros pontos – o ponto onde ele tocou as estrelas".

Os detratores de Okri argumentam que ele privilegia efeitos vistosos e mágicos em vez de personagens e argumento. O narrador de Starbook expõe a crítica sucintamente, ao declarar que "mitos demais, um excesso de magia, e o caminho para o céu não está pronto: o que agrada aos olhos deixa a alma cega para seu verdadeiro objetivo". Segundo Okri, os críticos que veem seu trabalho como indisciplinado não conseguem ver além de sua aparência: "Algumas vezes, a superfície deliberadamente espelha o próprio problema que está tentando abordar, como combater o fogo com fogo". Mas, ao simular o problema, será que ele também não se arrisca a cair sob o seu sortilégio? "Não, não se você apenas ouve o elemento essencial daquele universo, que é uma cadência", ele responde de maneira vaga. "Se o ritmo é claro, o espírito fica claro."

Para Okri, a história tem uma relação ambivalente com a mitologia. "Todos os reinos antigos passaram por um período de intensa magia. Os reinos egípcios chegaram à beira do declínio por acreditar em um excesso de mitos. Esse tem sido um dos maiores problemas da África – o triunfo do mito e da mágica sobre o esclarecimento."

O ambiente de seus romances não é identificado, mas frequentemente presume-se que seja a terra nativa de Okri, a Nigéria. No entanto, ao ganhar o Booker Prize de 1991, ele resistiu às tentativas da mídia de computar sua vitória como um marco para a literatura africana, preferindo situar-se dentro de uma tradição universal de contadores de histórias: "Estou interessado naquilo que a África tem de universal".

Nascido em 1959 em Minna, uma cidade onde se cultivam nozes, no centro da Nigéria, Okri se mudou para Londres aos 18 meses de idade, depois que seu pai ganhou uma bolsa para estudar direito naquela cidade. Ele se lembra de si mesmo como um precoce andarilho de 6 anos, que lia Shakespeare e o *Times* de ponta a ponta enquanto se perdia regularmente pelas ruas, pedindo orientação sobre como voltar para casa. Junto com o seu bando, inspirado nos heróis de quadrinhos de *The Bash Street Kids*, ele vagou por Londres, esvaziando pneus e invadindo casas.

A família voltou para a Nigéria depois que seu pai se formou advogado. Okri ficou devastado. Recusando-se a entrar no navio, teve que ser enganado pela mãe para embarcar. Depois de lhe ter dito que ele ficaria sozinho em Londres, ela o convenceu a subir a bordo para se despedir, no momento em que o navio zarpava. A guerra civil começou pouco depois de eles retornarem, mas Okri se recusa a comentar suas experiências do período da guerra. "Não é todo dia que uma pessoa é arrastada para uma coisa como essa na infância. O escopo de reflexão é imenso, porque faz parte daquilo que você se tornou. É por essa razão que não falo sobre isso."

Seu pai era tão ambicioso em relação ao filho que deu um jeito para que Okri frequentasse o segundo grau aos 9 anos. "Eu estava na mesma classe que pessoas barbadas, com músculos desenvolvidos. Nunca me libertei totalmente daquela sensação de estranhamento." Inicialmente ele queria ser um cientista – mais particularmente um "inventor" –, mas essa ambição terminou quando seu pedido de ingresso à universidade foi rejeitado. Tendo ele terminado o segundo grau aos 14 anos, os diretores da universidade pensaram que ele fosse uma fraude. "Tive sorte de não me tornar um cientista. Seria muito tedioso ser exatamente aquilo que eu queria ser. É muito mais interessante ter sido frustrado."

A recusa coincidiu com a perda da prosperidade de sua família, por razões que Okri não quer revelar. Ele passou os quatro anos seguintes frugalmente em casa, lendo literatura inglesa e filosofia antiga. "Se tivéssemos continuado ricos e prósperos, eu teria ficado às voltas com os meus colegas, frequentando baladas. Os anos em que eu não tinha nada para fazer foram, de fato, minha verdadeira formação."

Aos 19 anos, então voltado para se tornar escritor, Okri partiu para a Inglaterra e estudou literatura comparada na University of Essex: "Londres provoca a cabeça – quero dizer, Shakespeare, Dickens, nossa!" Ele encara sua volta como uma retomada da viagem do pai dezoito anos antes. "Não é de surpreender que mais tarde eu tivesse voltado para cá – para escrever. Nós, seres humanos, somos muito movidos a eco, somos muito musicais."

Dois anos antes de ele se formar, a Nigéria passou por uma turbulência econômica e o governo retirou sua bolsa. Quando a casa de seu tio, onde Okri se hospedava, foi demolida, ele ficou pelas ruas durante meses, dormindo nos subterrâneos do metrô, mas continuando a ler mesmo quando suas costelas começaram a aparecer.

Okri considera seus meses de miséria fundamentais para a sua formação como escritor, observando que frequentemente a literatura contemporânea não tem autenticidade porque os escritores estão alienados da vida comum. Perguntado se sua celebridade depois do Booker Prize ameaçou sua escrita, ele diz que "é preciso muito mais caráter para lidar com o sucesso do que com a adversidade. Existem mais pessoas que se exauriram por ser ricas, famosas e bem-sucedidas do que por ser pobres".

O espírito de Okri obviamente sobreviveu às provações do sucesso material; ele insiste em pagar a conta absurda. Digo-lhe que estou surpreso por ele ter um cartão de crédito, considerando seu luddismo. "Eu também", ele diz. A máquina rejeita seu cartão. Okri tenta novamente sem sucesso, antes de concluir que a máquina está quebrada. Conforme o garçom sai em busca de orientação quanto ao equipamento, olho o cartão de Okri. Expirou há três anos.

— Setembro de 2007

Per Petterson

Quando Per Petterson trabalhava em uma livraria de Oslo, na década de 1980, e queria escrever uma ficção que refletisse suas origens da classe trabalhadora, procurou inspiração em escritores americanos "tremendamente realistas" – Raymond Carver, Richard Ford e Jayne Anne Phillips. Petterson estava para visitar Carver com um de seus tradutores noruegueses quando o escritor morreu de câncer pulmonar, em 1988. A viúva de Carver sugeriu que eles viessem do mesmo jeito. Peter dormiu na biblioteca de Carver por quatro noites.

Com seu estilo enxuto e o cuidado com as texturas da vida cotidiana, os romances de Petterson bem merecem o epíteto de "estilo Carver". Seu último romance traduzido para o inglês, *Out Stealing Horses* (2003), vendeu 200 mil exemplares na Noruega, que tem uma população de menos de 5 milhões de pessoas. Depois de ganhar o Prêmio Independent Foreign Fiction de 2006, venceu os romances finalistas de J. M. Coetzee, Julian Barnes, Cormac McCarthy e Salman Rushdie no International Impac Dublin Literary Award de 2007, que, com um valor de 100 mil euros, é o prêmio literário mais valioso do mundo.

Uma história sobre o amadurecimento, sem nada do *kitsch* ou do melodrama frequentemente associados a esse gênero, *Out Stealing Horses* encontra Trond Sander aos 67 anos, refletindo sobre o verão transformador de 1948, em que esteve com seu pai em uma cidade rural perto da fronteira sueca. Viúvo, desde que sua esposa morreu em um acidente de estrada, Trond reforma o chalé isolado onde pretende passar solitariamente os anos que lhe restam, enquanto recorda como, aos 15 anos, seu grande amigo, um ladrão de cavalos, se tornou o involuntário causador de outra tragédia.

Durante o café, em uma passada por Nova York em turnê publicitária, Petterson se mostra tão confiante e risonho quanto seus livros são melancólicos e sombrios. Contrastando com sua prosa meticulosa, ele fala sem parar, sem ao menos dar uma olhada em sua água. "Quando leio, acontece o contrário", ele diz sorrindo. "Tenho que beber o tempo todo."

Petterson vê *Out Stealing Horses* em parte como uma homenagem ao ganhador do Nobel Knut Hamsun, que, antes de se tornar um fervoroso simpatizante nazista, escreveu romances sobre marginalizados alienados que forçam passagem em comunidades fechadas do Ártico, no norte da Noruega.

Os romances de Hamsun definiram o que Petterson denomina "budismo à maneira norueguesa – a necessidade de entrar na floresta em busca de solidão, de estar sozinho com a natureza fazendo coisas rituais".

Petterson compara o sucesso internacional de *Our Stealing Horses* a um "acidente inesperado", mas, com uma história pessoal abalada por tragédias na mesma proporção que as de sua ficção, isso não é uma simples metáfora. Em 1990, a balsa *Scandinavian Star* pegou fogo, ceifando 158 vidas, incluindo os pais de Petterson, o irmão e uma sobrinha. Petterson deveria estar a bordo com a família, viajando para sua casa de veraneio na Dinamarca, mas no último instante atrasou-se, por sorte.

Seu romance autobiográfico, *In the Wake* (2000), começa quando Arvid Jansen, um romancista bloqueado, acorda desalinhado, recostado contra a porta da livraria de Oslo onde outrora trabalhara, sem conseguir lembrar como fora parar ali. Mediante *flashblacks* ficamos sabendo o que o levou ao fundo do poço e sobre a morte de seus pais e de dois irmãos em um acidente incomum de balsa, seis anos antes.

Petterson formou um grupo de apoio com os sobreviventes e outros familiares das vítimas, movido a adrenalina durante dois anos após a tragédia. "Eu passava todo o tempo falando sobre o que tinha acontecido. Nós expúnhamos tudo e falávamos, falávamos, falávamos. Todos tinham três mortes na família, ou tinham sobrevivido por um triz. Todos estavam loucos, mas ninguém se dava conta disso."

Petterson não tinha falado da morte de seu outro irmão, que falecera sete anos antes do desastre da balsa, porque achava que isso não tinha significado fora de sua família. Após o processo de luto nacional que se seguiu ao acidente com a Scandinavian Star, ele compreendeu como a geração de seus pais às vezes falava nostalgicamente dos anos de guerra. "Você estava ombro a ombro com seus aliados, seus vizinhos. O que quer que tivesse acontecido a uma família, havia uma espécie de comunhão naquilo."

O ato de escrever não abrandou sua dor: "Escrever não é confessional. Seria preciso fazer terapia com o seu terapeuta". Petterson começou *In the Wake* sete anos após a tragédia, tendo resolvido psicanaliticamente tudo o que lhe era possível. "Eu não poderia tê-lo escrito se estivesse em um estado de fragilidade." O romance é menos sobre a tragédia da balsa do que sobre a problemática dinâmica familiar que Arvid é levado a considerar por causa dela. "Eu não queria ser 'o escritor da Scandinavian Star', escrevendo sobre a embarcação e sobre tudo o que se passara. São no máximo quatro páginas voltadas para o que houve na balsa."

A maior parte do trabalho de Petterson está centrada nas tensões entre pai e filho, e sua própria relação ambivalente com o pai fez com que fosse particularmente difícil aceitar a sua morte. Seu pai trabalhava em uma fábrica de sapatos e era um tipo voltado para a natureza, que desconfiava da palavra. Quando adolescente, Petterson rejeitava seus valores, vindo só mais tarde a apreciar o amor pelo trabalho físico e pela natureza incutido por seu pai e que perpassa sua ficção. "Lamento que não tenhamos conversado e que eu não lhe tenha explicado por que de certo modo o deixei, quando era jovem. Eu pensava: 'Um dia eu explico'. E então ele morreu."

Na conversa final que Petterson teve com sua mãe, ela lhe disse que esperava que seu próximo livro não fosse tão "infantil" como os dois primeiros romances, que apresentam Arvid Jansen enquanto criança. Talvez ela não tenha gostado dos seus livros, mas Petterson tem certeza de que ela se orgulhava por ele ter se tornado um escritor. Ela passava os dias trabalhando em uma fábrica de chocolates, mas à noite devorava alta literatura, que lia em cinco línguas.

To Siberia (1996) é um relato ficcionalizado da adolescência de sua mãe em uma Dinamarca ocupada pelos nazistas, centrado no relacionamento dela com seu idolatrado irmão mais velho, morto de tumor cerebral aos 25 anos. "Quando ela falava do irmão, seus olhos brilhavam", diz Petterson, que descreve a mãe como uma mulher de postura enérgica, que se recusava a reclamar das provações da vida. "Quando ela falava do meu pai, não tinha o mesmo brilho nos olhos. Então entendi, desde tenra idade, que seu irmão mais velho era o homem da sua vida."

Petterson deixou a faculdade antes de se formar bibliotecário, desistindo após dois anos. "Tenho medo de acadêmicos, porque acho que sabem algo que eu não sei. A livraria foi minha universidade. Durante doze anos li livros o tempo todo e conversei com pessoas normais – leitores e clientes – sobre livros."

Aos 18 anos, ele queria ser escritor, depois de ter lido Hemingway e de ter percebido que a linguagem e o material da ficção poderiam ser retirados da vida comum. "Sempre escrevi com seriedade, mas nunca terminei coisa alguma porque eu via que era um lixo." Aos 34 anos, Petterson terminou sua primeira história, depois que um amigo observou que ele já estava chegando à metade da vida e que, se não fizesse um nome por si próprio então, provavelmente nunca o faria. "Fiquei tão assustado, que de repente consegui fazê-lo. Foi como quando parei de fumar; aquilo realmente me apavorou."

Petterson se mudou para o campo em 1993, estimulado por sua segunda mulher, Pia, uma professora de jardim da infância. "Tive que me mudar para conseguir a garota. Em Oslo não havia chance. Ela queria sair de lá." Conforme foi reformando o chalé do leste da Noruega, onde continua a viver de uma maneira muito parecida com a de Trond, começou a usar as habilidades que seu pai o intimara a adquirir. "Foi como uma explosão do passado. Pensei: 'Ah, eu deveria ter lhe agradecido, porque agora vejo como o que ele me deu forçando-me a entrar no mato foi importante'."

O pai de Petterson nunca mencionou seus livros, mas Petterson está convencido de que ele os leu. Ele permanece uma crucial, ainda que improvável influência em seus escritos, parcos em diálogos, mas ricos na descrição do trabalho físico. "Meu pai não conseguia formular as coisas que achava importantes – ele o fazia com o corpo. Mas, quando você é mais novo, não entende que aquilo que ele lhe dá é algo além da conversa. Gostaria de lhe agradecer por isso, porque, como escritor, agora isso é extremamente importante para mim. A conversa é totalmente supervalorizada, eu acho."

— *Outubro de 2007*

José Saramago

Em *Estilo tardio* (2006), Edward Said sugere que a aproximação da morte frequentemente provoca nos escritores uma de duas reações. Alguns assumem a imagem popular do velho sábio, cujo trabalho reflete uma nova serenidade e reconciliação com o mundo. Para outros, o comprometimento da saúde se manifesta como contradição e discórdia insolúveis, levando-os a reabrir questões incômodas e complexas de significado e identidade.

No livro de José Saramago *As intermitências da morte*, a morte não é apenas o tema central, mas também a principal personagem. Publicado inicialmente em português, em 2005, o livro foi traduzido para o inglês em 2008, por Margaret Jull Costa. Agora, aos 86 anos, o romancista parece quase parodiar a obsessão pela morte de um escritor cujos olhos estão voltados para a ampulheta. No entanto, ao personificar comicamente a Grande Foice como uma mulher, estará Saramago adentrando suavemente a noite ou tramando uma rebelião inútil contra a injustiça da mortalidade?

As intermitências da morte situa-se entre as duas categorias de Said de "estilo final" – não traz nem uma indignidade desenfreada nem a segurança de um fecho moral. Aparentemente, trata-se de uma fábula sobre a importância da morte para a civilização. Repentinamente, a população de um país não definido para de morrer – Saramago concede à humanidade seu antigo desejo por uma vida eterna, a fim de imaginar suas terríveis consequências. Mas esse é também um romance pós-moderno, com uma voz autoral autoconsciente, que chama a atenção para sua natureza construída e insiste em interpretações alternativas.

Trata-se do 16º trabalho de ficção do romancista português (incluindo uma coleção de contos e uma novela) – uma realização significativa para qualquer escritor, particularmente para quem tenha nascido em uma família de camponeses analfabetos do sul de Portugal. "Éramos uma família pobre, sem formação, com horizontes limitados, em uma linhagem contínua de analfabetos, geração pós geração", diz Saramago em uma entrevista por *e-mail*. "Eu lia tudo o que estivesse ao meu alcance – até mesmo jornais que pegava do chão. De leitor a escritor foi um passo lógico."

Ele publicou seu primeiro romance em 1947, aos 25 anos, mas depois abandonou as atividades literárias e desempenhou vários trabalhos, como mecânico, tradutor e mais tarde como jornalista. "Eu não acreditava que tinha algo interessante a dizer", diz ele. Foi somente aos 50 anos que voltou à ficção. Desde então, escreve em tempo integral, e conquistou atenção internacional com *Memorial do convento* (1982), seu romance de amor passado no século XVIII. Seguiu-se a aclamação e, em 1998, ele recebeu o Prêmio Nobel de Literatura – tendo sido o primeiro português a ser laureado. O comitê do prêmio exaltou suas "parábolas sustentadas pela imaginação, pela compaixão e pela ironia".

Contudo, a obra de Saramago não tem sido alvo de um reconhecimento universal. Em 1992, o governo de centro-direita português impediu que seu romance herético, *O Evangelho segundo Jesus Cristo*, fosse indicado para um prêmio literário europeu – e, em sinal de protesto, Saramago se mudou para a ilha espanhola de Lanzarote. "Fiquei indignado", ele diz. "Após cinquenta anos de uma ditadura fascista, o governo democrático decide banir um livro!"

Até mesmo os críticos permanecem divididos. Harold Bloom proclamou-o nosso maior escritor vivo, mas tanto Tim Parks quanto John Banville, por exemplo, consideram frívola sua técnica de introduzir elementos fantásticos em cenários do mundo real. Banville critica o realismo mágico de Saramago com o argumento de que "a própria realidade já é suficientemente mágica, sem a invenção de esquisitices".

"Como é que a realidade 'é suficientemente mágica'?", protesta Saramago. "A realidade não tem nada de mágico. Mágica é a imaginação. Classificar meus livros como 'realismo mágico' é responsabilidade de Banville, não minha.

Eu me considero um autor realista, livre para percorrer diversos caminhos e usar diferentes recursos". No romance de Saramago de 2003, *O homem duplicado*, um professor de história busca permissão para ensinar história ao contrário, do presente para o passado – como esse protagonista ficcional, Saramago inverte a realidade a fim de iluminá-la.

Tanto o sentido moral quanto o lado subversivo de Saramago são típicos de seu trabalho de um modo geral, e não apenas de seu livro mais recente. Estilisticamente, sua pontuação não é ortodoxa. Seu texto tem um aspecto improvisado que faz com que seja lido como uma fala.

Suas sentenças encadeadas alastram-se em parágrafos que, frequentemente, ocupam várias páginas. Evitando as aspas, os diálogos de seus personagens se mesclam ao do narrador onisciente, criando, às vezes, uma mistura confusa de vozes alternadas: "A pontuação é uma convenção. Existem línguas que não a usam, mas mesmo assim os que as falam entendem o que leem. Quando falamos, não usamos pontuação".

"Meu estilo", prossegue Saramago, "começou em 1979, quando eu estava escrevendo *Levantado do chão*. O mundo que eu descrevia era o Portugal rural, durante os primeiros dois terços do século passado – um mundo no qual a cultura de contar histórias predominava, e eram passadas de geração a geração, sem que se usasse a palavra escrita." Saramago assemelha-se ao velho porteiro provinciano de *As intermitências da morte*, que é brevemente consultado a respeito de um provérbio arcaico e ridicularizado porque "ele ainda falava como se estivesse sentado ao lado do fogo, contando histórias para seus netos".

A primeira metade de *As intermitências da morte* tem pouca trama, tecendo considerações sobre as consequências políticas e sociais da partida da morte. O Estado pondera como as futuras gerações suportarão uma população crescente vivendo de pensões por velhice e invalidez. As companhias de seguro procuram saídas para pagamentos devidos aos permanentemente vivos. Os republicanos se agitam por um sistema presidencial com mandatos fixos, em lugar de um monarca que subsiste em estado vegetativo. As pessoas fazem eutanásia em seus familiares mortos-vivos, transportando-os através da fronteira, onde a morte permanece ativa. As empresas de serviços funerários ficam reduzidas ao preparo de funerais para animais.

Esta é, obviamente, uma sátira à vaidade humana, com seu anseio pela imortalidade. Mas Saramago não tem o impulso do escritor de ficção científica para explicar seu enredo: por que as pessoas continuam a morrer fora dos limites do país, e a morte ainda acontece para os animais e as plantas? Na verdade, ele deliberadamente se recusa a discorrer sobre a lógica da situação, escrevendo: "Confessamos nossa incapacidade de fornecer explicações que satisfaçam aqueles que as exigem".

O octagenário autor nunca esteve atrás do consolo de uma pós-vida. Seu ateísmo antiquado é mais claro em *O Evangelho segundo Jesus Cristo*, que descreve um deus megalomaníaco que planejou o martírio de Jesus para expandir o número de seus seguidores para além dos judeus. *As intermitências da morte* volta a enfatizar sua mensagem: desesperado com o paradoxo segundo o qual o cessar da morte também acarreta a morte de deus, o clero fervorosamente cria novos mitos para manter seu rebanho disperso dentro do aprisco. Sobre a religião, Saramago declara: "Ela fica para lá, e eu também. Não a suporto, nem ela me suporta".

Após sete meses de ausência, a morte retoma suas operações, ainda que agora pela entrega de cartas cor de violeta endereçadas a suas vítimas para comunicar seu fim iminente. A sátira percebida no romance desaparece nesta segunda metade com a entrada da personificação da morte (escrita com o "m" em minúsculo). Finalmente surge uma trama, quando um dos avisos letais da morte é inexplicavelmente devolvido a sua toca subterrânea. Desconcertada com o fato de alguém ter escapado à sua convocação, a morte assume forma humana como uma linda mulher para ir atrás de seu alvo – um solitário violoncelista de meia-idade, o protótipo do homem comum de Saramago.

A ficção de Saramago frequentemente menciona diferenças de classe e a ganância das forças de mercado. Ele se filiou ao Partido Comunista Português em 1969, quando este era uma fonte vital de oposição à ditadura de António Salazar, e permanece fiel a essa ideologia. "Os cristãos se refugiaram em Jesus para prosseguirem com sua fé, eu me refugio nos princípios e ideais da igualdade e da solidariedade", diz ele. "Parece que todos gostariam que eu passasse para o capitalismo, depois do desastre do comunismo conforme ele foi posto em prática. Lamento desapontá-los. No meu entender, ser comunista é um estado de espírito. Nunca renunciarei a isso."

Saramago fez palestras em conferências internacionais atacando o Fundo Monetário Internacional e a União Europeia, e é mais conhecido por uma visita a Israel em 2002, quando comparou Ramallah a Auschwitz. Hoje em dia, ele diz: "Em Ramallah encontrei o espírito de Auschwitz. Enquanto ainda houver um palestino vivo, o Holocausto continua. Israel nunca aceitará a existência de um estado soberano palestino".

Felizmente, sua ficção é menos dogmática. *A caverna* (2001) encontra um oleiro e sua família vivendo nos arrabaldes de um sinistro complexo habitacional e de compras conhecido como o Centro Comercial, que os priva de seu ganha-pão. Em *A jangada de pedra* – publicado em 1986, ano em que Portugal e Espanha se integraram à Comunidade Europeia –, a visão que Saramago tem da Ibéria como um vasto país independente significa suas preocupações com a soberania de Portugal ao se alinhar o país a seus parceiros do norte, economicamente mais poderosos.

"Nunca usei a literatura para expressar minhas ideias políticas, mas é fácil percebê-las no meu texto", diz Saramago. "Acredito que no fundo sou um ensaísta. Tenho uma forte tendência à reflexão, que, em teoria, se apresentaria mais adequadamente sob a forma de ensaios. Mas não sei escrever ensaios, então uso o romance como um substituto."

Embora a maioria dos romances de Saramago lembre fábulas, eles nunca dependem de verdades morais simplistas. Sua marca de identidade é estabelecer um enredo absurdo, depois traçar suas ramificações com um rigor clínico. Em *Ensaio sobre a cegueira* (1995), a população de uma cidade é atingida por uma epidemia de cegueira, mas o que substitui a visão é uma brancura e não a escuridão. Esse livro, segundo ele, foi o romance que considerou o mais difícil de escrever: "Criar horror com as próprias mãos é uma tarefa ingrata, mesmo no mundo da literatura. Paguei por isso com vários meses de ansiedade". *As intermitências da morte* teve um desenvolvimento semelhante: "Em *Ensaio sobre a cegueira*, tentei encarar a questão: 'E se fôssemos todos cegos?' Aqui a questão era: 'E se a morte deixasse de nos matar?' A ideia surgiu do nada".

Ensaio sobre a cegueira permanece o romance mais famoso de Saramago, mas provavelmente também é o mais supervalorizado. Embora ele crie um conceito assombroso para mostrar como a tirania política cega as pessoas em relação à humanidade, sua prosa difícil e indisciplinada impede o fluxo da aventura.

As narrativas de Saramago demoram tipicamente a se desenvolver. É apenas na metade de *O homem duplicado*, em que um professor de história deprimido descobre um duplo que aparece como uma ponta em vários filmes, que os rivais se encontram e tem início um *thriller*. Essa verbosidade e esse adiamento seriam frustrantes em um escritor menor.

O verdadeiro prazer em ler Saramago não está na sua trama, mas na sua voz – com alternâncias generosas e agressivas, terrenas e urbanas, filosóficas e pedantes. Seus personagens, frequentemente sem nome, são quase sempre tímidos e apagados – revisores, balconistas, figurantes. Mas eles se recusam a agir previsivelmente – eles conversam com o Senso Comum, em *O homem duplicado*, e uma entidade chamada "o espírito que paira sobre a água do aquário" em *As intermitências da morte*. Um teto de gesso falante aparece em *Todos os nomes* (1997) – retrato de um modesto funcionário empregado de uma Conservatória Geral do Registro Civil.

A epígrafe de *As intermitências da morte* cita a hipótese de Wittgenstein de que o pensamento da morte requer "novos âmbitos da linguagem". Existe a suspeita de que Saramago tenha escolhido essas palavras por ironia, para nos fazer crer que a morte será invocada indiretamente através de uma linguagem figurativa, em vez da morte absurdamente literal, com seus insignificantes ataques de irritação, que acabamos conhecendo. A *persona* feminina da morte não pareceria estranha para os portugueses – nas linguagens do romance de amor, "morte" é uma palavra feminina. "Até onde sabemos, a morte não tem gênero", diz Saramago. "É assim, ou ela carrega o gênero que lhe é atribuído pela língua na qual a mencionamos. Não tenho dúvida de que, no meu livro, a morte tinha que estar no feminino." Existe a ideia de que, colocando a morte em minúscula, Saramago também a decapita, reduzindo a sua autoridade.

Saramago se abstém de letras maiúsculas para todos os nomes próprios, reduzindo deus, marcel proust, sócrates e a igreja católica apostólica romana. Segundo o que ele escreve: "as palavras têm sua própria hierarquia, seu próprio protocolo, seus próprios títulos aristocráticos, seus próprios estigmas plebeus". Sua gramática não convencional nivela essas disparidades. Mas nenhum personagem está mais bem situado para ponderar sobre as incertezas da linguagem humana do que a própria morte. Explicando para sua incrédula foice que existem pelo menos seis palavras para "caixão", ela comenta: "É assim que essas pessoas são, elas nunca têm muita certeza do que querem dizer".

O interesse de Saramago em como a realidade é modulada pelas contingências da linguagem fica mais visível em *A história do cerco de Lisboa* (1989), em que um revisor altera o registro histórico, inserindo a simples palavra "não" em um relato acadêmico do cerco sofrido pela cidade em 1147. No entanto, apesar de brincar com a linguagem, Saramago não tem o niilismo dos escritores pós-modernos, que consideram a verdade algo inalcançável.

Em *O ano da morte de Ricardo Reis* (1984), o herói do título de Saramago é um dos quatro principais heterônimos usados pelo poeta português Fernando Pessoa. Assim como acontece com o sósia em *O homem duplicado*, Saramago cria um personagem que logicamente não pode existir; não para sugerir cinicamente que o *self* é uma ilusão e sim para questionar o que significa ser um ente autêntico.

A obra de Saramago joga com histórias tradicionais. Em *A caverna*, ele retrabalha a alegoria de Platão para mostrar como a verdade pode ser substituída pela realidade virtual do capitalismo de consumo. Em *As intermitências da morte*, subverte a alegoria medieval da dança da morte. Na Idade Média, a dança da morte era uma popular figura de discurso, demonstrando como a morte atrai qualquer um para sua dança, independentemente da posição social — sua apelação às simpatias políticas de Saramago não é de surpreender. No romance, em vez de a morte ser o músico que conduz as pessoas a seu fim, é o violoncelista humano que seduz a morte.

O desfecho de *As intermitências da morte* sugere um possível retorno a seu início, criando uma estrutura circular que ecoa o ciclo da vida. Ele conclui que, mesmo que a morte continue a reinar e a existência humana permaneça finita, o impulso de contar histórias não tem fim. Fundamentalmente, o romance não tem o alcance imaginativo da interpretação feita por Saramago da época da Inquisição em *O memorial do convento*. E também traz pouco da riqueza metafísica de *O homem duplicado* ou de *Todos os nomes*. Mas a voz excêntrica do autor é sedutora como sempre.

Em *Turning Back the Clock* (*A Passo di Gambero*, 2006), Umberto Eco sugere que a melhor maneira de um escritor idoso enfrentar a mortalidade é reconhecer a estupidez do mundo que será deixado para trás. Talvez seja por isso que em *As intermitências da morte* o impulso satírico de Saramago esteja desenfreado.

Seu narrador comenta: "Nós, seres humanos, não podemos fazer muito mais do que mostrar a língua para o carrasco que está prestes a nos cortar a cabeça". Saramago mostra atrevidamente a língua à morte – mas ele também se conforma com sua inevitabilidade. *As intermitências da morte*, segundo o autor, "expõe a única certeza absoluta que temos em relação a esse assunto – não podemos impedir a morte. Ao aceitar isso, acho que mostramos nossa sabedoria".

— *Dezembro de 2008*

Graham Swift

Na atual Grã-Bretanha, onde os autores aparecem na mídia por alardear opiniões que valem manchetes e exibir seu excêntrico modo de vida, Graham Swift é uma figura rara. Sua *persona* midiática é despretensiosa e suas opiniões são discretas. Um escritor de primeiro time, com um perfil de celebridade reservada, sua história pessoal é aparentemente tão comum quanto os personagens de seus livros.

Ao longo de uma obra de oito romances – destacando-se sua saga de 1983, *Terra d'água* (*Waterland*), ambientada nas terras planas e pantanosas dos charcos ingleses, e seu romance detentor do Brooker Prize de 1996, *Últimos pedidos* (*Last Orders*) –, Swift surgiu como o principal praticante inglês da banalidade engenhosa. Sua obra não apresenta as tramas extravagantes ou as pirotecnias linguísticas de seus contemporâneos Martin Amis, Salman Rushdie e Julian Barnes. Ele produz dramas envolventes a partir de enredos despretensiosos, criando visões líricas com uma linguagem cotidiana.

O romance mais recente de Swift, *Tomorrow* (2007), resultou de seu desejo de escrever sobre a felicidade. Trata-se de uma ideia simples, mas de um desafio que poucos romancistas assumem. Como a famosa frase de Tolstói em *Anna Karênina*: "Todas as famílias felizes são iguais; cada família infeliz é infeliz à sua própria maneira". Como o drama depende de conflito, a felicidade doméstica é inerentemente não dramática. "Não existe uma história real na felicidade", diz Swift, 60 anos, falando de Londres pelo telefone.

Então, ele escreveu sobre uma família muito unida, cuja serenidade é ameaçada. "A maneira de escrever sobre a felicidade e mesmo assim deixá-la dramática é escrever sobre ela sob um aspecto em que ela se torne vulnerável." *Tomorrow* se inicia à 1 h da madrugada, quando Paula, uma *marchande* de arte de sucesso, mãe de gêmeos de 16 anos, está deitada, acordada, antecipando a manhã. Quando o dia começar, Paula e seu marido, Mike, um próspero executivo de uma editora científica, contarão aos filhos a verdade sobre a origem deles.

O romance termina várias horas depois, na manhã anterior à confissão, e ao leitor só cabe imaginar o que virá em seguida. "Uma das possibilidades é a de que essa família continuará sendo feliz, mas ainda assim a felicidade está ameaçada. A possibilidade de perder a felicidade dá a ela um sentido de urgência."

Escrever sobre a felicidade não torna o processo criativo extraordinariamente prazeroso. "Não faz diferença se você está escrevendo sobre dor ou alegria; você fica animado é quando está funcionando."

A prosa de Swift parece fácil, às vezes até leviana, mas é obra de um mestre artesão. Em *Tomorrow*, frases aparentemente ao acaso são repetidas em momentos meticulosamente cronometrados, de forma que clichês como "às vezes as mães só podem dar conselhos" e "as mães querem apenas o melhor para seus filhos" alcançam uma poética e uma ressonância que nunca se poderia pensar que fosse possível. "Eu não marco determinada palavra ou frase para ser repetida. Isso é muito intuitivo."

Mas para Swift o ato de escrever não tem a ver, essencialmente, com as palavras. "Um dos grandes desafios da escrita é tentar colocar em palavras o que a maioria das pessoas, na maior parte do tempo, acha muito difícil de verbalizar. O que conta não são as palavras, mas os sentimentos que elas procuram expressar."

A autenticidade dos romances de Swift deve muito a seus narradores na primeira pessoa. "Todos nós existimos na primeira pessoa, portanto, se você escreve na primeira pessoa, está, automaticamente, muito mais próximo da maneira como a vida é realmente vivida. Com um narrador na primeira pessoa, você sabe por que a história está sendo contada. A história na terceira pessoa tem que vir do nada, de algum ponto misterioso decidido pelo autor. Eu sempre tenho uma leve impressão de que a terceira pessoa é o autor assumindo uma instância superior."

Últimos pedidos foi a linha divisória que liberou Swift para o uso de um estilo comum. "Eu precisava de narradores que não fossem particularmente educados. Descobri que uma linguagem aparentemente limitada podia ser muito expressiva." Assim como acontece com *Últimos pedidos*, *Tomorrow* é narrado em um único dia. "Sinto-me atraído pela intensidade e pela atmosfera que se consegue quando tudo está sendo contado em um curto período."

No entanto, *Tomorrow* também abarca os cinco anos anteriores, conforme Paula reconstrói em pensamento os acontecimentos que cercaram o nascimento de seu marido durante a Segunda Guerra Mundial, enquanto o pai dele estava fora, em combate. A guerra forma um legado histórico para muitos dos personagens de Swift.

Nascido em 1946, filho de um piloto naval, Swift desenvolveu um interesse prematuro pelo combate. Na adolescência, começou a questionar a visão glamourizada da guerra que acompanhou o seu crescimento. "Eu estava lidando tanto com os efeitos reais da história quanto com a forma como a história pode ser transformada em mito, e comparando os dois aspectos – o que não é um mau processo de formação para um futuro romancista. Isso me ensinou que vidas pequenas e comuns podem ser varridas por acontecimentos muito importantes."

Depois de se formar em inglês em Cambridge, Swift fez o doutorado em literatura inglesa na University of York, mas passou mais tempo trabalhando em seus contos do que no doutorado. "Seu maior mérito foi ter-me dado tempo para trabalhar nos meus textos." Sem interesse por uma carreira acadêmica, ele se sustentou na década seguinte como professor de inglês, segurança e trabalhador agrícola.

Seu primeiro romance, *The Sweet Shop Owner*, foi publicado em 1980. "Houve um período muito longo da minha vida em que eu estava muito sozinho, desamparado, era um escritor inédito. Quando via meus contemporâneos com empregos muito confortáveis, às vezes parava para pensar e até sentia inveja. Mas depois eu via que tinha sorte por ter descoberto aquilo que realmente iria me impulsionar."

A fama chegou em 1983 com seu terceiro romance, *Terra d'água*, uma elaborada crônica histórica. "Não é típico do meu estilo habitual, que é muito mais quieto, mais íntimo e mais interiorizado, como em *Tomorrow*."

O mar representa um pano de fundo atmosférico em vários romances de Swift. Em *Tomorrow*, a praia é o espaço tanto para um caso de amor de décadas passadas quanto para um afogamento recente. "Qualquer linha d'água, qualquer litoral está no limite, onde um elemento encontra o outro. Traz aquele drama inerente. Pode trazer um perigo latente, ao mesmo tempo que é algo de que as pessoas gostam."

Tomorrow é sobre a importância da descendência para a identidade humana. Swift menospreza seu tema central como "continuidade biológica e o quanto isso é importante para manter nosso senso de continuidade". Então por que Swift e sua companheira de toda a vida, Candice, não têm filhos? "É simplesmente uma questão de escolha. Estamos muito felizes sem filhos. O romance não tem nada a ver com minhas experiências pessoais."

Sua imagem pública discreta não o deixou imune a controvérsias. Logo depois de *Últimos pedidos* ter recebido o Booker Prize, *The Australian* publicou uma carta de John Frow, professor da Melbourne University, acusando Swift de ter se apropriado indevidamente de *Enquanto agonizo* (*As I Lay Dying*, 1930), de William Faulkner. A discussão se alastrou pela mídia inglesa e o juiz do Booker Prize, A. N. Wilson, escreveu no *The Independent* que, se o júri estivesse ciente dos paralelos com o romance de Faulkner, Swift não teria ganhado o prêmio.

Tendo reconhecido sua dívida para com o romance de Faulkner, Swift ficou perplexo com a alegação de plágio. "Desde que o mundo é mundo se contam histórias a respeito do que as pessoas fazem com os restos de um morto. Isso não é monopólio de Faulkner. Se eu não tivesse ganhado o Booker Prize, acho que essa questão nem teria sido levantada. Infelizmente, quando sua imagem está em destaque, você se torna alvo para todos os tipos de atitude maldosa por parte da imprensa."

— *Abril de 2007*

Tobias Wolff

Enquanto seus colegas de trabalho do *Washington Post* investigavam Watergate, em 1972, Tobias Wolff era um negligente redator de obituários. Um colega, ciente de que o foca não estava seguindo o protocolo, telefonou dando uma falsa notícia de morte. Outro jornalista salvou Wolff do vexame, avisando-o da brincadeira. Mas o emergente escritor de contos ficou pensando no que teria acontecido se, por engano, tivesse publicado a notícia da morte de um homem vivo.

    De seu desinteressante período como jornalista resultou a história "Mortais"*, sobre um homem que, em busca de reconhecimento, anuncia a própria morte e depois o engano, reclamando quando o anúncio é publicado. Esse desolado conto de humor faz parte de *Our Story Begins* (2008), um maciço volume de contos de Wolff que reúne seleções de suas três antologias anteriores e dez novas peças.

    Wolff alcançou amplo sucesso com as memórias de sua atormentada juventude, *O despertar de um homem* (*This Boy's Life*, 1989), promovidas pela adaptação feita para o cinema, em 1993, na qual ele era vivido por Leonardo DiCaprio. Até então, ele era mais conhecido por seu papel no renascimento do conto americano. Ao lado de Richard Ford e Raymond Carver, ele foi rotulado de pioneiro do "realismo sujo" – a nova ortodoxia da ficção sombria e minimalista sobre a vida dos trabalhadores braçais. (Wolff, irritado, rejeita o termo como "totalmente sem sentido".)

---

* "Mortais" – Esse conto foi publicado no Brasil no livro *A noite em questão*, de Tobias Wolff. (N. T.)

Suas histórias frequentemente exploram as mentiras que as pessoas contam para reinventar a si mesmas e colorir uma vida inexpressiva. O próprio Wolff deve muito ao blefe. Quando não passava de um delinquente de 14 anos na retirada cidade de Chinook, Washington, ganhou uma bolsa de estudos para uma academia preparatória de elite da costa leste, a Hill School, forjando notas máximas em boletins em branco e inventando testemunhos em papéis timbrados da escola. "Eu estava cheio de coisas que tinham que ser ditas, cheio de uma verdade reprimida", ele escreveu em *O despertar de um homem*. "Eu acreditava que, de alguma forma, aquilo não era realmente comprovável... Eu era escoteiro águia, um ótimo nadador, um garoto íntegro."

Seu talento para fingir parecia destinado a levá-lo à prisão, onde seu pai, alcoólatra e estelionatário, cumpria pena por passar cheques sem fundo. Em vez disso, Wolff fez carreira contando a verdade por meio da ficção. Suas histórias se desenrolam em torno de epifanias antigas, em uma prosa econômica e fria. Como o título *Our Story Begins* sugere, elas respeitam a forma tradicional, com início, meio e fim definidos. Wolff diferencia seu trabalho das histórias de John Barth e Donald Barthelme – "ousadas, mas uma ficção não muito baseada na narrativa: ficção sobre as convenções da ficção, e experimentos no tempo."

No entanto, ele se sente em dívida para com inúmeras histórias pós-modernas que escreveu, embora nunca tenham sido publicadas, na década de 1970. "Isso me ensinou muito sobre a construção de histórias – a olhar para a forma da história como algo maleável, algo a ser construído, e não recebê-la como uma responsabilidade imposta e sagrada", reflete Wolff, 64 anos, pelo telefone, da Califórnia, onde ensina redação em Stanford. "Escondo meus experimentos, porque não é nisso que eu quero que recaia a atenção do leitor."

Outra influência literária importante foi seu irmão Geoffrey, sete anos mais velho e também escritor. Seus pais se divorciaram quando Tobias tinha 5 anos; ele se mudou com a mãe para a costa oeste, enquanto Geoffrey passava a viver com o pai no leste. Os irmãos perderam contato durante seis anos, voltando a se encontrar apenas quando Tobias tinha 15 anos. Mas os dois, independentemente um do outro, se tornaram aspirantes a escritor. "Descobri meu irmão – a quem eu admirava, especialmente do modo como se admira alguém com quem se tem pouco contato – e fui completamente tomado pela literatura."

Desde então eles permanecem próximos, e seu relacionamento – pelo menos segundo dizem os irmãos mais famosos – sempre foi completamente livre de rivalidades. Ajudou o fato – ele sugere – de que Geoffrey nunca tivesse escrito contos, e a diferença de idade significava que o irmão mais velho assumiria mais o papel de mentor do que de competidor. A inclinação literária compartilhada pelos irmãos pode ter menos a ver com uma estranha coincidência do que com a hereditariedade; o pai deles, Arthur, era um inveterado narrador de ficções – um artista da trapaça tão carismático quanto fraudador. Foi apenas aos 19 anos que Wolff, então católico praticante, soube que o pai era de extração judaica, em vez de anglicana, como alegava ser.

Geoffrey descreveu sua vida com o pai em *The Duke of Deception* (1980). Uma década depois, em *O despertar de um homem*, Tobias escreveu sobre sua formação ao lado da mãe, Rosemary, eternamente otimista, embora vivesse em dificuldades financeiras. Seu segundo marido, Dwight – um mecânico que se divertia em humilhar o enteado e aterrorizá-lo levando-o a passeios de carro e dirigindo bêbado –, não foi melhor do que Arthur. "Ela escolhia mal os homens", admite Wolff. A princípio pouco à vontade com o fato de o filho escrever sobre sua vida, "ela logo se animou quando as resenhas saíram, falando de minha linda e decidida mãe".

Antes de ir para a Hill School, Wolff visitou o pai e o irmão. Arthur, que sugerira a reunião familiar, teve um colapso nervoso duas semanas depois da chegada de Tobias e passou a maior parte do verão em um sanatório. Mesmo assim, Wolff simpatizou com ele. "Havia algo de muito querido e vulnerável em meu pai. Acho que era aquela vulnerabilidade que o tornava tão temeroso do ridículo e do preconceito, levando-o à dissimulação." Wolff se sentiu menos compadecido depois que o primeiro de seus três filhos nasceu. "Quando percebi o que significava ter um filho, me pareceu inimaginável que alguém pudesse simplesmente abandoná-lo."

"The Hill", como era conhecida a escola, confirmou seu desejo de ser escritor. "Era uma atmosfera em que a literatura era respeitada acima de tudo. Os professores de inglês eram os aristocratas do lugar." A escola organizou uma série de leituras em homenagem a seu antigo aluno, o crítico Edmund Wilson, e William Golding e Robert Frost fizeram uma visita enquanto Wolff estava lá. Ele se lembra da "tremenda competição para entrar na classe avançada de inglês, onde no final do ano era o próprio diretor quem dava a aula". Mas Wolff não conseguiu alcançar o padrão acadêmico. Depois de ser reprovado em um exame crucial de matemática, perdeu a bolsa, sendo obrigado a se retirar.

Seu romance de 2003, *Meus dias de escritor* (*Old School*), descreve a intriga e a rivalidade em um internato exclusivamente masculino da década de 1960. O narrador, um judeu enrustido, plagia uma história tentando ganhar um concurso literário cujo prêmio é um encontro a sós com Ernest Hemingway. Ao escrever o romance, Wolff evocou "as crises de identidade que me sobrevieram com minha mudança de uma escola rural no estado de Washington para aquela escola caríssima, socialmente consciente e literariamente consciente".

Meus dias de escritor não é, ao contrário do que dizem as resenhas de seus editores, o primeiro romance de Wolff; sua estreia deu-se em 1975 com *Ugly Rumors*, há muito fora de catálogo, e esse livro vem sendo omitido da lista de suas obras publicadas. Pressionado a respeito dessa questão, Wolff responde com firmeza: "Eu não o reconheço. Não gosto dele. Então, talvez possamos passar para a próxima pergunta".

Depois de deixar The Hill, Wolff passou quatro anos servindo o exército, o que incluiu um ano no Vietnã. "Para mim, parecia quase inevitável me alistar", diz ele. "Todos os homens que conheci enquanto me tornava adulto tinham servido. A Guerra do Vietnã não estava acontecendo quando me alistei, portanto não havia o questionamento da contracultura quanto à obrigatoriedade do serviço militar."

Parecia significativo que vários dos seus ídolos literários – incluindo Norman Mailer, Ernest Hemingway, Erich Maria Remarque e James Jones – tivessem feito serviço militar. "Eu pensava que, como escritor, era algo que deveria conhecer." Contudo, as lições de combate se revelaram menos glamourosas: "Descobri dentro de mim mesmo as tentações do abuso da autoridade e do poder".

Depois do Vietnã, ele passou seis meses se preparando para os exames de admissão em Oxford, onde aquele que antes abandonara a escola entrou para se formar com louvor em inglês. Bill Clinton também estudava lá e, embora não fossem amigos, Wolff brinca que deve ter passado para Clinton a maconha que ele não tragou.

A Inglaterra o atraía como uma chance de escapar da constante conversa que havia nos Estados Unidos sobre o Vietnã. "Aquela história de os veteranos do Vietnã serem pessimamente tratados pelos outros quando voltavam é, em sua maioria, bobagem, mas as pessoas realmente queriam me questionar sobre o assunto o tempo todo." Isso ocorreu duas décadas antes que ele começasse a trabalhar em suas memórias sobre os dias passados no Vietnã – *No exército do faraó* (*In Pharaoh's Army*, 1994) –, tempo necessário "para encontrar uma forma de contar essas memórias e me ver, de uma certa distância, dentro delas".

Se ele escrever um terceiro livro de memórias, diz, será uma recordação da vida literária nos Estados Unidos. Trata-se de uma observação intrigante, considerando a raridade com que ele escreveu sobre literatura no passado. Em *O despertar de um homem*, Wolff conta como rebatizou a si mesmo de "Jack", em homenagem a Jack London, aos 10 anos. Mas o livro traz poucas referências literárias. "Eu queria evitar o destaque comum das memórias literárias, em que cada coisinha que indica um futuro escritor tem que ser assinalada."

Inquirido sobre o que permanece nele do malandro de *O despertar de um homem*, Wolff menciona "a nostalgia de casa, da família, e a tendência a mitificar". Mas acrescenta: "Eu já não me mitifico, estou muito cansado, muito velho". Pode-se dizer, com segurança, que o mentiroso que improvisou as próprias cartas de referência não escreverá seu obituário.

— Julho de 2008

A. B. Yehoshua

Quando A. B. Yehoshua começou *A noiva libertada* (*The Liberated Bride*), em 1998, o processo de paz no Oriente Médio estava no auge. Parecia que finalmente se vislumbrava uma solução auspiciosa para a difícil situação entre Israel e a Palestina. Em 2001, enquanto ele escrevia os últimos capítulos do livro, Israel estava mais uma vez alarmantemente fora de controle. "Já estivemos encostados na paz", diz Yehoshua em voz grave, num misto de frustração e de dor. "Tocamos na paz, e agora estamos de volta a toda essa matança."

Muitas cenas do romance, tais como as que mostram as fronteiras anteriormente permeáveis entre Israel e os territórios ocupados, agora parecem utópicas. O protagonista de Yehoshua, Rivlin, um orientalista judeu, se infiltra ao acaso nos postos de controle israelenses, assistindo ao concerto de uma freira cantora em Jenin e a um festival de poesia romântica em Ramallah. "Eu ia sem armas, sem ninguém no carro, a todos esses lugares", diz Yehoshua. "Eles eram tão pacíficos! Era interessante ver como investiram em infraestrutura para o turismo."

O romance se passa em 1998, três anos antes de irromper a segunda Intifada. Acompanha Rivlin às voltas com suas duas preocupações no decorrer de um único ano – sua pesquisa acadêmica para compreender as raízes históricas do terror argelino da década de 1990 e sua missão pessoal de desvendar o mistério que envolve o divórcio do filho. Mas, com a violência dos ataques suicidas, Yehoshua permitiu que algumas leves gotas de sangue se infiltrassem na narrativa, que fora isso é marcada pelo otimismo e pelo tom leve de farsa. Yehoshua semeou o romance com prenúncios sutis da rebelião vindoura. Criou o organizador da competição de poesia em Ramallah tomando como modelo o rebelde palestino Marwan Barghouti ("um homem muito corajoso"), que agora cumpre sentença na prisão por seu papel no ressurgimento do terrorismo.

Jerosolimita de quinta geração, Yehoshua nasceu em 1936, a duas ruas de seu colega romancista e contemporâneo Amós Oz. Tendo se aposentado há vários anos de seu cargo de longa data como professor de literatura comparada da Universidade de Haifa, Yehoshua mora na cidade portuária com sua mulher – uma psicanalista que não se exime de aplicar no marido os truques de sua profissão –, com quem é casado há 48 anos. "Estou sob análise o tempo todo", diz ele. "Tenho medo de contar meus sonhos para ela." Yehoshua compara seu papel como escritor em Israel ao de um psicanalista comunal: seu objetivo é "trazer à tona o inconsciente das pessoas e mostrar verdades escondidas".

Quando *A noiva libertada* foi publicado em hebraico, em 2001, foi objeto de uma vivissecção brutal feita por Yitzhak Laor, um radical poeta e crítico literário anti-*establishment* de Telaviv, no importante jornal israelense *Haaretz*. O ataque de 3 mil palavras de Laor criticou o livro como o equivalente literário de uma limpeza étnica, em seu "ódio feroz e racista dos árabes". Laor é ligeiramente ridicularizado no romance como um intelectual formidável mas cruel, que explora o conflito entre Israel e a Palestina para se desforrar de seus adversários.

Yehoshua descarta a hipótese de os esforços de Laor para empalá-lo serem devidos a questões pessoais. "Ele achava que eu é que havia impedido seu acesso à Universidade de Haifa", diz Yehoshua. "Tantos árabes admiraram o livro!" Mas suspeita-se que a *vendetta* seja tão política quanto pessoal.

Apesar de sua posição como participante ativo da esquerda israelense e de ser um veterano apoiador da criação do Estado Palestino, Yehoshua foi também um dos mais ferozes defensores do muro de segurança da fronteira ocidental proposto pelo ex-primeiro-ministro Ariel Sharon. Trata-se de uma política que, na crítica de Laor, equivale a "limitar os palestinos aos guetos".

A noiva libertada é uma alegoria sobre a necessidade de fronteiras. O romance explora a violação dos limites existentes entre pais e filhos, maridos e esposas, professores e estudantes, bem como a confusão de barreiras culturais entre a minoria árabe de Israel e sua população judaica. Cada uma delas vem em apoio da crença de Yehoshua no imperativo de um muro que separe os dois povos. Seus personagens nunca estão dissociados de seu contexto político. Seus relacionamentos funcionam como metáforas para os desafios do estado judaico.

O sionismo militante de Yehoshua às vezes o coloca em grandes desentendimentos com escritores israelenses mais jovens, tais como Etgar Keret, que não comunga da tradicional concepção israelense de ver o escritor como um profeta. Enquanto Yehoshua cria tomos épicos que estridentemente chamam atenção para seu significado político, os microcontos de Keret ostentam sua irreverência, numa revolta contemporânea contra o fervor ideológico da geração que amadureceu com o estado.

Yehoshua se lembra de uma discussão que teve com Keret em uma conferência na Grécia sobre os judeus e a diáspora. Keret enfatizou as afinidades que uniam o povo judeu, ao passo que Yehoshua mantinha sua fé controversa de que o exílio é a "doença" do judaísmo para a qual a única "cura" é o sionismo. Seus livros podem destilar a alienação e o desespero do Israel contemporâneo, seu idealismo pode ter murchado e ter sido substituído pelo cinismo, mas o fervor sionista de Yehoshua não perdeu nem um pouco da sua intensidade.

A falta de fronteiras do povo judaico e a resultante indefinição de sua identidade constituem o que Yehoshua sustenta ser a causa básica de sua perseguição histórica: "Como há algo impreciso em sua identidade, os antissemitas podem projetar facilmente seus problemas, suas fantasias, no judeu. O judeu é como um texto com várias lacunas. Como sionista, sei que nosso propósito é estar entre nós, e não vagar novamente pelo mundo. Os judeus da Diáspora precisam saber que a estrutura de sua identidade é um convite ao antissemitismo. Eles precisam se resolver, já que o preço é tão alto".

Seu persistente pedido ao governo israelense para acabar com os assentamentos nos territórios ocupados deriva desses princípios. "Por querermos nos apossar de um pequeno território palestino, Israel traiu a regra mais sagrada do sionismo – destruímos nossas fronteiras." Ele acredita que os patológicos impulsos de antissemitismo só poderão ser estancados com os judeus vivendo dentro dos claros limites de Israel: "Os palestinos nos detestam, mas eles não têm essas fantasias antissemitas".

Para Keret, a posição de Yehoshua a respeito dos judeus da Diáspora é ostensivamente "um caso de se pedir à vítima que assuma responsabilidade pelo que lhe aconteceu". "Não é muito diferente da reação a vítimas de estupro:

'ela não deveria ter usado aquele vestido'", diz Keret. "Afirmar que o israelense é o judeu completo me parece muito estranho e errado. O israelense arquetípico é mais um judeu contrário à Diáspora do que um judeu completo. Se os líderes da Diáspora eram intelectuais, o típico líder político israelense é um general ou um fazendeiro, de preferência ambos. O pensamento judeu cosmopolita e de crítica autorreflexiva também é difícil de ser encontrado no israelense arquetípico, que é mais... simples, mais pragmático, e vai direto ao assunto, o que, para mim, não parece de modo algum uma continuação ou um avanço do pensamento judaico."

Laor vê o que ele denomina "nacionalismo deformado" de Yehoshua como um reflexo do frágil senso de pertencimento do romancista como um judeu de ascendência do Oriente Médio. "Por ser (Yehoshua) um judeu sefardita, que nunca participou realmente da fantasia ocidental vivida pelo Israel sionista, ele continua negando o simples fato de que nosso povo, como qualquer povo do mundo, é um coletivo de muitos seres humanos diferentes, nas cores, na fé, nos desejos, nos medos, nas escolhas. Para ele, cada judeu que permanece fora do domínio de Israel ameaça sua própria definição de si mesmo como membro de uma maioria nacional. Esta é exatamente a sua fraqueza como escritor: ele não consegue refletir sobre as pessoas sem considerar sua identidade nacional."

Yehoshua admite que, quando escritor em formação, evitou escrever sobre suas origens sefarditas, mas afirma que as acusações de que ele estaria eliminando sua etnicidade são equivocadas. Como uma voz emergente na *intelligentsia* israelense, Yehoshua procurou ser definido por sua identidade nacional, em vez de sê-lo por sua identidade étnica. Apenas depois de estabelecer sua identidade israelense é que ele voltou para suas origens sefarditas como uma coisa proveitosa para seu trabalho. "Como a maioria dos recém-chegados estava vindo de outros países, para eles era fácil, porque todo o seu passado tinha ficado na Diáspora", ele explica. "Minhas marcas de identidade estavam aqui, então havia certo esforço em me separar do meu aspecto étnico."

O meio dos orientalistas israelenses é familiar a Yehoshua desde a sua infância. Seu pai era um arabista que falava a língua fluentemente e que fomentou no filho a crença de que os árabes eram "parte da família".

"Eles realmente eram pessoas excelentes que procuraram não apenas entender as ideias políticas dos árabes, mas as camadas profundas de sua consciência. Eles achavam que, por estarmos voltando para este país e querermos viver com eles para sempre, tínhamos que entender nossos vizinhos." Mas, ao contrário do filho, o pai de Yehoshua não era ingênuo em suas convicções políticas. "Como ele tinha lido seus escritos, me dizia: 'Nunca haverá paz com eles.' Às vezes acho que ele estava certo."

Essa formação deu a Yehoshua a confiança para acreditar que ele podia dissecar a mente árabe exatamente com a mesma facilidade com que analisaria a psique judaica. A morte de seu pai em 1982 coincidiu com a invasão de Israel ao Líbano. Esses dois eventos precipitaram o esboço de seu ambicioso retrato da cidade, em 1990, *O sr. Mani* (*Mr. Mani*, "Meu grande romance"), a partir dos doze estudos publicados de seu pai sobre Jerusalém. O romance consiste em cinco "conversas" unilaterais, cada uma narrada por um membro da mesma família isolado em uma época da história judaica. "Pela primeira vez, senti que não conseguia entender as pessoas do meu povo", diz ele. "Era como se eu descobrisse que um membro da minha família tinha ficado louco. Era uma espécie de processo psicanalítico de recuar até o passado para entender o presente."

Um dia ele gostaria de viver na Austrália, brinca Yehoshua, mas apenas se pudesse levar com ele todos os judeus do mundo. "Eu adoraria ter uma pequena Austrália para reunir todo o povo judeu do mundo. Aí você veria que não haveria antissemitismo. Viver entre nós, em nosso território, definido dentro de nossas fronteiras, este é o nosso sonho. Mas você não vai nos oferecer a Austrália." Ele ri. "Se fosse possível cortar uma parte e cercá-la com mar, talvez funcionasse. Mas dentro da Austrália estaremos imediatamente em Melbourne e Sydney."

— *Abril de 2004*

PARTE II
NÃO FICÇÃO

Ian Buruma

Em um dia de semana à noite, no New Yorker Festival, uma jovem multidão antenada se juntou para pensar em monstros. Ou melhor, para ver Martin Amis, príncipe amadurecido da elegância literária, discutir com Ian Buruma as origens do mal. Amis se esconde em sua jaqueta preta de couro, resmungando provocações sobre o *Alcorão* em sua voz curtida pela nicotina.

Buruma senta-se com as costas retas, vestindo terno e gravata, falando em um inglês da BBC sobre a alienação que levou Mohammed Bouyeri, um holandês marroquino de segunda geração, a matar o jornalista provocador Theo van Gogh, em 2004. "Mas, Ian", interrompe Amis, "você não acha importante que seja o Islã?"

"Não", responde Buruma calmamente. "Acho que é incidental. Os fundamentalistas islâmicos", ele argumenta, "poderiam da mesma forma ter escolhido uma ideologia secular para justificar uma matança."

Buruma não tem nada da aura de celebridade de Amis – sua compostura desalinhada, sua perspicácia irreverente, sua fala extravagante. No entanto, ele se iguala à presença de Amis no palco. Ele provoca sem polemizar, convencendo pela erudição em vez de fazê-lo pelo estilo. Em um paradoxo a mais, Buruma está substituindo Ayaan Hirsi Ali, a cruzada somali contrária ao Islã, que colaborou com Van Gogh no filme publicitário *Submissão* (2004). Buruma, que é anglo-holandês de nascimento, criticou a visão dogmática de Ali em seu livro de 2006, *Murder in Amsterdam*, um relato meticulosamente sóbrio sobre o declínio do multiculturalismo em sua Holanda nativa.

A recusa de Buruma em assumir posições extremas tem-lhe valido enorme respeito, quando não exatamente fama. Incluído na lista de 2008 do *Foreign Policy/Prospect* dos cem intelectuais públicos mais importantes do mundo, ele é um prolífico autor que escreve sobre história e faz reportagens e comentários culturais sobre a Ásia e a Europa. *The China Lover* (2008) é seu segundo romance. Mas a nuance não vende, e Buruma nunca apresentou declarações superficiais sobre o choque das civilizações ou a volta da história.

Buruma se identifica como um liberal que valoriza a liberdade acima da igualdade, ao mesmo tempo que acredita numa modesta distribuição da riqueza. Em sua opinião, de todas as democracias, os Estados Unidos são o país que melhor equilibra liberdade e igualdade. De acordo com o escritor David Rieff, um amigo: "É notável que ele pareça estar completamente a salvo do fanatismo de esquerda e de direita nesta época em que os fanatismos se digladiam. Por um lado, ele conseguiu não ser vítima da correção política, mas também não ficou tentado pelo pânico em relação ao Islã ou por fantasias neoconservadoras".

Buruma vive em um novo complexo *kitsch* de apartamentos no Harlem, Nova York, supostamente influenciado pela arquitetura do deserto de Kalahari. Ele é impecavelmente cortês e agradável, se não extremamente amigável ou propenso a uma conversa descontraída. O estilo japonês se mescla ao moderno na espaçosa cobertura.

Ele passou a vida escrevendo sobre diferentes culturas. Quando ganhou o almejado Prêmio Erasmus, em 2008, por sua "contribuição à cultura na Europa", o júri holandês o saudou como um "novo cosmopolita". A láurea anual serviu como uma vingança para Buruma, depois de ele ter sido atacado na imprensa holandesa por *Murder in Amsterdam*.

"Houve esse sentimento bastante provinciano de inveja da pessoa que vai embora e volta", diz ele. "Um sentimento de: 'ele pode pensar que é o máximo em Nova York, mas quem é ele para vir aqui e nos dizer como é a Holanda?'" O livro revela como o consenso pós-guerra da Holanda sobre multiculturalismo, políticas liberais de imigração e generosos serviços governamentais de inclusão social criou uma cultura de complacência e negação que deixa o país impotente para lidar com sua nova minoria muçulmana.

Em 2007, Buruma redigiu para o *New York Times* um perfil cordial sobre Tariq Ramadan, um filósofo muçulmano moderado e proponente do Islã europeu. Paul Berman, um jornalista neoconservador, respondeu com uma refutação de 28 mil palavras na *New Republic*. Acusou Buruma de se manter na superfície a respeito da história de Ramadan apoiar abusos a mulheres e promover o antissemitismo, enquanto virava as costas para Hirsi Ali, uma ex-muçulmana em luta pelas liberdades do Iluminismo.

Como resposta ao fato de ser chamado de apologista do Islã radical, Buruma afirma com uma tranquilidade típica: "As pessoas que dizem isso veem este debate em termos de amigos e inimigos, e não querem questionar Hirsi Ali de jeito nenhum. Se Tariq Ramadan é um inimigo, então qualquer pessoa que tenha algo de bom para dizer a seu respeito é um traidor dos valores do Iluminismo. Eu estava tentando explicar por que as mulheres muçulmanas, em cuja defesa Hirsi Ali se coloca, não a apoiam, e por que seu apoio vem principalmente dos holandeses de classe média, intelectuais e brancos. Ela é um pouco exagerada, como costumam ser todos os convertidos".

As ideias políticas de Buruma estão decididamente mais próximas das de Hirsi Ali. "Não sou uma pessoa religiosa e não comungo do esquerdismo bastante ultrapassado, terceiro-mundista, de Tariq Ramadan. Mas se você estiver procurando alguém que possa ter uma influência positiva nos devotos muçulmanos cultos da Europa, no sentido de integrá-los à sociedade democrática, então existe mais esperança com Tariq Ramadan, simplesmente porque ele é um crente e ela é uma ateia."

Nascido em Haia em 1951, Buruma cresceu em uma família bilíngue, na qual os ingleses eram vistos como salvadores. A mãe de Buruma, nascida na Inglaterra, filha de judeus alemães assimilados, perdeu parentes no Holocausto. Seu pai, um advogado filho de um ministro holandês menonita, foi obrigado a trabalhar em uma fábrica alemã durante a guerra.

Buruma passava as férias de verão com os avós maternos, na Inglaterra, o que lhe parecia um idílio. Em seu livro de 1999, *Voltaire's Coconutsor Anglomania in Europe*, Buruma relembra como "uma visita de meus avós à Holanda parecia a chegada de mensageiros de um mundo mais amplo, mais glamouroso".

A mãe de Buruma o vestia como um escolar inglês, com meias três quartos e calças de flanela que iam até os joelhos, fazendo com que ele se diferenciasse de seus colegas. O garoto imitava a caligrafia elegante da mãe, associando-a ao refinamento inglês.

O diretor repreendeu uma vez Buruma por desenhar suásticas. "Parecia que todos os membros da geração mais velha tinham participado da resistência", escreve Buruma em *The Wages of Guilty* (1994), que compara as memórias do passado militar de alemães e japoneses. O livro argumenta que os alemães assumiram suas atrocidades de guerra, mas que os japoneses continuam a negá-las.

"O Shoa não entrou propriamente na consciência do público até o final da década de 1960", diz Buruma; a primeira vez que ele leu sobre isso foi na matéria feita em 1963 por Harry Mulisch sobre o julgamento de Adolf Eichmann. Então, embora ele e seus amigos soubessem que um professor de história havia estado do lado errado da guerra, "aquilo realmente não nos incomodou muito, porque ele era popular e uma pessoa ótima".

O fato de ser bilíngue em casa fez com que Buruma ficasse afastado de seus colegas em uma Haia culturalmente homogênea da qual ele se lembra como um lugar fechado, esnobe, de onde ele "mal podia esperar para dar o fora". Os protestos de 1968 em Amsterdã pareciam distantes, mas, de qualquer modo, Buruma nunca esteve "terrivelmente interessado em participar de demonstrações, ou em ser um ativista".

Quando Buruma tinha 20 anos, sua mãe morreu de câncer. Ele tinha recentemente trocado os Países Baixos por Londres, e diz: "A excitação de viver minha própria vida de alguma maneira me ajudou a superar aquilo com muita facilidade, talvez facilidade demais". Seu pai, que estava cuidando das duas irmãs mais novas de Buruma, ficou afetado de uma forma mais profunda: "Ele nunca mais encontrou alguém parecido".

Como estudante de chinês da Leiden University nos Países Baixos, Buruma não era nem um maoísta nem um sinólogo, como seus colegas. Tinha pouco interesse em fazer uma viagem à China de Mao, organizada pelo Estado, ou em esmiuçar textos e fotos do partido atrás de indícios de subversão do poder estatal. Como ele escreve em *Bad Elements*, seu livro de 2001 sobre as comunidades dissidentes chinesas: "Nunca fui um observador da China".

Contudo, ele se apaixonou pelo cinema e pelo teatro do Japão. Com pretensões a dirigir, em 1975 foi para Tóquio com uma bolsa de estudos para estudar cinema. Lá, conheceu Donald Richie, um renomado admirador do Japão, que se tornou seu importante mentor. Diz Richie, agora com 85 anos: "De certa maneira, ele é um inocente, sempre pronto a considerar ambos os lados das histórias. Ainda conserva seu frescor, coisa incomum entre os intelectuais de Nova York. Está totalmente aberto para novas ideias". Richie encontrou-o fazendo críticas de filmes para o *Japan Times*, um jornal diário em língua inglesa, e usou as fotos de Buruma para acompanhar o texto de seu livro de 1980, *The Japanese Tattoo*.

As ambições cinematográficas de Buruma foram encorajadas por seu tio materno, o cineasta John Schlesinger, mais conhecido por *Perdidos na noite* (*Midnight Cowboy*, 1969). Eles eram especialmente próximos porque Schlesinger, que era *gay*, não tinha filhos. Mas havia alguma tensão em seu relacionamento: "Ele sempre falava em como seu trabalho era instintivo, que não era fruto de ideias. Era muito tímido e sentia-se pouco à vontade com pessoas que considerava intelectuais. Ele sempre me viu como um intelectual que estava racionalizando, conceitualizando. Acredito que, de certa maneira, sempre quis ser mais como ele".

Apesar de Buruma ter feito alguns documentários, ele finalmente percebeu que não tinha paciência para filmes, e o jornalismo assumiu o seu lugar. Seu primeiro livro, *Behind the Mask*, publicado em 1983, explorava o submundo japonês dos travestis, das casas de massagens e dos gângsteres das organizações *yakuza*. Depois de quatro anos estabelecido em Hong Kong como editor cultural da *Far Eastern Economic Review*, voltou para Londres em 1990 para se tornar editor estrangeiro do *Spectator*.

Buruma admirava a abordagem satírica do jornal a respeito do idealismo de esquerda, mas tinha repugnância por seus almoços afetados e pelo respeito voltado para o privilégio dos ricos e os valores tradicionais. Quando um homem-bomba matou o ex-primeiro-ministro indiano Rajiv Gandhi em 1991 e o editor assistente sugeriu que Enoch Powell escreveria melhor sobre o assunto do que os jornalistas indianos sugeridos por Buruma, ele percebeu que era hora de partir.

Suas ideias políticas de centro provocaram tensões semelhantes quando, em 2002, ele escrevia uma coluna semanal para o *Guardian*, cujo público-leitor era em geral visceralmente oposto a Israel e aos Estados Unidos. Buruma confiantemente descreve Israel como uma democracia e chama de louca a solução proposta por Tony Judt de um estado único. Mas, como crítico das posições políticas de Israel, tem sido acusado pela romancista Cynthia Ozick de ser "um covarde de baixa moral [...] que vive repetindo *slogans* [sobre] 'enxergar o outro lado'".

Em *Ocidentalismo: o Ocidente aos olhos de seus inimigos* (*Occidentalism: the West in the Eyes of its Enemies*, 2004), escrito em coautoria com o filósofo israelense Avishai Margalit, Buruma procura mostrar o outro lado da argumentação de Edward Said em *Orientalismo* (*Orientalism*, 1978). Segundo a ideia de Buruma: "Se há uma visão ocidental do Oriente que seja desumanizadora, há uma visão igualmente desumanizadora do Oriente em relação ao Ocidente. Said tinha uma visão e tentava adequar tudo o mais para comprovar o seu argumento. Isso teve um péssimo efeito tanto na vida acadêmica quanto na vida intelectual do mundo árabe".

Seu livro mais recente, *The China Lover*, se baseia na vida do ícone do cinema japonês Ri Koran e percorre o Oriente e o Ocidente. A atriz iniciou sua carreira no final da década de 1930, representando jovens chinesas em filmes de propaganda japoneses destinados a gerar simpatia pela ocupação japonesa na Manchúria. Durante a ocupação americana no Japão, ela atuou em filmes próianques sob o nome de Yoshiko Yamaguchi, antes de se reinventar como a atriz de Hollywood Shirley Yamaguchi.

Yamaguchi continuou a se transformar. Durante dezoito anos, foi uma política japonesa de centro-direita. Como jornalista de televisão, comungou com pessoas como Idi Amin, Kim Il-Sung e Yasser Arafat. "Ela sentia que havia estado do lado errado durante a guerra, de modo que, depois da guerra, tinha que estar do lado do perdedor, o que significava ter simpatia por líderes do Terceiro Mundo", diz Buruma.

Considerando os fatos extraordinários, por que contar a vida dela como ficção? Buruma pensou em escrever um livro de não ficção, até concluir que não queria contar apenas a história de Yamaguchi: "O que mais me interessava era como as pessoas fantasiavam a seu respeito e como aquilo combinava com todos os tipos de fantasias históricas e políticas". Assim, ele criou as três divisões do romance; em cada uma delas o narrador é um homem que observa a atriz a partir de um diferente contexto histórico: a Manchúria ocupada pelos japoneses, Tóquio no pós-guerra e Beirute na década de 1970.

Buruma conheceu Yamaguchi em 1987, em função da revista *Interview*, mas suas respostas presumivelmente polidas causaram pouca impressão. Eles se encontraram mais duas vezes depois disso, mas ele "poderia ter escrito o mesmo livro sem nunca tê-la conhecido". Quando eles se falaram pela última vez, por telefone, em 2001, dois dias depois dos ataques terroristas de Nova York, Yamaguchi disse: "É, é o mundo divertido de sempre".

Buruma trocou Londres por Nova York há três anos, esperando transformar a si mesmo. Seu casamento com Sumie – a mãe japonesa de sua filha de 23 anos, Isabel – tinha acabado, e a mudança também fez sentido por causa de seu trabalho como professor em tempo parcial do Bard College, ao norte do estado de Nova York, onde detém o título plural de professor de democracia, direitos humanos e jornalismo.

Em 2007, casou-se com outra japonesa, Eri Hotta, vinte anos mais nova do que ele. Eles se conheceram depois de uma palestra que ele deu em Oxford, onde Eri fazia o doutorado em relações internacionais. O casal tem uma filha de 2 anos, Josephine, e quase só fala japonês em casa.

Em sua coleção de ensaios de 1996, *The Missionary and the Libertine*, Buruma explora o estereótipo da sexualidade liberada que tradicionalmente permeia o modo como os ocidentais veem o Oriente. Ele escreve como, aos 21 anos, se apaixonou pela primeira vez por uma japonesa, a heroína do filme *Domicílio conjugal* (1970), de François Truffault, vivida por Hiroko Berghauer.

Inquirido sobre o que o atrai nas mulheres japonesas, Buruma sorri reticentemente e diz que sempre buscou o diferente. "Não é tanto algo específico às mulheres japonesas." Será que alguma coisa de Eri continua enigmática? "Não, mas eu não achava o Japão tão misterioso, mesmo quando estive lá pela primeira vez. Eu fiquei fascinado, era diferente, mas não impenetrável."

Morar em Nova York também lhe pareceu natural, considerando seu relacionamento com a *New York Review of Books*, com a qual ele tem colaborado regularmente há mais de duas décadas. Seu legendário cofundador, Robert Silvers, 80, edita a *New York Review* há 45 anos, mas dizem que pode apontar Buruma como seu substituto. Buruma aceitaria o cargo?

"Ele não me foi oferecido, portanto não posso responder a essa pergunta", ele responde sem emoção. "Nunca discuti isso com Bob."

Silvers se mostra entusiasmado com a perspectiva de Buruma vir a ser o editor: "Se eu tiver de abandonar este trabalho, acho que Ian seria um maravilhoso editor, se ele quisesse ser editor, mas não consigo acreditar que queira. Ele é um tremendo escritor. Por que iria querer passar a vida editando o trabalho de outras pessoas? Mas é uma pessoa imensamente simpática e atraente, com quem muitos escritores trabalhariam com prazer".

Na extensão de seus interesses, poucos colegas equivalem a Buruma, continua Silvers: "Ele domina muitas culturas diferentes com uma segurança extraordinária! Quando você se lembra de que ele é um *expert* em Japão, ele já está escrevendo um romance sobre a Índia, ou sobre a história inglesa moderna, ou sobre o Islã na Europa. Ian se sente em casa em qualquer lugar, mas, mais do que qualquer pessoa que eu conheça, ele está igualmente em casa na Ásia".

Em *God's Dust: a Modern Asian Journey* (1988), Buruma escreve sobre sua fascinação pelo conceito do pertencimento nacional: "Sempre quis saber como é sentir-se inteiramente à vontade em um país a ponto de não ter consciência disso". Mas em uma palestra de 2001 em Leiden ele criticou os escritores da diáspora que se romantizam como exilados. Não é uma moda à qual ele tenha se rendido. "Às vezes me sinto um pouco deslocado, mas não profundamente", diz Buruma desviando os olhos. "Continuo voltando para a Holanda e para a Inglaterra. Ainda falo holandês. Portanto, nunca queimei meus navios. Não sou um desses expatriados que rejeitam o mundo de onde vieram."

— *Novembro de 2008*

Noam Chomsky

Noam Chomsky olha para trás, para a parede de seu escritório onde está o retrato em branco e preto de Bertrand Russell, e se sente como se estivesse sendo julgado. "São esses olhos", diz Chomsky. "É como se eu tivesse feito algo errado." Questionado sobre o motivo pelo qual o fantasma de Russell poderia recriminá-lo, Chomsky hesita: "Tenho certeza de que ele pensaria em alguma coisa". O linguista e ativista de esquerda de 80 anos nunca admitiu estar errado.

De acordo com o *Arts and Humanities Citation Index*, Chomsky está entre os dez pensadores mais citados de todos os tempos. Mais bem ranqueado que Hegel e logo atrás de Freud, é o único elemento vivo daquele panteão. As revistas *Prospect* e *Foreign Policy* o declararam o intelectual público mais importante do mundo.

Além disso, ele pertence ao grupo de celebridades – que inclui o papa João Paulo II, Gabriel García Márquez e Mark Twain – cuja morte foi declarada prematuramente. O presidente venezuelano Hugo Chávez recomendou o livro de Chomsky de 2003, *O império americano: hegemonia ou sobrevivência* (*Hegemony or Survival: America's Quest for Global Dominance*), durante sua fala de 2006 na Assembleia Geral das Nações Unidas, lamentando não ter conhecido seu herói enquanto vivo. (Talvez Chávez tivesse em mente o agora falecido chimpanzé Nim Chimpsky, usado em um estudo de comunicação animal.) *Hegemony or Survival* alcançou, a seguir, o topo da lista de *bestsellers* da Amazon.com.

Chomsky, que é considerado um "socialista libertário", é um líder importante improvável para os ativistas dos *campi* universitários. Não existe o *glamour* de Che Guevara no sereno professor ligeiramente arqueado que está sentado à minha frente, usando tênis, um folgado pulôver cinza e óculos enormes. Sua voz baixa e rouca mal atravessa a mesa redonda à qual estamos sentados em seus espartanos aposentos no Massachusetts Institute of Technology (MIT). Do lado de fora de sua sala há caixas com velhos jornais de extrema esquerda, juntamente com uma nota rabiscada à mão: "Sirva-se".

Não é por causa de uma retórica entusiástica que seus discípulos são levados a superlotar os auditórios cada vez que Chomsky faz uma palestra. "Não sou ator", ele considera. "Se eu tivesse esse talento, não o usaria." Seu estilo, se é que assim pode ser chamado, é descarregar uma artilharia de estatísticas históricas e exemplos, embasando sua argumentação – calma, racional e continuamente – contra a hegemonia americana. Mesmo com toda a sua humildade, não é excitante falar para multidões de admiradores? "Existem coisas mais importantes", responde Chomsky pacientemente, "do que a maneira como os outros o veem."

Nenhum crítico da política externa americana tem seguidores globais mais ávidos, mas Chomsky é praticamente ignorado pela mídia americana. "Aqui eu sou considerado mais como uma ameaça", ele especula. Chomsky puxa uma capa emoldurada da revista liberal *American Prospect* de 2005, na qual ele e Dick Cheney parecem figuras dissimuladas, assomando sobre um amontoado nervoso de liberais. "É um indicador interessante da autoimagem deles como míseros covardes apavorados", ele diz.

Alguns linguistas acreditam que ele seja tão vital em sua área quanto Albert Einstein o é para a física. A era anterior à revolução chomskyana é, algumas vezes, chamada na língua inglesa de BC, ou "*before Chomsky*" (antes de Chomsky).

Em 1957, quando ainda não tinha 30 anos, Chomsky publicou seu primeiro livro, *Estruturas sintáticas* (*Syntactic Structures*), argumentando que nossa habilidade de produzir sentenças é biológica e não apenas um comportamento aprendido, como dizia a ortodoxia "estruturalista". Chomsky pressupôs uma "gramática universal", compartilhada por todos; o papel dos linguistas seria, então, o de descrever esses princípios inatos, em vez de apenas as gramáticas de diferentes línguas.

Tendo crescido na Filadélfia durante a Depressão, Chomsky refletiu profundamente sobre linguagem e política. Seu pai, William, um emigrante da Ucrânia, era um respeitado erudito hebreu e um conhecedor de gramática medieval. Sua mãe, Elsie, emigrou ainda criança da Bielo-Rússia e lecionava em escolas hebraicas. Muitos membros de sua família estavam desempregados, mas Chomsky tem boas lembranças dos anos anteriores à guerra: "As pessoas sofriam, via-se isso por toda parte; mas era uma época muito vibrante, do ponto de vista intelectual e político".

Nos fins de semana, ele ia para a cidade de Nova York, para ajudar seu incapacitado tio trotskista a administrar sua banca de jornal, e absorvia-se nos debates calorosos que aconteciam ali. Frequentava livrarias de anarquistas, lia panfletos políticos e conversava com refugiados europeus. Quando Barcelona caiu, em 1939, o garoto de 10 anos escreveu um editorial para o jornal da escola sobre a ascensão do fascismo europeu.

Aos 21 anos, casou-se com Carol Schatz, uma velha amiga da família, e o casal passou vários meses em um *kibutz* de Israel, chegando a considerar uma mudança definitiva. A promessa de uma utopia anarquista era tentadora, mas ele achou o fervor ideológico sufocante, e ficou desanimado com o racismo em relação aos árabes e aos judeus *mizrahim*.

Em meados da década de 1960, sua celebridade acadêmica havia muito estava estabelecida, mas quando os Estados Unidos começaram a bombardear o Vietnã sentiu que tinha prioridades mais urgentes do que refletir sobre a sintaxe. O ativismo consumiu-o. Chomsky dividiu uma cela com Norman Mailer depois de participar da Marcha contra o Pentágono, em 1967. Em *Os exércitos da noite* (*The Armies of the Night*, 1968), Mailer se recorda de seu companheiro de cela como "um homem magro, de feições pronunciadas, com uma expressão ascética e um ar de integridade gentil mas absolutamente moral". Carol voltou para a universidade para escrever uma tese de doutorado em linguística e poder sustentar a família caso Chomsky ficasse preso ou perdesse o emprego – o que não era uma possibilidade longínqua, visto que a maior parte do orçamento do MIT de então vinha do Pentágono.

Sua filha mais velha, Aviva, é agora uma autoridade em América Latina e uma ativista engajada; o filho Harry é violinista e programador de informática. A filha mais nova, Diane, mudou-se para a Nicarágua com pouco mais de 20 anos, quando começou a viver com um ativista sandinista. Vive na pobreza, evitando deliberadamente os confortos burgueses. Sendo assim, será que Chomsky se sente culpado por seu estilo de vida confortável? "Nossa vida é extremamente privilegiada, considerando-se os padrões mundiais, mas não estaremos ajudando ninguém se renunciarmos a ela", diz ele. Insinuo que isso soa como uma recriminação do estilo de vida de Diane. Ele contrai o rosto: "Eu ficaria mais feliz se ela tivesse água corrente em casa, em vez de um fiapo gelado umas duas horas por noite, mas isso é escolha dela".

Seu primeiro livro político, *O poder americano e os novos mandarins* (*American Power and the New Mandarins*), foi publicado em 1969, reunindo seus textos sobre o Vietnã. Seu argumento formaria a base de sua crítica às subsequentes intervenções militares americanas: a retórica humanitária governamental é apenas um disfarce para suas ambições imperialistas, e os intelectuais liberais fornecem a versão legitimada para essas atrocidades.

Depois que o Camboja sucumbiu ao Khmer Vermelho, em 1975, seu ódio pela política externa americana levou-o a escrever favoravelmente sobre Pol Pot. Em 1978, Chomsky e Edward Herman publicaram *After the Cataclysm*, em que racionalizavam a estratégia social letal dos comunistas cambojanos como um compreensível remédio à devastação econômica causada pelos ataques americanos.

Atualmente Chomsky é mais cuidadoso. Seus textos sobre o regime do Khmer tinham um contexto específico, ele insiste – contrastar o tratamento da mídia ocidental com os crimes cometidos pelo Ocidente e seus representantes com aqueles perpetrados pelos estados inimigos. "Comparamos as atrocidades do Khmer Vermelho com as atrocidades da Indonésia no Timor Leste. No caso do Camboja, as atrocidades eram cometidas por um inimigo oficial, contra o qual nada podíamos fazer. Havia um enorme clamor, uma grande paixão e uma mentira ultrajante que teria impressionado Stálin."

Em 1975, o presidente da Indonésia, Suharto, aliado dos Estados Unidos, invadiu o Timor Leste e, segundo algumas estimativas, matou mais de 100 mil civis. Para Chomsky: "Foi o nosso crime; poderíamos ter feito muita coisa quanto a isso, e houve silêncio e recusa. Agora os fatos estão todos aí. Se a escolha for negá-los, será uma escolha definitiva. É como negar o Holocausto". Por essa lógica, David Irving não ficaria deslocado entre os comentaristas liberais americanos. "Agora existe um gênero literário – e Samantha Power é seu expoente – no qual nós nos acusamos pela falha em responder aos crimes de terceiros. Mas, em relação aos nossos próprios crimes, ou os ignoramos totalmente ou simplesmente os negamos."

Em seu livro de 2003, *Genocídio – a retórica americana em questão* (*A Problem from Hell: America and the Age of Genocide*), Power recrimina os Estados Unidos por ignorarem os massacres de Suharto. "Nós não os ignoramos, nós os encaramos", diz Chomsky, que denomina Power "parte de uma culta comunidade intelectual liberal que está claramente sujeita à máxima de Orwell sobre a indiferença dos nacionalistas à realidade". Mas, para os detratores de Chomsky, poucos eruditos têm uma compreensão mais débil da realidade do que ele.

Seu pedido para que Israel se tornasse um estado binacional fez dele uma figura odiada por muitos judeus, que argumentam que um sistema no qual o povo judaico se tornasse uma minoria em um país dominado por árabes seria suicida. "Acho que a hostilidade diminuiria", diz Chomsky simplesmente. "Existem movimentos em prol de conciliações federais em muitas partes do mundo", ele reflete, "e Israel deveria seguir o exemplo. A vida é algo complicado e diverso. Todos nós ganhamos em ter esses sistemas culturais e linguísticos enriquecidos."

A maioria dos críticos judeus ao governo israelense reage ao ser intitulada "os que se odeiam", mas Chomsky aceita o rótulo com orgulho. "O primeiro a usar o termo foi o rei Ahab, que na Bíblia é o epítome do mal. Ele condenou o profeta Elias como alguém que odiava Israel. Por quê? Porque Elias criticou os atos do mau rei. Logicamente, não me sinto insultado por ser comparado ao profeta Elias."

Mesmo aqueles que toleram a visão extremada de Chomsky em relação a Israel ficam normalmente perturbados com a associação que ele faz com os neonazistas. Em 1979, Chomsky assinou uma petição defendendo o direito de livre expressão do professor de literatura francesa Robert Faurisson, que fora impedido de lecionar por negar o Holocausto. A petição se referia aos "achados" do "respeitado" acadêmico.

Chomsky escreveu um ensaio aos editores de Faurisson, descrevendo-o como "uma espécie de liberal relativamente apolítico", e disse que fizessem o melhor uso do texto para a campanha. "Examinei as evidências", Chomsky me conta, "e disse: 'Bom, se esta é a evidência mais contundente que seus críticos mais severos podem apresentar, então provavelmente ele é um liberal relativamente apolítico'."

Ao saber que Faurisson estava usando o ensaio como prefácio para seu livro de 1980, *Mémoire en défense*, Chomsky ficou inseguro, mas o livro já tinha ido para a gráfica. "Tentei me retratar, e acho que foi um erro", ele diz. "Eu sabia que na França, onde há uma histeria completamente irracional entre as classes intelectualizadas, além de uma aversão absoluta pela liberdade de expressão, aquilo seria grosseiramente mal interpretado."

Para Chomsky, a mídia é um mecanismo elaborado para o controle de pensamento do Estado: "A comunidade intelectual ocidental se dedica a mentir em apoio ao poder estatal". Sendo assim, os consumidores da mídia e os jornalistas são meros incautos sem a possibilidade de um pensamento independente? "Essas são as tendências", ele desconversa. "Existem algumas pessoas muito decentes e bons jornalistas, de fato."

Em uma época de obsessão pela pesquisa de opinião pública, poder-se-ia afirmar que os políticos estão excessivamente atentos aos caprichos da opinião popular, e não pouco se importando. Mas Chomsky subestima a influência das pesquisas nos políticos, acrescentando: "Uma das maneiras de proteger a liderança do público é simplesmente não publicando os resultados das análises de opinião. Essa é a norma".

A revisão do plano de socorro financeiro de 2007 no valor de US$ 700 bilhões, depois de protestos por todo o país, não foi resultado da democracia popular? "Apenas na superfície. O sistema político tem isso tão diluído que tudo que o público pode fazer é gritar 'Não'. Se tivéssemos uma democracia plena, funcional, o povo faria mais do que apenas gritar 'Não'. As pessoas teriam propostas e insistiriam para que seus representantes agissem de acordo com elas." Em vez disso, segundo o pensamento de Chomsky, os Estados Unidos são uma ditadura de quatro anos: "A forma como o nosso sistema funciona é de uma vez a cada quatro anos se ter uma escolha entre dois candidatos – ambos com posições das quais você discorda –, e depois disso: 'Cale a boca'".

Nem todo mundo se opõe a Barack Obama, é claro, mas Chomsky tem suas próprias ideias. "Ele é perigoso", diz simplesmente. "É um democrata de centro direita que insiste em que os Estados Unidos são um país à margem da lei, que pode violar a lei internacional e recorrer à violência quando for preciso."

Que esperança pode oferecer sua visão incansavelmente cínica? "Muita", vangloria-se Chomsky; na verdade, ele acha que o mundo está melhorando. "Se você olhar para a história, verá um progresso muito claro e significativo em relação a um mundo mais civilizado. Isso vale para os últimos 40 anos." Ele descobre razões para otimismo na opinião pública – se pelo menos conseguíssemos superar a falência deliberada de nossas instituições democráticas.

Após o 11 de setembro, Chomsky ganhou uma renovada popularidade na ala esquerdista radical. Ele estava virtualmente só entre os analistas, ao protestar contra a ação militar americana no Afeganistão, que chamou de "genocídio silencioso". Seu livro de entrevistas *11 de setembro* (*September 11*, 2001), do tamanho de um panfleto, vendeu centenas de milhares de exemplares. No entanto, o colunista Christopher Hitchens, um ex-defensor de Chomsky, acusou-o de estar "perdendo as qualidades que fizeram dele um grande tutor moral e político nos anos da Guerra da Indochina". Hitchens, como muitos, ficou perturbado com a insinuação de Chomsky de que o bombardeio do presidente Bill Clinton em 1998 à indústria farmacêutica Al-Shifa, no Sudão, era comparável aos ataques de 11 de setembro.

Acreditou-se erroneamente que a Al-Qaeda estava usando a indústria para fabricar armas químicas. Um segurança foi morto diretamente no ataque de Clinton, mas é provável que dezenas de milhares de sudaneses tenham morrido por não terem acesso aos remédios da fábrica. Pergunto: como o bombardeio de Clinton, terrível da maneira que foi, pode ser equiparado ao intento deliberado da Al-Qaeda de matar milhares de pessoas dirigindo aviões contra o World Trade Center? Chomsky me corrige: o ataque de Clinton foi moralmente pior. Ele começa falando de formigas – quando andamos, sabemos que vamos esmagar formigas, mas não temos a intenção de matá-las, uma vez que elas não são merecedoras de um pensamento moral. A mesma coisa aconteceu com o Sudão: "Sabemos que vamos matar muitas pessoas, mas não temos a intenção de fazê-lo porque elas nem mesmo são consideradas indivíduos que mereçam um julgamento moral. O.k., qual é o nível mais baixo de moralidade?"

Carol Chomsky faleceu em dezembro de 2008, aos 78 anos, pouco depois de nossa entrevista. Ao falar sobre o avançado câncer pulmonar de sua mulher, a voz de Chomsky caiu uma oitava, se é que isso é possível: "Vivemos tanta coisa juntos, e agora ela está em estado terminal".

Chomsky sobreviveu a uma cirurgia de câncer há alguns anos, mas atualmente está com ótima saúde. Ele não teme a própria mortalidade. "Quando criança, eu achava que era um horror indescritível. Com os anos, isso passou. Sinto que já estou uma década além do que deva ser a vida, de acordo com os textos sagrados."

Entretanto, o tempo da entrevista esgotou-se. Seu assistente escancara a porta, interrompendo o nosso encontro. Chomsky está muito atarefado hoje – ele tem que ser fotografado para sua antiga escola primária. O quase octogenário coloca o boné da escola e mostra seu sorriso com a falha entre os dentes para a câmara. E, por um momento, o professor sem ego ou carisma parece bastante satisfeito com ele mesmo.

— *Novembro de 2008*

Umberto Eco

Umberto Eco se tornou mais sábio com a idade, e isso fica mais evidente quando ele discute a estupidez. Inclinando-se para a frente no sofá baixo do *lounge* pouco iluminado de seu hotel em Nova York, Eco, com seu rosto oval, explica que a melhor maneira de encarar a mortalidade é perceber o pouco que se tem a perder. Aos 77 anos, o recentemente aposentado professor de semiótica de Bolonha não acalenta falsas esperanças em relação a seus colegas mortais. Quando o trabalho de outro escritor lhe desagrada, ele apenas suspira filosoficamente: "Se ele fosse inteligente, seria professor de semiótica na Universidade de Bolonha".

Com 34 doutorados honorários (e quase o mesmo número de doutorados recusados), a erudição de Eco é uma rara comodidade. Seu intelecto ágil, tão apto a discorrer sobre Superman como sobre Shakespeare, levou uma vez Anthony Burgess a declarar com inveja: "Ninguém deveria saber tanto". Eco foi pioneiro no estudo acadêmico da cultura popular na década de 1960 – antes que isso entrasse na moda –, em uma época em que "muitos acadêmicos liam histórias de detetives e quadrinhos à noite, mas não falavam nisso porque era considerado uma masturbação".

Ele então desafiou a sabedoria convencional do mundo editorial, segundo a qual ideias complexas não podem dar lucro, quando seu romance de estreia, *O nome da rosa* (1980), alcançou a marca de 50 milhões de exemplares. *Grosso modo* uma história de investigação ambientada em um mosteiro do século XIV, o romance está repleto de mistérios, tais como trechos em latim não traduzidos e uma cena de amor tramada a partir das palavras de místicos religiosos. "Os leitores não são tão estúpidos como os editores imaginam", diz Eco animadamente, perdendo a sabedoria de há pouco.

"Eco" tem para o mundo editorial um poder semelhante a "Armani" para a moda italiana. Seu novo livro, *História da feiura* (*Storia della bruttezza*, 2007), percorre a história do que é desagradável de se olhar na arte ocidental – uma reunião de imagens com uma narração frágil demais para qualquer entendido em arte, mas com o aval de um nome que garante ao livro um lugar nas mesas de centro de todo o mundo. Uma seleção de textos ocasionais de Eco foi publicada recentemente em inglês (2007) sob o título *Turning back the Clock* (*A passo di gambero*, 2006), mas com a mesma facilidade o livro também poderia ser intitulado *Sobre a estupidez*, uma vez que ele esquematiza o declínio da vida pública na era do populismo da mídia.

O próprio Eco é mais parecido com uma coruja do que propriamente feio. De terno e barbado, com uma barriga que ele compara à do falecido Pavarotti, ele tem o comportamento amistoso de alguém que gosta de receber. Já não fuma, mas sua voz grave carrega o desgaste de seu antigo hábito de sessenta cigarros por dia, e ele suga uma cigarrilha apagada durante toda a entrevista.

Seu nome é apropriado para um expoente da fixação acadêmica europeia pela "semiótica" preocupado com os limites da linguagem. "A semiótica é uma confederação de abordagens do problema da comunicação, ou do significado, que competem umas com as outras", explica o professor. "Aqui entre nós, só existe uma abordagem boa, que é a minha."

Enquanto seus colegas em semiótica Roland Barthes, Julia Kristeva e Jacques Lacan eram obstinadamente elitistas e obscuros, Eco proporcionou ao assunto um ar acessível, com reflexões descontraídas publicadas nos jornais e monografias isentas de jargões sobre tópicos que vão da estética medieval à mídia de massa.

Ele aceita o rótulo de "pós-moderno" na descrição de seus romances, cujos temas frequentemente se prendem às ambiguidades da linguagem e rendem homenagem a escritores, filósofos e teólogos de todas as épocas. "O pós-modernismo é uma forma de narrativa que assume que tudo já foi dito antes. Se eu amo uma garota, não posso dizer 'Eu amo você desesperadamente', porque sei que Barbara Cartland já disse isso. Mas posso dizer: 'Como diria Barbara Cartland, amo você desesperadamente'."

Seu estudo filosófico de 1997, *Kant e o ornitorrinco*, descreve o ornitorrinco como um animal pós-moderno, após considerar os debates dos cientistas do século XVIII sobre como classificar a criatura de bico de pato e rabo de castor como um mamífero, um pássaro ou um réptil. "Os textos pós-modernos citam outros textos; o ornitorrinco remete a outros animais", diz Eco. "Borges dizia que o ornitorrinco é um animal criado com as peças de outros animais, mas como ele apareceu muito cedo na cadeia evolutiva, provavelmente existem outros animais feitos com peças do ornitorrinco."

Tão inclassificável como um ornitorrinco, Eco fez sua estreia na ficção aos 48 anos, quando um editor lhe encomendou uma contribuição para uma antologia de contos de detetive escritos por acadêmicos. Em vez disso, ele se transformou em um volume de 500 páginas: *O nome da rosa*. A literatura italiana não tem tradição em histórias de detetive, o que Eco atribui ao fato de a Itália do Renascimento ter desistido da *Poética* de Aristóteles. "A *Poética* é a teoria da narrativa pura. A tradição italiana estava mais interessada na linguagem do que no enredo."

Questionado sobre seu impulso tardio para escrever um romance, Eco dispensa a pergunta: "É como sentir que você precisa urinar, você vai e urina". Pressionado, Eco diz que se voltou para a ficção para compensar o crescimento de seus dois filhos: "Eu já não tinha para quem contar histórias, então comecei a escrever".

Depois que *O nome da rosa* rendeu um filme de aventuras dispensável, em 1986, estrelado por Sean Connery, Eco passou a recusar todas as tentativas de passar seus livros para celuloide. Ilustrou sua decisão com uma anedota – talvez apócrifa – sobre uma garota que entrou em uma livraria e disse sobre *O nome da rosa*: 'Ah, já adaptaram o filme para livro'. Mas, após a morte de Stanley Kubrick, lamentou ter dispensado o interesse do diretor em filmar seu segundo romance, *O pêndulo de Foucault* (1988).

O pêndulo de Foucault mostra três enfastiados editores de uma editora de Milão que juntam todas as maiores teorias conspiratórias da história em um "Plano" de amplo espectro, apenas para verificar que o embuste escapou ao seu controle. Eco reuniu 1.500 livros sobre ocultismo, vindos de dez cidades, para seu trabalho de pesquisa para o romance que antecipou a força de *O Código Da Vinci* em uma considerável premonição. "Eu inventei Dan Brown. Ele é um dos personagens grotescos do meu romance que levam a sério um monte de material estúpido sobre ocultismo. Ele usou grande parte do material a que eu mesmo me referi."

O pêndulo de Foucault despertou reações acaloradas e os críticos sentiram dificuldade em absorver o prazer de Eco pela *exotica* erudita, tendo em vista a falta do suspense presente na trama de seu livro anterior. Com a *fatwa* proclamada pouco antes sobre sua cabeça, Salman Rushdie encontrou suficiente paz de espírito para ler o *Pêndulo de Foucault* e atacá-lo em *The Observer* como "sem humor, vazio de espírito, completamente isento de qualquer coisa que se assemelhe a uma fala crível e atordoantemente cheio de todo tipo de linguagem pomposa. Leitor: detestei o livro".

A emoção raramente vem à tona nos romances de Eco, que alguns críticos antipopulistas tentam descartar como manipulação cerebral disfarçada de ficção. Eco subscreve a noção de literatura de T. S. Eliot como uma fuga à emoção. "Só se pode escrever um verdadeiro poema de amor quando já não se está amando, o que faz com que se torne possível contemplar a emoção vivida sem ser vítima daquela paixão", diz Eco.

Seu romance de 2004, *A misteriosa chama da rainha Loana*, é excepcionalmente sentimental. Contendo traços autobiográficos levemente disfarçados da infância de Eco no Piemonte, o livro acompanha um livreiro que sofre de amnésia, cuja memória volta gradativamente com uma visita que faz à casa de sua infância. Sua identidade vai aflorando conforme ele reencontra as velhas capas de discos, livros, revistas e selos da Itália de Mussolini, que são reproduzidos como ilustrações – para "pessoas iletradas", brinca Eco – ao longo do texto. Mas Eco não tem planos de escrever as memórias de sua vida adulta, por temer que "muitas senhoras pudessem ficar comprometidas".

Eco cresceu em Alexandria – a cidade da fábrica de chapéus Borsalino –, em uma família de classe média baixa. Seus pais eram indiferentes ao regime fascista, mas Eco iniciou sua carreira literária aos 10 anos, ao ganhar uma competição de redação de ensaios para "jovens fascistas italianos", sob o tema: "Devemos morrer pela glória de Mussolini e o destino imortal da Itália?"

Eco consolidou seu interesse em símbolos medievais escrevendo uma tese de doutorado sobre a estética de Tomás de Aquino, que publicou com 22 anos, antes de passar vários anos produzindo programas culturais para a nascente rede nacional de televisão da Itália. Também foi cofundador do Gruppo 63 – inspirado no Gruppe 47 de Günter Grass, na Alemanha –, que clamava por uma revisão das técnicas tradicionais literárias. Mas a erudição continua sendo sua força vital.

Depois de *O nome da rosa*, Eco poderia ter se retirado para uma ilha particular – ou até mesmo tê-la comprado –, mas continuou a lecionar, considerando a escrita secundária à academia. Mesmo depois de aposentado, ele programa regularmente seminários em Bolonha, onde gosta de morar porque lá não se ressente de ser reconhecido publicamente: "Eles me conhecem, então posso caminhar pelas ruas e ninguém se importa. Faço parte da paisagem".

Nos países de língua inglesa, os acadêmicos que participam de eventos públicos são frequentemente olhados com desconfiança por seus colegas, o que Eco atribui ao ambiente do *campus* da maioria das universidades americanas e britânicas. "Oxford e Cambridge, Harvard e Yale ficam fora da cidade, o que separa a universidade do mundo político. Na Itália, na Alemanha, na França e na Espanha, a universidade fica geograficamente no centro da cidade."

A passo di gambero descreve a desintegração da democracia italiana sob o governo do primeiro-ministro de centro-direita Silvio Berlusconi, que tem explorado seu monopólio em empresas de mídia para manter o apoio popular. "Os italianos que votaram nele pensavam que ele não roubaria o dinheiro público, sem considerar que, para ficar rico, ele roubou dinheiro de algum lugar", diz Eco. "Em segundo lugar eles pensaram: 'Como ele é rico, vai nos ajudar a ficar ricos', o que é absolutamente falso. É apenas porque você é pobre que eu sou rico".

Apesar de sua monografia de 1964, *Apocalípticos e integrados*, ter investido contra a demonização da mídia de massa por teóricos marxistas tais como Theodor Adorno, Eco agora tem uma visão pessimista da mídia – quando não exatamente apocalíptica. Ele explica que na década de 1950, quando muitos italianos falavam apenas dialetos locais, a televisão desempenhou um papel importante na unificação da língua italiana.

"Havia apenas um canal de televisão, que transmitia à noite, então a programação era muito seletiva", ele diz. "Agora, na Itália, temos a possibilidade de assistir a uma centena de canais o dia todo, portanto a qualidade é baixa." Os jornais italianos têm agora quase duas vezes o tamanho que tinham, o que significa que "você inventa notícias, ou repete a mesma história dez vezes, ou imagina tramas e falsas explicações".

Eco se descreve como um pacifista e pensa que a guerra deveria se transformar em um tabu universal. Isso não o impediria de defender sua família contra um ataque, mas significa que a invasão militar não era a resposta para a questão iraquiana. Ele ironiza: "Se Bush fosse inteligente, seria o professor de semiótica da Universidade de Bolonha".

— *Novembro de 2007*

Robert Fisk

Logo depois de 11 de setembro de 2001, Robert Fisk foi espancado por uma multidão de refugiados afegãos perto da fronteira paquistanesa. Apenas a intervenção de última hora de um clérigo muçulmano pondo um fim àquilo salvou o veterano correspondente estrangeiro da morte. Mas Fisk, que mora em Beirute há 34 anos – escrevendo primeiro para o *Times* e depois, desde 1988, para o *Independent* –, não sentiu raiva de seus agressores; só de si mesmo, por revidar.

"O que eu fiz?", ele escreveu após sua recuperação. "Esmurrei e agredi refugiados afegãos... os mesmos mutilados e expropriados que meu próprio país – entre outros – está matando." Ele se referiu a um dos agressores como "realmente inocente de qualquer crime, exceto o de ser vítima do mundo", e viu a brutalidade da multidão como "inteiramente fruto dos outros, de nós". Se ele fosse um refugiado afegão, Fisk escreveu, teria respondido à presença de um ocidental com a mesma sede de sangue.

Em uma época em que a cobertura da mídia sobre o Oriente Médio procura se manter cuidadosamente imparcial, a empatia de Fisk com o mundo muçulmano e sua indignação moral lhe granjearam simpatizantes por todo o mundo. No entanto, alguns veem seu tratamento em relação aos árabes como condescendência – mesmo ao tentarem matá-lo, eles não estão errados. Seus críticos o acusam de promover uma visão maniqueísta, na qual o Ocidente é o Grande Satã e os árabes são meras vítimas de seus desígnios imperiais. Mas até mesmo eles, com má vontade, admiram sua coragem e experiência.

Nomeado o jornalista internacional britânico do ano por sete vezes, Fisk enviou matérias das onze maiores guerras do Oriente Médio e de inúmeras revoltas e massacres. Enquanto vários comentaristas emitem opiniões de Londres ou Nova York, sendo abastecidos por comitês de estudiosos de Washington e reciclando reportagens de agências de notícias, Fisk é uma testemunha ocular e dá voz às pessoas afetadas pela política externa ocidental. Ele evita trabalhar com outros jornalistas do Ocidente para se manter imune ao que vê como uma mentalidade de bando."Muitos jornalistas querem estar próximos ao poder – governos, políticos", diz o repórter de 63 anos, acrescentando: "Eu, não".

Mesmo assim, entrevistou quase todos os maiores detentores do poder da região – incluindo Osama bin Laden, por três vezes. Em *A grande guerra pela civilização: a conquista do Oriente Médio* (*The Great War for Civilization: the Conquest of the Middle East*, 2005) – um livro de memórias de 1.300 páginas sobre as três décadas que passou como correspondente no Oriente Médio –, Fisk conta como Bin Laden, que elogiou sua "neutralidade" nas reportagens, tentou recrutá-lo. O líder da Al-Qaeda contou a Fisk que um "irmão" teve um sonho no qual "você veio até nós um dia, em um cavalo; você tinha barba, e era uma pessoa espiritualizada. Você usava um manto como nós. Isso significa que é um verdadeiro muçulmano". Apavorado, Fisk respondeu: "Xeque Osama, não sou muçulmano, e o trabalho de um jornalista é contar a verdade". Ao que o satisfeito jihadista observou: "Se você diz a verdade, isso significa que é um bom muçulmano".

Fisk não se justifica por favorecer os oprimidos, afirmando que "deveríamos ser imparciais a favor da luta contra a injustiça". Ele explica: "Não se trata de um jogo de futebol, em que cada time tem 50% de chance. Na liberação de um campo de extermínio nazista, você não daria o mesmo tempo para os SS". Sua revolta contra a duplicidade dos políticos ocidentais – e contra a cumplicidade da mídia em relação às suas mentiras – ferve em seu último livro, *The Age of the Warrior: Select Writings* (2008), uma coleção de artigos dos últimos cinco anos.

Para Fisk, a obsessão pelo "equilíbrio" na objetividade da imprensa mascara sua colaboração com a opressão, uma vez que visões contrastantes de fatos bem documentados são apresentadas com subterfúgios como "as opiniões diferem entre os especialistas no Oriente Médio". "Acho incompreensível a cobertura que o *New York Times* faz do Oriente Médio", ele opina, "porque eles têm o cuidado de assegurar que todos possam criticar todos! As pessoas que leem os jornais querem saber o que o maldito repórter está pensando, ou o que ele sabe." Em média, Fisk recebe cerca de 250 cartas de leitores por semana, e observa "como a linguagem dos leitores é muito mais eloquente do que a dos jornalistas".

Em nenhum lugar Fisk identifica mais distorções semânticas do que no tratamento dado pela imprensa à questão Israel–Palestina. Os territórios ocupados pelos israelenses se transformam em "territórios disputados", os assentamentos judaicos viram "distritos judaicos", os assassinatos dos militantes palestinos são designados como "alvos atingidos" e o muro de separação é descrito como "barreira de segurança". Seu prognóstico para a questão Israel–Palestina? "Guerra eterna, a não ser que retomemos a Resolução 242 do Conselho de Segurança das Nações Unidas – retirada das forças de segurança dos territórios ocupados na guerra de 67." Mas ele se apressa a salientar: "Não vejo nenhuma ânsia por isso. Se você continua levantando assentamentos para judeus, e apenas judeus, em terras que pertencem aos árabes, e eles são ilegais, esse é um motivo terrível para uma guerra".

O ator John Malkovich, irritado com a posição de Fisk em relação a Israel, observou ao *Cambridge Union* em 2002 que queria dar um tiro nele. Logo, imagens do jornalista coberto de sangue foram postadas *online* por blogueiros, ameaçando efetuar a tarefa antes de Malkovich. O verbo *"to fisk"* entrou para a linguagem da blogosfera; *"fisking"* significa copiar um artigo em uma página da rede e refutá-lo ponto por ponto – uma prática favorecida por seus detratores. Não é de espantar, portanto, que Fisk não use *e-mail* nem internet, que ele escarnece como "lixo" e uma "teia de ódio".

"Não existe senso de responsabilidade", diz ele. "Não é algo que se possa processar. Ela é a causa de inúmeras imprecisões em fatos."

Fisk rejeita a alegação de que seu trabalho reflete um viés a favor dos árabes, frisando: "Tenho sido impiedoso em minhas análises dos ditadores árabes". Figura controversa na Turquia, ele uma vez foi expulso por relatar que as tropas turcas saqueavam suprimentos destinados a socorrer os refugiados curdos.

Seus editores de Istambul insistiram em lançar a edição em turco de *A grande guerra pela civilização* discretamente, sem publicidade, temendo uma ação legal por causa do capítulo "O primeiro holocausto", no qual Fisk documenta a matança de 1,5 milhão de armênios pelos turcos otomanos em 1915. Contudo, seu fã-clube no mundo árabe é tamanho que em 2000, quando correu o falso boato de que o *Independent* poderia despedi-lo sob pressão do "*lobby* sionista", o jornal recebeu 3 mil *e-mails* de muçulmanos em cinco dias de protestos. Recentemente, ele soube de uma falsa biografia de Saddam Hussein, intitulada *From Birth to Martyrdom* (Do nascimento ao martírio), que teve grande vendagem no Cairo. O autor: "Robert Fisk".

Embora fluente em árabe, Fisk não perdeu sua essência inglesa nem "se tornou nativo", como alguns correspondentes estrangeiros: "Como comida libanesa, claro, mas também como *pizza* e comida francesa". A sociedade libanesa é a sociedade mais bem-educada e cosmopolita do Oriente Médio, ele declara, e também é uma base conveniente para seu trabalho: "Beirute é um pouco como Viena depois da Segunda Guerra Mundial – todo mundo está aqui. Tanto os agentes iranianos como – tenho certeza – a CIA estão aqui. Se você quiser encontrar alguém da Somália ou do Sudão, ele estará aqui". Divorciado da esbelta correspondente estrangeira Lara Marlowe, do *Irish Times*, Fisk admitiu o relacionamento com "várias jovens", mas agora ele se recusa a responder a questões pessoais.

Fisk nasceu em Kent, no sudeste da Inglaterra, filho único de Bill Fisk, que serviu como tenente na Primeira Guerra Mundial. Ele tem consciência de que devotou a vida a reportar os fracassos dos estados criados artificialmente pela geração de seu pai, quando os ingleses retalharam o Oriente Médio depois de 1918 – "a razão pela qual este lugar está tão atolado, e de eu estar aqui agora". Bill foi um pai autoritário, que chamava os negros de "*niggers*"* e odiava os irlandeses. Ao morrer, em 1992, aos 93 anos, seu racismo se tornara intolerável para o filho, que se recusou a visitá-lo em seus últimos dias. Em *A grande guerra pela civilização*, Fisk devota um capítulo às experiências de seu pai durante a guerra, em parte como uma tentativa "de pedir perdão a ele por não ter ido vê-lo".

---

* *Nigger*: termo que passou a ser extremamente ofensivo nos Estados Unidos, desde meados do século XIX, para designar os negros, e até hoje é motivo de revolta e controvérsias. (N. T.)

Apesar de suas diferenças, Bill apoiou a escolha da carreira do filho. Quando o governo de Israel alertou os jornalistas para que deixassem o Líbano durante o cerco de Beirute de 1982, a mãe de Fisk, Peggy, telefonou para dizer que ela e Bill tinham chegado à mesma conclusão que seu filho – de que ele deveria permanecer ali, já que aquela era apenas uma tentativa do governo israelense de impedir que se divulgassem as baixas de civis.

Único jornalista homem a permanecer em Beirute na década de 1980, Fisk sobreviveu a duas tentativas de sequestro. "Acabei passando 90% do tempo tentando evitar ser sequestrado e 10% trabalhando para o jornal. Nós, ocidentais, adoramos uma rotina, e os sequestradores sabem disso. Você precisa desmontar completamente seu pensamento ocidental e pensar como eles." Assim, ele foi para o aeroporto passando por áreas do Hezbollah, por onde os terroristas jamais suspeitariam que fosse viajar.

Fisk tinha 29 anos quando o *Times* lhe "ofereceu" o Oriente Médio, depois de ele ter passado alguns anos cobrindo o conflito da Irlanda do Norte. Em suas memórias, ele se lembra de ter antecipado o que seu editor estrangeiro prometera que seria "uma grande aventura com muito sol": "Eu imaginava como o rei Faiçal devia ter se sentido quando lhe 'ofereceram' o Iraque, ou como seu irmão Abdul reagiu à 'oferta' da Transjordânia feita por Winston Churchill". No entanto, o romantismo logo se esvaiu. "A partir do momento em que eu estava com o exército iraquiano no fronte e com os iranianos nas trincheiras, vendo pessoas sendo mortas a meu redor, a excitação hollywoodiana diminuiu. Não foi uma fase feliz."

Não obstante, ele exibe a excitação diante do perigo que certa vez levou William Dalrymple a batizá-lo um *"war junkie"**. "Se eu corro para o sul do Líbano e consigo voltar a salvo e mandar minha matéria, posso sair para jantar em um restaurante francês e dizer 'Consegui, consegui!'", exclama Fisk. Preferindo o termo "correspondente estrangeiro" a "repórter de guerra", ele sugere que "pessoas que se autointitulam 'correspondentes de guerra' estão se promovendo como figuras de proa românticas".

---

* *"War junkie"*: viciado em guerras. (N. T.)

O fato de assistir, aos 12 anos, ao filme *Correspondente estrangeiro* (1940), de Alfred Hitchcock, despertou em Fisk o desejo de se tornar jornalista, e ele pensa na possibilidade de se aposentar para escrever filmes não documentais sobre o Oriente Médio. Agora, colaborando em seu primeiro roteiro, ele diz: "No momento, estou mais interessado em escrever roteiros para cinema do que em qualquer outra coisa. Acho que o cinema – não estou dizendo DVDs ou TV – é provavelmente o meio mais persuasivo que existe".

Seu próximo livro – intitulado *Night of Power*, em referência à noite da ascensão de Maomé aos céus – se centrará na Guerra da Bósnia do início da década de 1990. A indiferença dos poderes ocidentais à limpeza étnica dos muçulmanos bósnios praticada pelos sérvios galvanizou o ressentimento do mundo árabe contra o Ocidente, ele diz. "Olhando para trás, eu deveria ter ficado muito mais alerta à história bósnia do que estava."

O Oriente Médio nunca lhe pareceu tão desanimador: "Toda manhã, ao acordar, eu me pergunto: 'Onde vai ser a explosão hoje?'". De seu apartamento no lendário Corniche, no Líbano, ele ouviu a explosão que matou o antigo primeiro-ministro libanês Rafik Hariri, em 2005. Fisk não reconheceu o corpo carbonizado do amigo, a segunda pessoa a lhe telefonar depois que ele foi agredido no Afeganistão. "Achei que era um homem que vendia pão", ele diz.

Próximo à sua porta de entrada há um cartão que reproduz uma fotografia do arquiduque austro-húngaro Francisco Fernando e sua esposa ao deixar a Prefeitura de Sarajevo, cinco minutos antes de serem assassinados. Está ali para lembrar a Fisk que "nunca se sabe o que acontecerá quando você atravessar a porta da frente". Ele, no entanto, enfatiza que ficou mais de três décadas no Oriente Médio por medo, e não pela falta dele: "Se você não tiver medo do perigo, você morre. Quero viver pelo menos até os 93 anos, a idade do meu pai".

— *Julho de 2008*

Thomas Friedman

Mal minha conversa com Thomas Friedman começa, já fica claro que temos planos diferentes. Ele quer falar exclusivamente do seu último livro *Hot, Flat, and Crowded* – uma convocação para uma revolução global verde liderada pelos Estados Unidos. Eu também quero discutir a Guerra do Iraque, que ele saudou com um entusiasmo de tirar o fôlego em sua coluna bissemanal no *New York Times*. "O Iraque é uma entrevista completamente diferente", objeta o três vezes ganhador do Pulitzer.

O livro é um manual de urgência sobre a necessidade de um sistema de energia limpa, escrito em seu costumeiro e cativante estilo folclórico e anedótico. Mas, à medida que o Iraque cambaleia para a guerra civil e a América enfrenta uma hostilidade sem precedentes por parte do mundo árabe, é difícil não sentir que Friedman – talvez o colunista liberal mais importante a ter incentivado a invasão – está tentando começar do zero.

Ele nunca ficou convencido, pelos argumentos de George W. Bush, de que Saddam Hussein ameaçava a segurança dos Estados Unidos com armas de destruição em massa. Nem engoliu a ideia de ligações entre o regime de Saddam e a Al-Qaeda. O risco à segurança, segundo ele, não eram as armas de destruição em massa, mas os povos de destruição em massa – a cultura do ódio, nutrida pelos estados repressivos islâmicos, que gerou Osama bin Laden.

Então, por que atacar o Iraque secular, em vez de um país islâmico como a Arábia Saudita ou o Irã? Porque, como Friedman argumenta asperamente, os Estados Unidos podiam. Ele interpretou o ataque como uma oportunidade de se exportar a democracia ao estilo americano para o mundo árabe, imaginando que a derrubada do Iraque de Saddam desencadearia movimentos democráticos por toda a região.

Pressionado, Friedman responde a todas as minhas perguntas. Afinal de contas, o ensaísta nascido em Minneapolis tem, em suas próprias palavras, "a simpatia de quem nasceu em Minnesota": ele nunca reage a seus críticos. Por telefone, tem a bonomia relaxada de um frequentador de clube de campo (alusões ao golfe, seu divertimento favorito, salpicam seus textos) e o temperamento otimista de um publicitário.

Seus textos vêm salpicados de nomes de companhias e marcas. Com suas metáforas e jargões superficiais, suas colunas podem ser lidas como uma matéria publicitária. "Nomear alguma coisa é possuí-la", ele observa. O *jingle* "*hot, flat, and crowded*" (quente, plano e abarrotado), por exemplo, descreve a convergência da mudança climática, da globalização e da superpopulação que define nossa "Era Energia-Clima".

Em seu livro *De Beirute a Jerusalém* (*From Beirut to Jerusalem*), de 1989, produto de uma década de matérias sobre o Líbano e Israel, Friedman cunhou o termo *"Hama Rules"* (Regras de Hama), referindo-se ao massacre de mais de 10 mil muçulmanos sunitas pelo exército sírio na cidade de Hama, em 1982. A frase virou um termo popular para designar a brutalidade arbitrária dos despóticos regimes árabes.

Em *O Lexus e a oliveira: entendendo a globalização* (*The Lexus ad the Olive Tree*, 1999), sua primeira louvação em livro à globalização, Friedman argumenta que os países investem em um futuro pacífico ao aceitar a "camisa de força dourada" da liberalização de mercado. As inimizades advindas de lealdades tribais, nacionais e históricas (simbolizadas pela "oliveira") desaparecem – ele sustenta – quando as sociedades se abrem para os mercados internacionais e se tornam escravas do consumismo ("o Lexus").

O Lexus e a oliveira pressupõe a Teoria dos Arcos Dourados de Prevenção de Conflitos, que postula que países onde há lojas McDonald's não lutam entre si. Pouco depois de o livro ter sido publicado, os Estados Unidos bombardearam a Iugoslávia, torpedeando, assim, a teoria. Mas Friedman protesta, dizendo que ele "não estava formulando leis de física, mas um princípio de tendência geral".

A hipótese se transformou em A Teoria Dell sobre a Prevenção de Conflitos em *O mundo é plano: uma breve história de século XXI* (*The World Is Flat*, 2005), no qual a companhia de informática substitui o McDonald's. "Dois países que façam parte de uma cadeia importante de suprimentos globais como a Dell nunca entrarão em guerra um contra o outro", pontificou.

Dê aos palestinos segurança econômica e distrações materiais, continua o texto, e seus extremistas já não se preocuparão o bastante com os lugares sagrados a ponto de se explodirem. No entanto, os palestinos vêm há muito perpetuando um conflito que os empobrece. Os sentimentos atávicos são mais profundos do que Friedman admite.

O mundo é plano repensou o mundo globalizado em termos de "nivelamento". A revolução *dotcom* e a interdependência de mercados, tecnologias e populações nivelaram o campo de ação econômica, segundo Friedman, dando às pessoas um acesso sem precedentes ao mercado mundial.

Na prática, no entanto, a globalização geralmente significa comércio dentro de blocos regionais, em vez de uma economia mundialmente integrada. A América e a Europa preferem continuar protegendo suas indústrias a competir honestamente com países menos afluentes, e o regime de comércio internacional é dominado pelo poder político.

Friedman refuta o argumento do Nobel de economia Joseph Stiglitz, segundo o qual a globalização deixou o mundo menos plano ao aumentar as desigualdades no mundo em desenvolvimento. "O socialismo era um grande sistema de tornar as pessoas igualmente pobres, e o que os mercados fazem é tornar as pessoas desigualmente ricas. Os países menos globalizados – Coreia do Norte, Cuba, o Sudão pré-petróleo – também são os mais pobres."

Como um guru sindicalizado internacionalmente em política estrangeira, ele se beneficia do mundo plano. "Esta é uma era de ouro para um colunista. Sua opinião pode atingir mais lugares e alcançar mais pessoas. É o melhor que se pode conseguir em matéria de divertimento legal, dentro do que eu conheço." Pressionado sobre o que entende por divertimento ilegal, aquele que se autointitula um reformador social irrealista declara com firmeza: "Não vou entrar nessa".

No Oriente Médio, sua foto nas matérias é tão conhecida que ele é constantemente abordado nas ruas. Gail Collins, outrora responsável pelo editorial do *Times*, acha que viajar por ali com Friedman é comparável a passear em um *shopping* com Britney Spears. Era com Friedman que o rei Abdul da Arábia Saudita (então príncipe herdeiro) costumava discutir sua iniciativa de paz árabe-israelense em 2002, propondo que os estados árabes reconhecessem integralmente Israel, desde que o país se recolhesse a seus limites anteriores a 1967.

Não é de surpreender que eminências políticas e empresariais recorram a Friedman. Seus textos pró-globalização às vezes parecem matérias enaltecedoras para diretores executivos de corporações. Ele informa a rotação das personalidades políticas com elogios desmedidos. O quadro seria diferente se ele desse a mesma cobertura aos que pertencem ao mundo em desenvolvimento, empobrecidos pela economia de livre mercado.

O tom pessoal de Friedman, suas previsões panglossianas e suas frases de efeito fazem dele um analista mediano de sucesso, mas seus temas geralmente pedem um tratamento mais cético. Na verdade, quando a guerra do Iraque fracassou, ele se recusou a considerá-la um desastre, enfatizando a importância dos "próximos seis meses" – até mesmo depois que 2003 se tornou 2006.

Os custos da guerra, agora ele admite, foram chocantes. "Escrevi o que escrevi na época porque acreditava naquilo. Só espero que a fase de agora produza um resultado decente. O Iraque pode estar saindo do fundo do poço. Talvez daqui a um ano as coisas estejam diferentes."

Sua experiência, descrevendo o sectário conflito no Líbano, poderia ter lhe dado uma visão pragmática dos planos da equipe Bush de construir uma democracia no fracionado Iraque. Friedman diz que na preparação para a invasão sentiu "uma luta entre a esperança e a experiência – a experiência do Líbano, mas também a esperança, particularmente pós 11 de setembro, de que o Oriente Médio pudesse gerar um tipo diferente de política".

A esperança venceu, levando-o a abraçar a Guerra do Iraque, mas ele não se sente inclinado a torcer as mãos ou a se recolher: "Meus olhos tendem a se focar só para a frente, e não para trás. Esta é a única maneira possível de sobreviver, quando se está sentado onde eu estou, com inúmeras pessoas comentando o que você faz".

Fora dos Estados Unidos, *Hot, Flat, and Crowded* recebeu um subtítulo: *Why the World Needs a Green Revolution and How We Can Renew our Global Future* (Por que o Mundo Precisa de uma Revolução Verde e como Podemos Renovar

Nosso Futuro Global). Seu diagnóstico? "Estamos viciados em um sistema sujo de combustível, baseado em combustíveis fósseis, carvão ou gás natural. Em um mundo que está se tornando quente, plano e abarrotado, esse hábito é crescentemente tóxico. É impelir cinco problemas para muito além de seu limite extremo – e eles são: mudança climática, ditadura do petróleo, suprimento e demanda de energia e recursos naturais, leis da biodiversidade e pobreza de energia."

De acordo com Friedman, as últimas duas décadas viram a ascensão dos políticos "idiotas como queremos ser" na América: a relutância de líderes políticos em abordar problemas sérios, de múltiplas gerações. "Perdemos a mão como país, e para mim é com o verde que recuperamos nossa toada – focando em uma agenda verde do jeito que já fizemos com uma agenda vermelha anticomunista." O título provisório do livro era *Green Is the New Red, White and Blue* (*Verde É o Novo Vermelho, Branco e Azul*), mas ele o mudou após concluir: "Não merecíamos aquele título".

Optar pelo verde é também um imperativo de segurança, pela análise de Friedman. As companhias americanas favorecem o poderio do petróleo dos estados do Oriente Médio que patrocinam o fundamentalismo islâmico. O desenvolvimento de tecnologias de energia renovável baratearia o petróleo, segundo ele, forçando os países árabes a construir sua economia por meio da inovação tecnológica, do empreendimento, e educando seu povo.

Friedman se interessou pelo Oriente Médio depois de viajar para Israel com seus pais em 1968, aos 15 anos, para visitar sua irmã mais velha, que então fazia um intercâmbio de estudantes. Depois de estudar língua e literatura árabe na Brandeis University, fez mestrado em estudos do Oriente Médio em Oxford. Enquanto estava na Inglaterra, conheceu sua mulher, Ann Bucksbaum, herdeira de uma fortuna de muitos bilhões de dólares de um *shopping center*. Membro do conselho da Conservation International, ela também edita suas colunas.

Fluente em hebraico e árabe, em 1982 Friedman se tornou chefe do escritório do *Times* em Beirute, e dois anos mais tarde foi transferido para Jerusalém. Em seus despachos do Oriente Médio, ele se identificava abertamente como judeu, coisa que a maioria de seus colegas judeus-americanos evitava fazer, por medo de parecer parciais. "Eu não era um judeu que se detestava", ele diz.

Ainda assim, Friedman era uma figura controversa entre os judeus. Ele expôs a culpa de Israel pelo massacre de Sabra e Shatila em 1982, e afirmou que o terrorismo desempenhava um papel necessário, ao chamar a atenção do mundo para a causa palestina. Foi rotulado como antissionista pelos mesmos círculos conservadores judaicos que desde 11 de setembro de 2001 o idolatram por seus textos denunciadores do despotismo árabe.

O editor do *Haaretz* uma vez brincou com Friedman que o jornal israelense publicava sua coluna porque ele era o único otimista de que eles dispunham. Sua perspectiva otimista é produto de sua educação, diz Friedman. "Tive uma espécie de infância *Leave It to Beaver**. Sempre levei aquele otimismo de Minnesota para o mundo."

Mas nem sempre a vida se pareceu com um *sitcom*. Quando Friedman tinha 19 anos, seu pai, Harold, um vendedor de rolamentos e um golfista aficionado, morreu de um problema coronário. Harold tinha se tornado uma celebridade local por acompanhar o filho durante suas partidas de golfe no curso secundário. Ainda na esteira do pai, Friedman contribui regularmente para a *Golf Digest* e brinca com a ideia de escrever um livro sobre golfe.

Ao fazer 55 anos, no ano passado, Friedman se qualificou para o campeonato sênior em seu clube local. Jogar sua primeira partida competitiva de golfe desde o curso secundário despertou seu lado sentimental. "Um galho enorme se quebrou em uma árvore adjacente ao *tee* e desabou no chão", ele recorda. "De repente tive a sensação de que aquilo era o meu pai, de que ele estava olhando. Isso me fez começar a chorar. Acho que o velho se sentia muito orgulhoso de mim."

Sua mãe, Margaret, faleceu no ano passado, aos 89 anos. Em um obituário, ele a descreveu como "a pessoa menos cética do mundo". Campeã de *bridge*, Margaret serviu na Marinha durante a Segunda Guerra Mundial, qualificando-se para o empréstimo GI Bill com o qual os Friedmans compraram sua casa. Thomas Friedman nunca perdeu a fé no velho jargão da América

---

* *Leave It to Beaver*: série de grande sucesso na TV americana apresentada nas décadas de 1950 e 1960, retratava a vida da classe média do país sob o ponto de vista de uma criança. (N. T.)

como a terra das oportunidades: "Agradeço todos os dias a Deus por ter nascido em um país que me deu essas oportunidades".

Para Friedman, a América permanece mais uma força para o bem do que para o mal. "Os Estados Unidos gastam mais em ajuda para a aids na África do que qualquer outro país", ele observa, acrescentando que foi a administração Bush que pressionou para que as Nações Unidas interviessem no Zimbábue (bloqueado pela China e pela Rússia) em julho. "Não acredito que a Guerra do Iraque seja o que defina os Estados Unidos hoje", ele afirma. O que talvez seja outra maneira de dizer que ela não deveria ser o único definidor de Thomas Friedman.

— *Setembro de 2008*

John Gray

O que é preciso para ser descrito como "o mais importante filósofo vivo" pelo maduro *enfant terrible*, o escritor Will Self? Ou louvado pelo falecido romancista distópico J. G. Ballard por desafiar "todas as nossas convicções sobre o que é ser humano"? Certamente uma linha tênue no pessimismo, um estilo extravagante e uma abordagem de *bulldozer* para compaixões convencionais. Ou seja, não uma tendência para acadêmicos e preguiçosos jogos mentais.

Ler John Gray é uma experiência perturbadora de reconfiguração do cérebro, como percorrer a história do pensamento pelas lentes escuras e alucinantes de um narrador como Self ou Ballard. Colocando cruamente: Gray pensa que estamos condenados. Seu livro de 2007, *Missa Negra: religião apocalíptica e a morte da utopia* (*Black Mass: Apocalyptic Religion and the Death of Utopia*), argumenta que os credos que presumem que a humanidade pode reformar a sociedade são remanescentes do pensamento apocalíptico cristão – a ilusão de que, depois de um evento de destruição de massa que eliminaria os conflitos, viria um mundo harmonioso.

Com o Iluminismo, o desejo de ver a história humana como um desenvolvimento em direção a um objetivo se tornou secular, e não religioso; Gray professa que as ideologias seculares – do marxismo e do nazismo a extremas formas de liberalismo e conservadorismo – contêm essa recalcada herança religiosa. Ao acreditar que o paraíso na Terra pode ser criado pela força, a mente utópica justifica a mortandade de massa.

Emérito professor da London School of Economics, Gray fala como um ideólogo reformado. Conquistou popularidade com *Falso amanhecer: os equívocos do capitalismo global* (*False Dawn: the Delusions of Global Capitalism*, 1998), no qual denuncia a ideologia neoliberal que antes promovera como prematuro defensor do thatcherismo. O comentarista britânico Francis Wheen critica-o por suas mudanças ideológicas de opinião. Em *Hayek on Liberty* (1984), Gray avaliou o trabalho de Friedrich Hayek, herói de Thatcher, e ganhou elogios de Hayek, a quem Gray mais tarde dispensou como um "ideólogo neoliberal". Em *Beyond the New Right* (1993), Gray escreveu: "Voltando para as verdades caseiras do conservadorismo tradicional é que ficamos mais protegidos das ilusões da ideologia"; mas em *Jogos finais* (*Endgames*, 1997), declarou: "A política dos conservadores chegou a um ponto sem saída".

Ainda assim, Gray, 60, não se vê como alguém que atira bolas curvas ideológicas. "Minha posição antiutópica tem sido totalmente consistente", ele diz por telefone, sem soar – estranhamente – nem um pouco lúgubre. "Mas, enquanto isso, têm acontecido imensas mudanças geopolíticas."

Gray comenta que, quando o comunismo entrou em colapso, o utopismo migrou para a direita. Francis Fukuyama anunciou o "fim da história" e o nascimento de uma era mundial de "capitalismo democrático". Gray retrucou que a história prosseguiria como guerras etnonacionalistas, religiosas e guerras por recursos. Aconselhou uma abordagem pragmática e não ideológica para os conflitos seguintes à Guerra Fria.

Em vez disso, a direita seguiu Fukuyama imaginando o capitalismo do mercado global como uma força irrefreável da natureza e uma panaceia. "As características que foram destaque no pensamento comunista", diz ele, "aconteceram na direita – o progressivismo militante, a indiferença às vítimas do progresso e a crença de que o mundo todo estava caminhando para algum modelo único, e que deveria ser acelerado pela força."

Depois de romper com os conservadores, Gray passou a apoiar o novo Partido Trabalhista, com Tony Blair, mas quando Blair deu continuidade ao projeto econômico de Thatcher e mais tarde se tornou um fervoroso neoconservador, Gray amaldiçoou ambos os partidos.

No entanto, a história não confirma a convicção de Gray de que o utopismo seja inevitavelmente destrutivo. Gray argumenta que as campanhas não são utópicas se, potencialmente, podem ser efetivadas. Mas muitas conquistas históricas, tais como a abolição da escravatura, em alguma hora poderiam ter soado tão implausíveis como a democratização do Iraque. Gray acredita que a tentativa de levar a democracia ao Iraque tenha sido utópica, porque mesmo com melhor planejamento teria fracassado: "Os curdos ainda assim teriam fugido. Ainda haveria um conflito entre os sunitas, que estiveram governando o país, e os xiitas – e uma força islâmica muito poderosa emergindo do xiismo".

Em seu livro de 2003, *Al-Qaeda e o que significa ser moderno* (*Al Qaeda and What it Means to be Modern*), Gray desafia o clichê de que os ataques de 11 de setembro eram um assalto da regressão à modernidade. A ideia de usar o terrorismo de massa para remodelar o mundo não fazia parte do período medieval, diz Gray, só surgindo com a Revolução Francesa. Ele percebe a Al-Qaeda como uma herdeira da mesma tradição revolucionária do pós-Iluminismo, assim como o comunismo, o nazismo e o neoconservantismo.

No entanto, nem todos os críticos ficaram convencidos com a visão de Gray de enxergar o radical Islã como moderno. Lógico, a Al-Qaeda é conduzida por um capitalista multimilionário e organiza sua rede internacional por meio de uma tecnologia global. Mas, contrariamente a Stálin e Hitler, Osama bin Laden rejeita completamente os valores do Iluminismo, procurando recriar o califado islâmico do século VII.

Gray acredita que a guerra deveria ser apenas um último recurso de autodefesa. "A Segunda Guerra Mundial tinha justificativa", ele diz. "Mas a guerra não deveria ser usada como instrumento para melhorar as condições humanas. É aí que eu discordo das teorias sobre guerra e revolução preventivas da direita neoconservadora, que para mim exibe o mesmo modo de pensar do comunismo."

Ele conjetura que a invasão do Iraque soou como o dobrar dos sinos para o utopismo secular: "O Iraque praticamente impede outro experimento em larga escala ao longo daquelas fronteiras. Agora, ninguém, exceto alguns neoconservadores pós-trotskistas em casamatas, fala em derrubar todos os regimes no Oriente Médio e substituí-los por democracia".

"O fracasso do capitalismo de livre mercado em estabelecer a democracia na Rússia pós-comunista também erodiu a mentalidade utópica", diz Gray. "Depois do colapso soviético, uma série de políticas econômicas mal avaliadas produziu pobreza e colapso econômico, e um capitalismo criminalizado. A Rússia agora está de volta como um estado autoritário. Ela certamente não é uma economia de mercado liberal, ocidental, o que, do meu ponto de vista, nunca poderia ter sido."

Gray diz que seus mais severos detratores são os "humanistas evangélicos", hostis a suas crenças de que os movimentos seculares renovam os padrões cristãos de pensamento, e que as tiranias do século XX eram subprodutos da ideologia iluminista. "Eles têm dito coisas como: 'Bom, o Iluminismo não pode exercer nenhum papel nesses episódios porque é pluralista e tolerante', o que me faz lembrar aqueles cristãos estúpidos que dizem: 'O cristianismo não poderia exercer nenhum papel na Inquisição porque é uma religião de amor'."

"O papel do ateísmo no totalitarismo maoísta e stalinista raramente é reconhecido", diz Gray. "A religião era perseguida implacavelmente. Mao desferiu seu ataque ao Tibete com o *slogan*: 'Religião é veneno'."

Embora não seja um devoto, Gray condena a recente febre por livros que atacam a religião, como os de Christopher Hitchens, Michel Onfray e Richard Dawkins. "A diferença entre os fiéis religiosos e os racionalistas seculares é que os fiéis estão acostumados a questionar seus mitos, ao passo que os racionalistas seculares acreditam que seus mitos são literalmente verdadeiros. Defendo uma atitude de ceticismo e distância crítica de todos esses poderosos sistemas de crença."

Inquirido se era um niilista, Gray ri, parecendo gostar do papel de um não conformista heroico. "Os pensadores convencionais e respeitáveis sempre acham que qualquer um que se coloque ao largo da mitologia deles é niilista. No Ocidente, a crença no progresso como um avanço cumulativo da ética e da política tem apenas dois ou três séculos. Santo Agostinho era um niilista? E Buda? Maimônides? Os grandes filósofos hindus? Os antigos gregos?"

Gray não acredita que a filosofia deveria gerar programas ambiciosos para a sociedade. Ele vê como seu papel o de infundir debates políticos com "um grau de compreensão histórica e ceticismo, especialmente no que diz respeito a políticas que envolvam violência em larga escala. As grandes ideias, as grandes posições utópicas pedem um amplo número de vítimas. Assim, não quero produzir uma nova grande ideia".

Mesclando filosofia, ciências políticas, história e teologia, a obra de Gray reflete uma abordagem eclética herdada de seu mentor, o filósofo liberal Isaiah Berlin. "Ele associava questões de filosofia política e moral com uma compreensão cultural e histórica muito mais ampla. Sou contra o tipo de filosofia que não esteja intimamente ligada à história do pensamento em geral."

Na última conversa que tiveram, Berlin disse a seu protegido que sua influência mais marcante não fora outro filósofo, e sim o memorialista, romancista e ensaísta Alexander Herzen. Gray também acredita que os livros mais abrangentes sobre a sociedade vieram de escritores, e não de teóricos políticos, chamando Berlin de "exceção". Ele conheceu Berlin em Oxford, da qual ganhou, em 1968, uma bolsa de estudos para estudar política, filosofia e economia.

O que levou um estudante da classe trabalhadora a se tornar um prosélito do thatcherismo? Pode-se apenas especular, já que Gray se recusa a discutir sua infância ou sua vida pessoal. Os poucos fatos disponíveis publicamente indicam que ele teve uma infância pobre em South Shields, no litoral norte da Inglaterra, onde seu pai trabalhava em um estaleiro como marceneiro. Gray diz que foi atraído pelo anticomunismo de Thatcher, e que ainda acredita que ela introduziu reformas importantes ao desmantelar o sistema de previdência estatal da Inglaterra pós-guerra.

Embora agora seja um oponente da direita, Gray não é um correligionário fácil da esquerda. O teórico marxista Terry Eagleton criticou severamente seu livro *Cachorros de palha: reflexões sobre humanos e outros animais* (*Straw Dogs: Thoughts on Humans and Other Animals*, 2002), considerando-o "um livro perigoso, desesperado", que, "como toda horrível ecologia de direita, para a qual a humanidade não passa de uma excrescência, está repleto de uma espécie de equivalente intelectual do genocídio". De acordo com Gray, os filósofos que afirmam que os seres humanos são diferentes de outros animais e donos do próprio destino são prisioneiros da falácia cristã da singularidade humana.

Ele desconsidera o Tratado de Kioto como "irrelevante", e vê os Verdes (ou "amantes da terra") como motivados pela mesma estupidez da transformação do mundo dos neoconservadores, dos capitalistas e dos islâmicos radicais. "A ideia de que possamos resolver questões de mudanças climáticas adotando uma economia baseada em moinhos de vento e aquecimento solar, quando há 9 ou 10 bilhões de seres humanos querendo o conforto e a segurança que as partes mais ricas do mundo têm, é uma fantasia total e absoluta."

Gray argumenta que a degradação ecológica é causada mais pela superpopulação do que pela industrialização ou pelo capitalismo global. Em vez de se preocupar com a melhora das instituições humanas, ele vê a destruição ambiental como inevitável. Talvez seja uma visão tão determinista quanto a noção neoliberal da inexorável "democracia de mercado" contra a qual ele se insurge. "As sociedades variam quanto à maneira de interagir com o meio ambiente; uma minoria de nações polui o mundo desproporcionalmente e consome seus recursos."

Gray não é um pós-moderno relativista. Ele reconhece o progresso do conhecimento, mas não o vê coincidir com a melhora da humanidade. "O mito moderno do progresso é o de que o que se ganha em uma fase da história pode ser conservado nos períodos subsequentes. Mas, embora o conhecimento evolua, os seres humanos não mudam muito."

Então, qual é o valor do conhecimento? Gray retoma a mudança climática: "Sem soluções técnicas, sem o conhecimento que lhes está subjacente, não vamos conseguir reagir de maneira inteligente. A única maneira de chegarmos às próximas gerações sem desastre será fazendo o máximo uso da ciência e da tecnologia". Mas ele não concede grandes créditos à ciência: "Não se pode consertar sistemas biológicos avariados com soluções técnicas. Não existe maneira de impedir a mudança climática agora".

Cachorros de palha termina pregando uma atitude de resignação filosófica no lugar do pensamento utópico: "Não podemos pensar no propósito da vida como sendo simplesmente ver?" Mas por que continuar escrevendo polêmicas, se a humanidade está além do aperfeiçoamento? A obra de Gray é uma censura poderosa a qualquer sistema de crença que recuse o autoquestionamento. No entanto, do ponto de vista literário, ela justifica a passividade política.

Gray não é apático; ele insiste em sua mensagem, livro após livro, em um estilo virtuoso criado para se fazer ouvir. Frequentemente ele não é menos evangélico do que seus bichos-papões. Suas conquistas como controversista são também o que compensa sua visão misantropa. Porque é difícil fugir da impressão de que, apesar de si próprio, John Gray quer mudar o mundo.

— *Março de 2008*

Hendrik Hertzberg

Alguma coisa não está certa. Estou sentado nas dependências da *New Yorker*, diante de Hendrik Hertzberg, o melhor analista político do edifício Condé Nast, e minha mente faz um movimento reverso para os estudos políticos do curso secundário. Nossa entrevista ainda não começou propriamente – apenas batemos um papo preliminar sobre sua iminente viagem à Nova Zelândia –, e ele já está obcecado por seu assunto predileto, os sistemas eleitorais.

Ele vai divulgar *Politics: Observations & Arguments*, seu compêndio sobre jornalismo de 2004 que abrange quase quatro décadas, mas a viagem até lá tem um objetivo muito mais precioso. Hendrik Hertzberg (ou "Rick", para os íntimos) está interessado na Nova Zelândia como um laboratório para a votação proporcional de membros mistos – o sistema ali adotado em 1996, que ele postula como um modelo para a reforma eleitoral americana.

Durante seus quatro anos na Casa Branca como membro da equipe que elaborava os discursos de Jimmy Carter, Hertzberg ficou convencido de que muitos dos desconfortos dos Estados Unidos decorriam de seus distritos eleitorais de membro único, que impedem que a maioria da população se espelhe na política. "Provavelmente apenas 10% ou 15% das cadeiras do Congresso são competitivas", diz o descontraído homem de 65 anos vestido de *jeans*, com uma perna passada por cima do braço da cadeira. "Mas com um sistema proporcional é possível conseguir uma mobilização política nacional."

Uma conversa proveitosa, sem dúvida. Mas conforme sua especulação sobre estruturas mundiais de votação chega a dez minutos, ela se torna tão intrincada e sinuosa quanto uma eleição fraudulenta californiana, e não mostra sinais de arrefecimento. No entanto, Hertzberg é tão simpático, está tendo tanto prazer, que parece grosseria interrompê-lo. Observo seu rosto trocista – o olhar cínico, o cabelo desgrenhado, o sorriso de lado – e me ponho a postos para acabar com a sua alegria.

Ele é muito censurado? – interrompo, comentando que raramente ele se estende sobre os mecanismos da democracia em sua página. "Existe uma cota não falada de quanto eu posso infligir desse tipo de análise", ele admite, "mas faço isso duas ou três vezes por ano." Seus colegas, às vezes, caçoam, dizendo: "Onde está Waldo?"*, esmiuçando seu trabalho atrás de referências camufladas à reforma eleitoral.

Como principal redator do ensaio semanal "Comment" da *New Yorker*, Hertzberg tem uma voz que prevalece por sua gentileza e bom senso. Philip Roth elogiou sua "incomum modéstia jornalística", em desacordo com a estridente belicosidade típica dos comentaristas.

Ele é um liberal de coração mole, mas também um especialista em levar à lona, tirando sangue da cruel extrema direita. Depois que Hertzberg acusou o ex-presidente do Congresso, Newt Gingrich, de intolerância homofóbica, o entrevistador Bill O'Reilly, da Fox News, mandou repórteres tocaiá-lo em seu caminho para o trabalho e, em seguida, no seu programa noturno de notícias, veiculou toda a conversa com o confuso e pré-cafeinado escritor.

Contudo, Hertzberg é mais um observador do que um argumentador – a sequência de palavras no subtítulo de *Politics* é deliberada. Embora reconheça que escreve predominantemente para aqueles que já concordam com ele – como certamente acontece com a maioria dos mais de 1 milhão de assinantes da *New Yorker* –, Hertzberg tenta evitar uma liguagem inflamada, que poderia afastar os outros. Para os que pertencem à igreja liberal de esquerda, ele é conhecido por sua simpatia imperturbável, e parece não ter inimigos.

Acima de tudo, Hertzberg é um ferreiro da palavra. O jornalista Michael Kinsley, seu amigo, o compara a um joalheiro. Embora sua análise seja geralmente irrepreensível, o que mais o distingue é a prosa. Segundo James Fallows,

---

* Alusão a "Onde está Wally?", da série em quadrinhos. (N. T.)

do *Atlantic Monthly*, colega de seus anos na Casa Branca, "Rick admitiria não estar desenvolvendo novos caminhos de pensamento para o lado liberal, mas sim expressando-o com pureza, humor e graça".

Se seu tom é anormalmente modesto, talvez seja porque isso reflita a maneira como enxerga a sua profissão. Em seu modo de pensar, o jornalismo não é uma arte, mas um meio para um fim. "É como um negócio", ele diz, antes de qualificar assim mesmo: "Bem, poderia estar na categoria de desenho de interiores, ou de desenho de moda – talvez arquitetura, no máximo. Filosofia, religião, literatura, música e ciência são um fim em si mesmas; essas são as coisas realmente importantes".

Não que Hertzberg aspirasse a alguma outra coisa que não fosse jornalismo. Quando adolescente, procurava ficar amigo de pessoas de outros estados, demonstrando familiaridade com seus jornais locais. Durante o ensino médio vendeu assinaturas do *New York Times* na escola e teve tanto sucesso que o jornal o chamou para uma conversa sobre sua técnica de vendas.

As convicções políticas frequentemente se originam de uma revolta edipiana, mas Hertzberg foi "basicamente um filho devotado, politicamente". Sua mãe, Hazel Whitman, era professora primária por profissão e *quaker* por religião. Prima distante do poeta Walt Whitman, conheceu Sidney Hertzberg, jornalista judeu, editor e ativista, em um movimento contra a guerra, em 1939. O temperamento político do casal contaminou Rick, que, aos 9 anos, distribuía bótons de campanha para o esperançoso presidenciável democrata Adlai Stevenson.

Com pouco mais de 20 anos, ele se identificava como pacifista e radical, juntando-se à Young People's Socialist e contribuindo para a revista *Win*, da War Resisters League. Desde então, encaminhou-se para uma posição de centro, mas diz que é mais "uma questão de estilo e maturidade do que realmente uma mudança importante".

O principal campo emergente de treinamento em jornalismo investigativo foi o *Harvard Crimson*, o diário universitário da Harvard University, do qual Hertzberg era diretor administrativo. Depois de ficar em recuperação acadêmica, foi proibido de participar de atividades extracurriculares, mas continuou contribuindo com artigos sob pseudônimo. Com sua costumeira humildade, credita muito de seu sucesso à rede de influências dos alunos de

Harvard, uma vez que muitos colegas da faculdade ganharam destaque nos altos escalões do jornalismo americano.

William Shawn, então editor da *New Yorker*, tinha um filho entre os asseclas de Hertzberg, e notou seu trabalho no *Crimson*. Quando Shawn telefonou e disse com sua voz macia: "Alô, aqui é William Shawn", Hertzberg respondeu: "Sei, e aqui é Maria da Romênia", antes de desligar. Somente quando Shawn voltou a ligar é que Hertzberg acreditou que quem telefonava era realmente o lendário editor convidando-o a se juntar a sua equipe, e não um trote de algum estudante.

Hertzberg não aceitou o convite – não imediatamente –, sentindo-se imaturo demais para a *New Yorker* e "preocupado de que lá eu iria estagnar por causa do excesso de liberdade". A possibilidade de ser convocado para o Vietnã também o preocupava, levando-o a optar por adiar o alistamento por meio do cargo de diretor editorial da US National Students Association (NSA), em que editava uma revista cujo objetivo era incutir valores americanos em estudantes do mundo inteiro.

Foi apenas no ano seguinte, quando trabalhava na agência da *Newsweek* de San Francisco, que soube que a NSA era custeada pela CIA. "A chamada de vendas no exterior sempre tinha sido a de que nossas contrapartes soviéticas eram obviamente operações da KGB", recorda Hertzberg; "portanto, foi uma paulada descobrir que nós e os soviéticos éramos farinhas do mesmo saco."

Em 1966, ele se alistou na Marinha, que não o enviou para o Vietnã, mas para um escritório do Exército na cidade de Nova York. Dois anos depois, na iminência de ir para o Vietnã, fez uma solicitação de dispensa de 25 mil palavras, invocando impedimento de consciência. Seu pedido foi rejeitado, mas ele acabou dispensado por uma leve complicação médica que deu fim à sua fantasia de ir para a prisão como herói pacifista. Assim, Hertzberg telefonou para "Mr. Shawn", como ele era geralmente conhecido, e ocupou um lugar na *New Yorker*.

A época de Shawn na *New Yorker* foi de enorme compensação econômica, financiando uma equipe imensa e, em grande parte, improdutiva. "Você realmente tinha que se motivar", diz Hertzberg, relembrando os fins de semana de três dias e os feriados estendidos. "Não era o caso de você ser incumbido de ir atrás de uma história, ou de ter que cumprir uma tarefa – tudo ficava por sua conta." Mas a liberdade fez com que se sentisse isolado e inseguro a respeito de suas habilidades literárias, e ele começou a ir ao psiquiatra. "Eu achava que os verdadeiros escritores eram os ficcionistas", diz ele.

Assim, para mudar um pouco, trabalhou como redator de discursos para Hugh Carey, o governador de Nova York. Em poucos meses foi convencido por James Fallows (um ex-estudante de Harvard, naturalmente) a fazer parte da equipe de redação de discursos do presidente eleito Carter, tornando-se chefe dos redatores depois que Fallows saiu. "A ideia de tomar partido e estar na arena política, em vez de apenas dar uma espiada na briga, era realmente excitante."

Os anos passados na Casa Branca lhe deram uma nova perspectiva de escrita, levando-o a "descobrir que eu me sentia mais feliz tendo um objetivo – a saber, ajudando a mudar o mundo em um sentido que combinava com os meus valores – do que me preocupando com os meios, ou seja, com o ato de escrever".

Os livros de história não têm sido complacentes com o governo de Carter, mas Hertzberg permanece inflexivelmente fiel a seu antigo patrão, chamando-o de "santo". Ele está absolutamente certo de que "Carter será visto como um presidente menor, mas sob uma luz essencialmente favorável, um dia, como uma figura profética que teve muito azar".

"Quando Carter deixou a Casa Branca", prossegue Hertzberg, "os Estados Unidos estavam importando menos petróleo do que quando ele entrou. Não existe outro presidente do qual se possa dizer a mesma coisa. E sua ênfase nos direitos humanos desempenhou, do meu ponto de vista, um papel tão importante na desmantelação do império soviético quanto o desenvolvimento militar, acelerado durante o governo Reagan."

Carter geralmente era seco com os redatores de seus discursos, convencido de que em um mundo justo ele teria tempo de escrever seus próprios textos. Mas Carter e Hertzberg continuam amigos, e a admiração é mútua. Depois de entregar o cargo a Ronald Reagan, Carter ofereceu a Hertzberg um discurso satírico, agradecendo sua cooperação, no qual rabiscou elogios desmedidos. "Ele estava satirizando seu próprio laconismo", diz Hertzberg. "É um pedido de desculpas sutil."

Outra oportunidade ligada aos tempos acadêmicos surgiu quando Martin ("Marty") Peretz, anteriormente seu tutor político e então proprietário da *New*

Republic, convidou Hertzberg para editar a revista. Peretz até hoje continua um defensor do uso da força militar em política externa, mas queria um editor mais pacifista para preservar a tradição liberal da revista.

Os dois se desentendiam constantemente – em relação à ação afirmativa, ao movimento de congelamento nuclear, aos "contras" da Nicarágua. Certa vez, Hertzberg ficou tão enlouquecido que pegou sua cadeira para atirá-la pela janela. (Achando que era pesada demais, teve que colocá-la de volta no lugar.)

Peretz demitiu Hertzberg em 1984, substituindo-o por Michael Kinsley, apenas para recontratar Hertzberg como editor cinco anos mais tarde: "Foram necessários mais três ou quatro anos para que eu e Marty irritássemos um ao outro o bastante para voltarmos a nos separar".

Kinsley, que também está à esquerda de Peretz, observa que Hertzberg ficava extremamente nervoso com os compromissos que tinha que assumir com seu patrão. "Eu ficaria satisfeito em colocar artigos que não queria, desde que pudesse colocar aqueles que eu queria, mas isso realmente atormentava Ricky", diz Kinsley, "o que reforça a imagem dele como um joalheiro: ele via cada artigo como um trabalho de arte."

Enquanto isso, na *New Yorker*, as verbas de publicidade vinham caindo e havia uma sensação crescente de que a revista, que permanecia praticamente a mesma desde a sua fundação, em 1925, precisava desesperadamente se reinventar. Assim, em 1992, a jornalista inglesa Tina Brown, famosa como editora por ter impulsionado a circulação das revistas *Tatler* e *Vanity Fair*, tornou-se sua nova editora.

Brown persuadiu Hertzberg a voltar para a *New Yorker*, após quinze anos em Washington; Virginia Cannon, atual esposa e editora-chefe de Hertzberg, acompanhou Brown, deixando a *Vanity Fair*. Um romance germinou no escritório, levando ao casamento em 1998. O filho que tiveram, Wolf, agora adolescente, tem pouco em comum com o interesse dos pais por política e jornalismo – para grande alívio dos dois, segundo Hertzberg.

Brown tornou a *New Yorker* mais vistosa, com um viés maior para celebridades, e – segundo seus críticos – muito parecida com outras revistas chamativas. De acordo com Hertzberg, no entanto, ela salvou a revista. "Ela a modernizou e fez com que seu interesse se voltasse para assuntos nacionais e globais do momento", ele diz. "Até hoje é muito raro que façamos uma matéria extensa sobre alguém de que ninguém tenha ouvido falar."

Quando o atual editor, David Remnick, substituiu Brown, em 1998, reduziu um pouco seu foco nas relações públicas e apurou o aspecto político da revista, alçando Hertzberg ao cargo de chefe do editorial.

Hertzberg comenta que é diferente cobrir política fora de Washington e "dentro do círculo do governo, onde se sente latejar a sabedoria convencional. E isso é tão bom quanto ruim, dependendo de se estar consciente disso ou de isso o levar apenas a acompanhar o ritmo".

Remnick apoiou com relutância a Guerra do Iraque, e Hertzberg discordou com reservas. A brecha entre suas posições era surpreendentemente estreita, mas "David ficou muito mais bravo que eu quando se tornou claro que o governo tinha nos enganado a respeito das armas de destruição em massa".

Em outubro do ano passado, eles colaboraram em um enfático apoio de 4 mil palavras a Obama. O editorial era um ramo de oliveira adequado à campanha de Obama, depois de a *New Yorker* ter publicado uma capa extremamente prejudicial mostrando Barack e Michelle Obama como fundamentalistas islâmicos trocando um cumprimento terrorista no Salão Oval.

Hertzberg não esteve envolvido na decisão de publicar a ilustração de Barry Blitt que desencadeou o escândalo da capa, mas concorda que a paródia foi um tiro pela culatra: "Era apenas a representação de várias fantasias extremadas da direita sobre os Obamas, sem nenhum contexto e sem que o objeto da sátira estivesse representado. Deveria ter sido posto um pequeno logotipo da Fox News para que seu propósito satírico ficasse claro".

Em 2004, a *New Yorker* endossou explicitamente, pela primeira vez, um candidato a presidente, o democrata John Kerry, depois de Hertzberg e Remnick terem decidido que precisavam fazer o que fosse possível para impedir a reeleição de Bush II.

O tom da revista mudou, sem sombra de dúvida, desde a partida de Bush, uma vez que a Obamamania substituiu os ataques ao ex-presidente. Quanto tempo Hertzberg acredita que vá durar a boa vontade da mídia em relação a Obama? "Assim que seu índice de aprovação ficar abaixo de 50%, eles começarão a atacá-lo. A mídia é simplesmente de uma profunda covardia."

Mas não há dúvida de que o romance de Hertzberg com Obama durará mais. "Nunca fui tão entusiasta em relação a um candidato à presidência como fui por Obama", diz ele. "Não acredito que vivi para ver alguém de tal qualidade ser eleito presidente."

"Quando se trata de escrever sobre o significado dos Estados Unidos", continua Hertzberg, "ninguém, a não ser Lincoln, fez melhor do que Obama. Ele apreende a vasta, a vasta complexidade disso – as estranhas mesclas e interfluxos da identidade. Foi por causa de *As origens dos meus sonhos* (*Dreams from My Father*, 1995) que me tornei um admirador de Obama."

Sugiro que é arriscado para uma revista se prostrar tão abertamente perante um presidente que mal teve chance de se colocar à prova. Hertzberg tenta dizer que ele não é tão completamente entregue a Obama, que ele teme possa ser "um pouco não ideológico demais... Minha única verdadeira preocupação quanto à sua presidência é a de que as políticas que ele vem propondo possam não estar à altura da situação – que o pacote de estímulos seja muito pequeno, que ele não seja suficientemente ambicioso em suas propostas. Mas acredito que ele tenha uma ideia muito consistente do que quer atingir". Hertzberg faz uma pausa: "Como você vê, sou um crítico bem severo em relação a Obama, e vou exigir satisfações!"

Mas será que Hertzberg se sente menos relevante agora que o espírito da época o enlevou? "Quando Bush estava no poder, tinha que acontecer uma coisa importante, que era o fato de ele e seu legado terem que ser vencidos nas urnas. Assim, redigir as opiniões tinha uma finalidade óbvia. Agora que Obama é presidente, escreve-se basicamente sobre aparar as arestas."

Pela primeira vez, Hertzberg fica menos falante, seu tom de voz baixa e ele olha o relógio. O que eu tomo por fadiga, no entanto, resulta ser ansiedade – já estamos na tarde de terça-feira e ele ainda não tem um tema, e seu prazo limite é sexta-feira. Dorothy Wickenden, a editora-executiva da *New Yorker*, descreve Hertzberg como "o sujeito mais agradável, engraçado e descontraído que eu conheço – até que ele comece a escrever, o que, inexplicavelmente, quase o leva ao desespero".

Ainda assim, antes de se despedir, ele insiste em me mostrar as dependências da revista – uma espécie de exposição museológica dos espaços de trabalho dos maiores jornalistas americanos, que são despropositadamente pequenos e estão, em sua maioria, vazios. Mas é somente quando ele se atrapalha e entra no banheiro feminino que tenho total consciência do motivo de ele ser tão querido.

Hertzberg tem um charme autêntico – não o do pretensioso e vazio jornalista de TV americano de rosto liso, mas o de alguém bastante descontraído para ser cativante. Há uma pequena mas perceptível mancha em seu pulôver, que ele ignorou ou não se deu ao trabalho de notar. Sua sala está tão bagunçada, tão cheia de pilhas desordenadas de livros e papéis, que parece um quarto de estudante.

Enquanto ele continua procrastinando, eu me despeço. Michael Kinsley diz: "Ele é muito angustiado. A ideia de que agora ele possa produzir um artigo quase semanalmente é extraordinária para os que o conheceram antes".

James Fallows contribui: "Quase todo mundo que escreve para viver tem problemas para terminar as coisas dentro do prazo, mas o caso de Rick era drástico. Era sempre um processo de última hora, de varar a noite. As duas últimas noites eram sempre uma cruzada, uma campanha, um esforço pela noite adentro".

Por sua vez, Hertzberg diz que normalmente gasta 24 horas para produzir a parte introdutória – mexendo com uma sentença, depois recostando-se no colchão inflável de sua sala, onde geralmente acampa na noite anterior à entrega da matéria. Sua escrita passa a fluir nas horas finais antes de expirar o prazo.

Quando ligo para Hertzberg no sábado seguinte, sua leveza está de volta. Pergunto o que ele acabou escrevendo. "Algo um pouco incomum para mim", ele responde em tom ligeiramente pesaroso. "Em vez de simplesmente comentar o cenário atual, recomendei uma política em especial – a eliminação do imposto sobre a folha de pagamento."

Obviamente ele estava predisposto a uma cruzada nessa semana? Rick Hertzberg ri e admite que ainda não esgotou sua dose de interesse obsessivo pelos detalhes. Assim, faço outra pergunta antes que ele tente continuar.

— Abril de 2009

Tony Judt

É preciso coragem para que Tony Judt, professor de história da Europa na New York University, cheque seus *e-mails*. Ele recebe centenas de mensagens agressivas – algumas vezes ameaças à sua vida, ou pior, à sua família. Não é preciso dizer que as pessoas não querem sua cabeça por causa de seus volumes acadêmicos sobre a história da esquerda francesa. Ou por causa de seu magistral livro *Pós-guerra: história da Europa desde 1945* (*Postwar: a History of Europe since 1945*), de novecentas páginas, publicado em 2005, finalista do Prêmio Pulitzer e que ajudou a assegurar seu lugar entre os cem intelectuais públicos mais importantes do mundo, apontados na pesquisa *Foreign Policy / Prospect* de maio.

O que faz do celebrado acadêmico inglês motivo de ódio são seus ensaios sobre Israel e sobre a política externa americana no Oriente Médio – sendo que o mais famoso, "Israel: the Alternative", foi publicado na *New York Review of Books* em outubro de 2003. Descrevendo Israel como um "anacronismo", ele escreveu que "é chegada a hora de pensar o impensável": desaparelhar Israel como um estado exclusivamente judaico e substituí-lo por um estado secular binacional de judeus e palestinos. Como Judt é filho de refugiados judeus que falam *yiddish*, seus detratores se esforçam por rotulá-lo como antissemita.

Ele sempre assumiu posições não ortodoxas. Comunista de longa data, acredita piamente na intervenção estatal. É politicamente progressista, mas rejeita a teoria pós-moderna e acha a acadêmica correção política "tão irritante quanto a política reacionária de Washington". Historiador de ideias francesas, não é francófilo. Em *Passado imperfeito* (*Past Imperfect*, 1992) e *The Burden of Responsibility* (1998), ataca os intelectuais franceses por fecharem os olhos ao totalitarismo.

Desde 1987, quando se mudou para os Estados Unidos para lecionar na New York University, depois de trabalhar em Cambridge, Oxford e Berkeley, Judt vem educando os americanos em relação à Europa.

O historiador britânico Timothy Garton Ash diz que o compromisso de Judt com o discurso público o torna único entre os falantes de língua inglesa: "Ele se parece mais com o conceito que temos na Inglaterra de um pensador europeu do que com um acadêmico anglo-saxão – alguém que acredita que as ideias fazem diferença e que o trabalho de um intelectual é o de se comprometer com debates de política pública". O acadêmico e jornalista Ian Buruma, amigo de Judt e colaborador da *New York Review of Books*, sugere que o interesse de Judt pelos assuntos mundiais o diferencia de outros historiadores. "Ele não se limita a escrever história a partir de arquivos e livros. Ele é mais como um jornalista, no sentido de que passa um tempo nos países e narra fatos tanto quanto escreve a história real."

Os interesses variados de Judt são questionados em seu livro mais recente, *Reappraisals: Reflections on the Forgotten Twentieth Century* (2008), uma coleção de 25 ensaios escritos ao longo de doze anos. Eles variam de artigos sobre intelectuais judeus como Arthur Koestler, Primo Levi, Manès Sperber e Hannah Arendt a retratos curiosos de países como a Romênia e a Bélgica, ensaios sobre a política externa americana durante a Guerra Fria e o declínio da social-democracia.

Seu estilo polêmico é ostensivo. Compara o teórico francês neomarxista Louis Althusser com "algum escolástico medieval menor, buscando desesperadamente em categorias de sua própria imaginação". Acusa Eric Hobsbawm, um destacado historiador vivo e comunista inveterado, de ter "dormido durante o terror e a vergonha da época". Liberais como David Remnick, Michael Ignatieff e Thomas Friedman são achincalhados por defenderem a Guerra do Iraque. "Nos Estados Unidos de hoje", escreve Judt, "os neoconservadores geram ações políticas brutais para as quais os liberais providenciam uma saída ética."

Analisa como a opinião internacional se voltou contra Israel depois de sua vitória em 1967 na Guerra Árabe-Israelense. Em "The Country that Wouldn't Grow up", afirma que Israel equivale a um adolescente narcisista que acredita ser único e universalmente mal compreendido.

Alguns dos ensaios apareceram primeiramente na *New Republic*, que teve Judt em seu quadro como editor-colaborador até 2003. Depois que "Israel: the Alternative" foi publicado, Leon Wieseltier, o editor literário da *New Republic*, retirou o nome de Judt do cabeçalho da revista. "Ele não quer ser responsabilizado por coisas que não fez, ou ser visto como a representação de alguém, a não ser de si mesmo", escreveu Wieseltier sobre seu outrora amigo íntimo. "Por que Israel tem que pagar por seu desassossego com a vida naquele país?"

O incômodo ensaio está claramente ausente dessa coleção. "Eu de fato não queria que os críticos e leitores se voltassem imediatamente para ele e depois lessem o livro como se fosse uma nota de pé de página daquele ensaio", ele diz.

Em 2003, Judt estava convencido de que já não era possível a criação de estados distintos para judeus e palestinos. "Israel controla a água, a economia e o poder do estado militarmente", diz ele. "Possui a terra, e a retalhou de tal jeito que tornou impossível um estado palestino coerente. Seria preciso que isso fosse reconhecido, em vez de ficarem falando como se, em algum momento de um futuro próximo, os assentados israelenses fossem milagrosamente embora, Israel abandonasse a terra e surgisse um estado palestino."

Mesmo entre judeus de esquerda, os temores de que a solução de um estado único significaria que os judeus se tornariam minoria na Palestina Maior são exagerados, ele diz. "Um segmento substancioso da população palestina, que ainda é a mais educada e a mais secular de todas as populações árabes, ficará muito feliz em viver e trabalhar com a maioria da população judaica. Não estamos falando em Israel ir para a cama com a Arábia Saudita. Embora Israel tenha feito o possível para transformar os palestinos em islâmicos furiosos, eles ainda não o são."

Quando Judt publicou um artigo de opinião editorial sobre o *lobby* judaico no *New York Times*, um editor pediu que ele colocasse em algum lugar o fato de ser judeu. Será que Judt teria entrado na briga se não o fosse? "Como muitos amigos meus não judeus daqui, eu poderia ficar intimidado, com medo de ser acusado de insensível ao sofrimento judaico ou ao Holocausto, ou de antissemitismo", ele diz. "É preciso viver nos Estados Unidos para perceber como é opressivo o silêncio sobre a política americana no Oriente Médio, especialmente se comparada com conversas similares em quase todos os lugares do mundo, inclusive em Israel."

Em outubro de 2003, estava programada uma palestra de Judt no consulado polonês de Nova York sobre o "Lobby Judeu". Uma hora antes de Judt chegar, os poloneses cancelaram a palestra, depois de receberem ligações da Anti-Defamation League e do American Jewish Congress. O diretor da Liga, Abraham Foxman, recusou as alegações de que as organizações judaicas silenciaram Judt como "uma bobagem conspiratória", mas o cônsul-geral se sentiu claramente sob intensa pressão. Na *New York Review of Books*, 114 intelectuais assinaram uma carta aberta à Liga condenando seu procedimento.

Escrevendo para o *Slate*, Christopher Hitchens ridicularizou o ultraje de Judt, comentando que ninguém tem o direito democrático de falar em uma instituição privada. Sendo ele próprio um crítico controverso de Israel, Hitchens ironizou: "Que chance eu perdi de chamar atenção sobre mim mesmo...". "Não respondo a Christopher em público", retruca Judt, "baseado no princípio geral de que nunca se deve rolar na lama com um porco porque os dois acabam imundos, e o porco gosta disso." Depois, o *Slate* lançou um concurso humorístico intitulado: "Você é um liberal antissemita?" O segundo prêmio era um jantar com Tony Judt. "Detesto jantares, portanto eu seria uma péssima companhia", diz Judt. "Seria um verdadeiro castigo."

Judt tinha 15 anos quando sua mãe, uma cabeleireira, e seu pai, um livreiro, preocupados com sua falta de vida social, mandaram-no para um acampamento de verão sionista em Israel. Ele diz que foi "tragado por todo aquele entusiasmo juvenil – dançando em um círculo, cantando canções, sendo tão esquerdista quanto nacionalista".

Aos 19 anos, ao término de seu primeiro ano em Cambridge, organizou um grupo de voluntários para substituir no campo os soldados convocados para a Guerra dos Seis Dias. Nesse mesmo ano, mais tarde, dirigiu caminhões e traduziu hebraico e francês para os oficiais israelenses. Seu romance com o sionismo, no entanto, se esgarçou. "Comecei a ver um lado de Israel que não conhecia muito bem", ele recorda. "Ouvia os soldados israelenses contarem como 'agora nós temos todas estas terras e nunca as devolveremos', e 'o único árabe bom é um árabe morto'. Não é preciso ser um gênio político para perceber que isso ia acabar em catástrofe."

Outra fantasia dissolveu-se em dois anos em Paris, onde Judt pesquisava para seu doutorado em Cambridge, na École Normale Supérieure. "Fiquei menos fanático pela França", ele diz, "e menos disposto a ser um francófilo no sentido superficial de amar a comida francesa e querer ser visto fumando Gauloises e usando boinas pretas."

Quando começou a lecionar no Institute of French Studies na New York University, há duas décadas, criticar a França ainda não se tornara um esporte americano. "A França e os produtos franceses agora são vistos como uma preferência marginal de elite, quando antes se considerava que eram, simplesmente, aquilo pelo que as pessoas cultas se interessam, falam e leem", ele diz.

Em 1995, Judt fundou o Remarque Institute na New York University, para facilitar o diálogo com a Europa, mas mesmo na era pós-Bush ele tem pouca esperança no futuro das relações Estados Unidos–Europa. "O conteúdo substantivo do relacionamento provavelmente não mudará grande coisa, porque a maneira americana de olhar o mundo é muito diferente da europeia", ele diz. "Os europeus veem a Turquia ou o Oriente Médio como problemas de fronteiras, ao passo que os americanos os veem como ameaças a longa distância."

Em *Pós-guerra*, Judt descreve a Europa "como um modelo de virtudes internacionais" e "um exemplo a ser imitado por todos", antes de concluir que "o século XXI ainda deveria pertencer à Europa". Para um historiador normalmente frio, é uma visão marcantemente sentimental. "O modelo europeu de como viver uma vida ocidental democrática pluralista, no mundo globalizado", ele diz, "é provavelmente o único modelo possível para nós – ou seja, o que junta a realidade dos estados-nação com a necessidade de instituições, legislação e cooperação transnacionais."

Garton Ash considera *Pós-guerra* um marco: a primeira história da Europa pós-guerra a integrar as histórias da Europa Ocidental e da Oriental. Ele também acha que Judt exagera a divergência entre a Europa e os Estados

Unidos: "Acredito que ambos os lados do Atlântico provavelmente voltarão para o que chamo de plano Euro-Atlanticista, para uma espécie de associação estratégica. Tony [ficou] profundamente marcado por sua experiência dos últimos oito anos nos Estados Unidos, sob a administração Bush", ele diz.

Buruma sugere que Judt "às vezes exagera para estender a discussão". Ele vê a idealização que Judt faz da Europa como uma maneira de expressar sua desilusão com os Estados Unidos: "É um homem intenso, e acho que às vezes assume posições muito apaixonadas e depois se decepciona. A decepção é maior por causa do entusiasmo vibrante que sente no início. Isso é verdade em relação a Israel, e é verdade em relação aos Estados Unidos".

— *Junho de 2008*

Robert Kagan

Os neoconservadores às vezes são vistos como uma confraria de figuras obscuras – enclausuradas em comitês privilegiados de Washington amplamente influentes mas que não devem satisfações a ninguém – que conspirou para ludibriar um presidente pouco inteligente, levando-o a invadir o Iraque.

Robert Kagan, o porta-voz mais eloquente do movimento, tem uma teoria conspiratória diferente, na qual os ideólogos são vítimas. "Eles são bodes expiatórios", alega, "de um público envergonhado por ter encorajado a invasão. Uma guerra que teve um estrondoso apoio americano e foi votada 77-23 no Senado dos Estados Unidos de repente virou uma conspiração de seis ou sete pessoas", diz Kagan.

Não que os neoconservadores – cujos expoentes incluem Richard "Príncipe das Trevas" Perle e o editor da *Weekly Standard*, William Kristol – tenham sofrido muito. Depois da derrota americana no Vietnã, os articuladores da guerra foram evitados por seus colegas, vilipendiados pelos analistas e vaiados em debates públicos. Mas os arquitetos da Operação Liberdade do Iraque de modo geral escaparam a esse opróbrio. Na verdade, Kagan, aos 51 anos, está no seu auge. Colunista mensal do *Washington Post* e membro sênior do comitê Carnegie Endowment, foi um dos principais conselheiros de política externa do candidato republicano à presidência John McCain. Foi escolhido como um dos cem principais intelectuais públicos do mundo pela pesquisa *Foreign Policy / Prospect* de 2008.

Sob vários aspectos, ele é um típico neoconservador – em sua clareza moral e convicção de que os Estados Unidos deveriam estar preparados para declarar guerra unilateralmente a fim de sustentar seus valores. Mas o rótulo não tem sentido para Kagan, que argumenta não haver nada "neo", ou novo, em sua filosofia. Em vez disso, ele se coloca dentro de uma longa tradição de fazedores de política externa – incluindo figuras do porte de Dean Acheson, John F. Kennedy e Ronald Reagan – que enfatizam a importância da liderança global dos Estados Unidos.

Em seu livro de 2006, *Dangerous Nation* – o primeiro de uma projetada história das relações exteriores americanas em dois volumes –, Kagan tenta "contestar a ideia de que os Estados Unidos sejam tradicionalmente uma nação isolacionista, que apenas ocasionalmente se volta para o mundo". Alguns críticos o acusaram de revisar a história para legitimar a visão neoconservadora de uma América imperialista.

Considerando toda a sua retórica belicosa, ele é surpreendentemente agradável. Grande fisicamente, mas com um rosto infantil e um sorriso oblíquo ligeiramente intimidador, ele veste uma camisa esporte e se apresenta como "Bob". As prateleiras de seu escritório em Washington estão vazias – ele acabou de voltar de três anos em Bruxelas, onde a esposa, Victoria Nuland, uma antiga conselheira de Dick Cheney, serviu como embaixadora dos Estados Unidos na Organização do Tratado do Atlântico Norte.

Gore Vidal disse uma vez que Kagan está "às voltas com uma megalomania extremamente indecorosa, falando apenas em nome dos inescrupulosos políticos do círculo de Washington". Mas sua prosa vigorosa e sua análise habilidosa das tendências geopolíticas atraem aplausos de seus adversários políticos. Henry Kissinger, cuja perspectiva realista é geralmente oposta à visão baseada em valores dos neoconservadores, classificou o livro de Kagan de 2003, *Do paraíso e do poder* (*Of Paradise and Power*), como "uma seminal... discussão sobre as relações euro-americanas".

"Como solitário superpoder mundial, os Estados Unidos naturalmente favorecem uma ordem internacional em que prevaleça a força", Kagan argumenta. Por contraste, os países europeus – militarmente mais fracos, mais expostos geograficamente ao perigo da guerra e sombreados pela memória da Segunda Guerra Mundial – buscam soluções diplomáticas em vez de ação militar, procurando uma regulamentação por meio de cooperações internacionais e não a anarquia das nações.

"Os americanos são de Marte e os europeus são de Vênus", escreveu Kagan, propondo uma frase de efeito instantânea em uma época na qual o relacionamento transatlântico estava implodindo sobre o Iraque. *Do paraíso e do poder* tornou-se um *bestseller* internacional e foi distribuído pelo alto representante de política externa da União Europeia, Javier Solana, a todos os embaixadores da entidade. Embora tenha apenas cem páginas, atrai comparações com textos definidores de uma época, como *O fim da história e o último homem* (*The End of History and the Last Man,* 1992), de Francis Fukuyama, e *O choque das civilizações e a mudança na ordem mundial* (*The Clash of Civilizations and the Remaking of World Order*, 1996), de Samuel P. Huntington.

Kagan provocou novos debates com seu livro mais recente, *O retorno da história e o fim dos sonhos* (*The Return of History and the End of Dreams*, 2008), no qual descreve sua proposta para uma liga global de democracias – uma pedra angular da plataforma de política externa de McCain. Para Kagan, o ressurgimento da China e da Rússia como autocracias muito influentes pede um fórum onde cerca de cem democracias mundiais possam se reunir para expor seus valores comuns.

O título faz alusão à hipótese de Fukuyama segundo a qual a história, sob o aspecto de luta ideológica, terminou com a queda da Cortina de Ferro, sendo substituída pela inexorável democracia capitalista de mercado. "Quando demos início ao período pós-Guerra Fria, achávamos que não havia um desafio à democracia – que era apenas uma questão de favorecer o desenvolvimento econômico", diz Kagan. "Mas temos duas poderosas autocracias no mundo que parecem muito firmes, não passando por esta evolução antecipada baseada no crescimento econômico. As democracias precisam começar a agir juntas de uma maneira mais coesa, seja lidando com problemas como o Zimbábue e a Birmânia, seja mostrando solidariedade contra as ambições ressurgentes da Rússia."

Para um homem de retórica combativa, Kagan pode ser surpreendentemente sensível, como descobriu Kurt Campbell, o atual secretário de estado adjunto para a Ásia Oriental e o Pacífico, em um jantar no último mês de maio, quando incorreu no erro de contar piadas sobre neoconservadores na presença de Kagan. "Dizem", Campbell ponderou, "que os neoconservadores são vampiros – exceto pelo fato de que, enquanto os vampiros podem ser mortos com uma bala de prata, os neoconservadores são imortais. Os neoconservadores também não são lobisomens", continuou Campbell; "enquanto os lobisomens são saudáveis durante o dia, os neoconservadores são loucos durante as 24 horas." Kagan não se abalou, e no dia seguinte se recusou a compartilhar o pódio com Campbell em uma conferência.

Poucos concordariam com Kagan quanto ao fato de ele caber "perfeitamente em uma corrente bipartidária". Não obstante, é fato que os neoconservadores não podem ser nitidamente identificados com partidos políticos. Na eleição presidencial de 2000, Kagan votou em Al Gore, contra a promessa de George W. Bush de reduzir os compromissos internacionais americanos. "Passei grande parte da década de 1990 lutando contra o Partido Republicano, que se opunha à intervenção. Foi apenas mais tarde que as pessoas revisaram essa história e criaram esta ficção de um movimento neoconservador distinto do intervencionismo liberal, que tem sido a política vigente desde a Guerra Fria."

Depois de 11 de setembro de 2001, Bush inverteu sua política externa e Kagan, que tinha pressionado por um bom tempo a Casa Branca de Clinton a forçar uma mudança de regime no Iraque, subitamente passou a ser muito requisitado. O mesmo aconteceu com seu pai, o historiador de Yale Donald Kagan, e com seu irmão Frederick, que em 2000 foi coautor de *While America Sleeps*, conclamando Washington a aumentar a verba destinada à defesa.

Kagan era adolescente nos anos do governo Jimmy Carter – "um período muito depressivo para os Estados Unidos", ele diz. "Ouvimos tudo o que se dizia sobre os limites do poder americano e de como os Estados Unidos estavam em declínio e esmorecendo." Quando Reagan assumiu, em 1980, Kagan admirou a "recusa [do novo presidente] em aceitar que a União Soviética estivesse em uma situação de ascensão inevitável e de que não havia esperança para o mundo democrático".

Depois de se formar em Yale, ele trabalhou no Departamento de Estado durante a maior parte da década de 1980, enquanto observava a queda de Augusto Pinochet e de Ferdinand Marcos e via surgirem trincas no edifício soviético. "Foi o período em que passamos de uma política de apoio cego às ditaduras ao apoio de forças democráticas de centro mais moderadas tanto na América Latina quanto na Ásia, conseguindo, de fato, alguns êxitos surpreendentes. Essa é uma das razões pelas quais não comungo do ceticismo geral de que não há nada que possamos fazer para encorajar a democracia em países onde não haja democracia neste momento."

Ele continua otimista quanto à possibilidade de um futuro democrático para o Iraque depois do aumento das tropas em 2007. "Quando eles finalmente mudaram de estratégia, depois de quatro anos, vimos os resultados. O que se assumia como uma inevitável guerra civil entre xiitas e sunitas era, na verdade, produto de nosso fracasso em garantir segurança."

Preocupa-o que a companheira de campanha de McCain, a governadora do Alasca Sarah Palin, demonstre pouco conhecimento do mundo além de seu estado? "Ela tem no mínimo tanta experiência em política externa quanto algumas das outras escolhas potenciais de McCain para a vice-presidência", retruca Kagan. "Mas, como eram homens, ninguém questionou nada."

Quer dizer que a ignorância a respeito de política externa é uma norma no círculo próximo a McCain? Kagan exibe seu sorriso sardônico. "Toda essa ideia de que apenas uma certa comunidade de elite especializada em política externa pode se encarregar da política externa americana é falsa. Acredito que o americano médio toma decisões melhores em grande parte dessas questões." Aqui é o eleitorado de McCain que fala, não o mandarim da política externa – este último está pronto para pichar Barack Obama como um ingênuo em matéria de política externa.

"McCain esteve engajado em questões de segurança nacional por décadas", ele diz, "enquanto Obama tem apenas alguns anos de Senado, e não fez da política externa o tópico número um de sua *persona* pública. Houve vezes em que ele disse: 'Deveríamos conversar com o Irã', e depois disse: 'Não deveríamos conversar com o Irã sem estabelecer precondições'. Ele falou em bombardear o Paquistão e depois em como os Estados Unidos não deveriam mais agir daquele jeito. Você pode ouvir o que quiser a respeito da política externa de Obama."

Sobre os desafios que McCain enfrentaria ao revitalizar a legitimidade dos Estados Unidos no cenário mundial, Kagan diz: "A maioria das nações age de acordo com os seus interesses, e seus interesses não são necessariamente afetados por aquele que é o presidente dos Estados Unidos. O comportamento dos governos do sistema internacional não é fundamentalmente antiamericano".

Ele diz que os países asiáticos recorrem cada vez mais à proteção dos Estados Unidos contra a ascensão da China, acrescentando que os Estados Unidos desfrutam de uma relação muito mais próxima da Europa do que há dois anos. "A tentativa da França e da Alemanha de contrabalançar o poder americano abraçando a Rússia falhou", afirma Kagan, "sob pressão dos novos estados-membros da União Europeia do centro e do leste da Europa – países cuja ansiedade em relação ao Kremlin cresceu desde a sua ação militar na Geórgia."

Então, o que acontece com a sua ideia de que os americanos marcianos e os europeus venusianos têm inconciliáveis visões do mundo? "Não acho que as coisas que tornam os americanos e os europeus diferentes tenham mudado", ele diz. "Mas as circunstâncias internacionais estão reaproximando os dois lados, à medida que vemos a ascensão de dois grandes poderes autocráticos."

De acordo com Kagan, já existem dois clubes democráticos – a Otan e a União Europeia –, mas eles não conseguem refletir a nova realidade global de democracias espalhadas por todo o mundo, ao passo que sua proposta de acordo democrático incorporaria países da América Latina, da África e da Ásia.

O Conselho de Segurança das Nações Unidas pode estar "desesperadamente paralisado", como coloca Kagan; "mas, em minha opinião, certamente é mais seguro ter grandes potências mundiais unidas sob uma organização única, em que as democracias são forçadas a negociar com regimes não liberais, do que dividir-se em dois campos competitivos".

Pode-se dizer que o mundo não está tão claramente polarizado em democracias e autocracias como sugere Kagan, mas um clube democrático exclusivo poderia levar ao risco de se criar tal divisão. Se Kagan fosse menos influente, sua proposta poderia ser dispensada como mera nostalgia do mundo bipolar de seus anos no Departamento de Estado. Mas é uma ideia de que ouviremos falar muito mais se os eleitores americanos escolherem McCain.

— *Setembro de 2008*

Paul Krugman

Quando Paul Krugman ganhou o Prêmio Nobel de Economia, em outubro de 2008, não parecia um rebelde. Uma pesquisa da CNN alguns meses antes havia descoberto que George W. Bush era o presidente americano menos popular da história moderna e os Estados Unidos estavam prestes a eleger um presidente democrata que se opunha à Guerra do Iraque. Mas, na iminência da invasão ao Iraque, Krugman era um dos poucos *experts* da grande imprensa que atacava Bush incansavelmente.

Desde que começou sua coluna bissemanal no *New York Times*, em janeiro de 2000, Krugman muitas vezes acusou Bush de mentir – sobre os motivos que embasavam o corte de impostos para os ricos e a tentativa de reduzir o Social Security, por exemplo, e sobre "as armas de destruição em massa" do Iraque.

Depois dos ataques de 11 de setembro de 2001, os jornais e revistas liberais de centro ricochetearam para a direita. À medida que o *Times*, o *Washington Post*, o *New Yorker* e o *New Republic* se alinharam obedientemente com a administração Bush, os artigos heréticos de Krugman fizeram dele um alvo de admiração da esquerda antiguerra e uma figura odiosa para os neoconservadores.

"Eu estava muito sozinho na maioria das páginas de artigos de opinião", diz o gentil e educado professor de economia de Princeton de 56 anos. "Olhamos para trás agora, para 2002, e dizemos: 'Não aconteceu nada que fosse realmente ruim com as pessoas. Não tivemos uma nova era de macarthismo'. Mas isso estava muito longe de estar claro na época. Era realmente assustador."

Dentre os economistas famosos, tais como Joseph Stiglitz, Jeffrey Sachs e Amartya Sem, Krugman desfruta do perfil público mais elevado. Em 1991, ele ganhou a Medalha John Bates Clark para economista americano abaixo dos 40 anos. Com seu influente trabalho em geografia econômica e comércio internacional – explorado ao longo de quinze livros e centenas de artigos em jornais –, Krugman há muito é considerado uma aposta certa para o Nobel.

No clima febril dos Estados Unidos pós 11 de setembro, sua franqueza atraiu ameaças de morte. Mas Krugman, que se descreve como um gatinho, acostumado com os tranquilos bosques da comunidade acadêmica da Ivy League*, nunca partiu para batalhas políticas. "Tem sido uma vida muito menos fácil do que eu esperava levar a esta altura. Eu deveria estar passando o tempo sentado em poltronas bem macias, refletindo sobre minhas pesquisas."

Quando Krugman foi convidado pelo *Times* para escrever uma coluna, em 1999, presumiu erradamente que isso não consumiria grande parte do seu tempo. O ônus maior seria financeiro – as regras de conflito de interesses do jornal o proibiam de dar palestras corporativas, pelas quais ele recebia até 50 mil dólares.

Com o cenário político americano calmo e grande atividade econômica, Krugman esperava escrever sobre transações empresariais, a internet e as crises financeiras do mundo em desenvolvimento. Mas a eleição presidencial do ano 2000 o politizou. "Acontecia uma coisa curiosa. O candidato de um grande partido estava sendo descaradamente desonesto naquilo que dizia – naquele ponto era sobre economia – e ninguém o estava questionando a respeito disso."

Krugman argumenta que a mídia trata com indulgência os políticos desonestos porque os jornalistas são treinados para considerar os dois lados de uma questão. "Se Bush dissesse que o mundo era chato, a manchete da notícia seria: 'Forma da Terra: Visões diferem'", zombou ele em 2000. Em *The Great Unraveling: Losing Our Way in the New Century* (2003), Krugman explica por que muitas pessoas não conseguiram perceber o radicalismo do programa Bush: "As pessoas que se acostumaram com a estabilidade não podem acreditar no que

---

* Ivy League: grupo de oito universidades (Brown, Columbia, Cornell, Dartmouth College, Harvard, Princeton, Pennsylvania e Yale) cujo prestígio acadêmico e social é semelhante nos Estados Unidos ao desfrutado por Oxford e Cambridge no Reino Unido. (N. T.)

está acontecendo quando deparam com um poder revolucionário, e assim ficam impossibilitadas de lhe fazer oposição".

Ele entende o motivo de os jornalistas temerem se pronunciar. "Na maior parte das vezes, realmente não tem havido vantagens em se colocar diante da história e relatar o que acontece", ele diz. "Pelo contrário, as pessoas que agiram corretamente foram despedidas, e não há ônus para quem age errado. A maioria das empresas de notícias pertence a grandes corporações. Os jornalistas podem ser, em geral, pessoas do Nordeste de formação sólida e tendências liberais, mas, na maioria das vezes, quem dá a palavra final sobre as matérias são os republicanos."

Enquanto a maioria dos colunistas do *New York Times* são repórteres de carreira, a formação acadêmica de Krugman demonstra que ele nunca foi socializado para seguir a tendência predominante da mídia. Outros jornalistas políticos vão atrás de contatos nos jantares de Washington, mas Krugman mantém a independência levando a vida relativamente reclusa de um professor de universidade em Nova Jersey.

Embora algumas vezes seja criticado por não fazer muita investigação original, Krugman não vê qualquer razão para entrevistar executivos ou membros do governo. "Não estou tentando fazer o estilo de repórter institucional. Esse não é o meu assunto. Escrevo predominantemente sobre questões políticas, e algumas palavras cuidadosamente neutras não vão me ajudar em meu ofício."

Até mesmo os admiradores de Krugman às vezes se surpreendem com sua truculência. "Ele passa dos limites", diz Stiglitz, Prêmio Nobel de Economia e amigo de Krugman. "Ele não dosa o tom de acordo com a magnitude da afronta."

O pai de Krugman era um executivo de uma companhia de seguros politicamente liberal. Quando era adolescente e vivia em Long Island, Paul Krugman fantasiava sobre se tornar um "psico-historiador" — um dos proféticos matemáticos da trilogia *Fundação* (*Foundation*, 1951-1953), de Isaac Asimov. Na faculdade, decidiu que economia era o que havia de melhor depois da ciência ficcional de Asimov.

Depois de se formar em Yale, Krugman foi fazer o doutorado no Massachusetts Institute of Technology (MIT), onde consolidou uma animadora abordagem não ideológica da economia. Sem agradar nem aos extremados defensores do livre mercado nem aos intervencionistas dogmáticos, Krugman se autointitula um "keynesiano de livre mercado". "Na prática, é uma posição comum. Você acredita na intervenção do governo, mas também avalia bem o poder dos mercados e até que ponto pode confiar no mercado."

Em 1979, formulou o primeiro modelo para explicar as crises da moeda. Mas Krugman continua mais conhecido entre os economistas acadêmicos como fundador da chamada Teoria do Novo Comércio (New Trade Theory). No clássico modelo de "vantagens comparativas", a fração relativa de recursos naturais de um país ditaria sozinha o sucesso de suas indústrias no mercado mundial. Krugman demonstrou que a especialização e a sofisticação tecnológica às vezes são suficientes para responder pelo domínio de mercado.

Essa pesquisa de influência resultou em um período como membro do Council of Economic Advisers de Ronald Reagan, em 1982. Krugman diz que esse ano nos bastidores de Washington lhe proporcionou uma visão reveladora do processo de fazer política. "As decisões de Key estavam sendo feitas na base de uma espécie de raciocínio bem obscuro, como: 'Falei com um empresário que me contou'." Krugman descobriu a relutância dos funcionários do governo em corrigir programas de ação. "A maioria das coisas continua do jeito que está, a não ser que haja uma pressão muito grande por mudança."

No ano seguinte, voltou animadamente para o mundo acadêmico. "Como subordinado eu era ok, mas, no que se referia a ser um funcionário do governo de nível mais elevado, minha fundamental falta de tato iria se tornar um problema realmente sério."

Em 1984, embora professor titular na MIT, ele não se sentia satisfeito. "Eu tinha um bom trabalho e um bom salário e, do ponto de vista do que a maioria do mundo tem, estava me saindo bem. Mas, no que diz respeito à importância acadêmica, eu não tinha atingido o auge. Meu grupo de referência eram pessoas que realmente brilhavam em economia."

Sua estrela ascendeu durante a campanha de Bill Clinton, em 1992, quando seu trabalho sobre desigualdade de rendas foi usado pelos consultores de Clinton para ajudar a demolir as alegações republicanas de que o aumento da diferença de salários era um mito. Muitos especularam que Clinton iria indicar Krugman para presidente de seu Council of Economic Advisers.

Quando foi preterido em favor da economista de Berkeley Laura Tyson, Krugman se tornou amargo. Rejeitou Tyson como "uma intérprete de terceiro escalão do trabalho de outras pessoas" e acusou dois dos outros indicados por Clinton de "internacionalistas *pop*" que "repetem clichês idiotas mas se imaginam sofisticados".

Agora Krugman minimiza suas ambições de fazer parte do time de Clinton. "Eu teria gostado das partes analíticas do trabalho, mas sou um administrador terrível e não tenho muito tato. Portanto, não acho que esse tipo de posição seja adequado para mim." Ele acha que afastou Clinton durante seu primeiro – e último – encontro, em 1992. "Eu menosprezei as preocupações com a industrialização, um de seus temas favoritos. Se aquilo era um teste, fracassei." Stiglitz admite que o temperamento incendiário de Krugman, que para ele funciona em alguns aspectos no jornalismo, "pode não ser tão favorável no contexto político".

Stiglitz acha que Krugman subestimou as conquistas econômicas da Ásia Oriental antes da derrocada financeira de 1997. "Ele sugere que não houve milagre – que eles apenas tinham poupado muito", diz Stiglitz. "Minha resposta é que foi um milagre que eles tivessem poupado tanto. Nenhum outro país conseguiu poupar naquela medida e investir bem aquela quantidade de poupança."

Como Krugman predisse, o *boom* da economia asiática entrou em colapso e as razões de Bush para invadir o Iraque são agora amplamente reconhecidas como mentiras. No entanto, em vez de relaxar com a satisfação de um rebelde vingado, Krugman se empenha trabalhando em sua carreira acadêmica. Está revisando um manual introdutório de economia em coautoria com sua esposa, Robin Wells, e preparando a bibliografia para "Economics 553". "É muito agradável pensar a qual das últimas tendências em pesquisa eu deveria dedicar uma semana completa." Trata-se de um estilo de vida que ele diz que poderia retomar integralmente.

Contudo, o grupo de referência de Krugman já não é só de luminares da economia, mas também de colunistas políticos. Alguns o veem como o comentarista político mais influente dos Estados Unidos. Ele vai querer que isso continue assim. Abandonar os refletores pela torre de marfim não parece provável.

— *Maio de 2008*

Bernard-Henri Lévy

Esperando por Bernard-Henri Lévy no *lobby* do hotel de Washington com uma paciência que começa a se esgotar, não posso deixar de pensar se aqueles que o menosprezam estão certos – certos em considerar o mais famoso intelectual público francês um dândi autocentrado, um "esquerdista de limusine" conduzido por chofer em um Daimler de vidros escuros. Imagino o filósofo, cineasta, jornalista e *socialite* de cabeleira farta arrumando-se em sua suíte ou ao telefone com sua esposa, a atriz e cantora Arielle Dombasle, em seu palácio marroquino do século XVIII.

Seu estilo de vida nababesco, seu *glamour* autoconsciente e sua falta de pudor em mencionar pessoas importantes ao longo de uma conversa fazem dele um alvo fácil de sátira. Frequentemente parodiado na televisão no *show* noturno de bonecos *Les guignols de l'info*, ele também já foi várias vezes atacado pelo anarquista Noël Godin, o atirador de tortas de creme. Sendo os filósofos franceses famosos por suas teorias enigmáticas e ideias políticas dogmáticas, sentime tentado a favorecer um que relata *in loco* os esquecidos conflitos africanos e questiona a hostilidade automática contra os Estados Unidos e Israel. No entanto, agora meu relógio sugere que B. H. L. (como é conhecido na França) não está apenas atrasado, mas provavelmente vai me deixar plantado.

Um telefonema de seu divulgador: "Você ainda vem?" Fui mandado para o hotel errado, mas não há problema, porque Lévy está descansando. Quando finalmente nos encontramos, seu cabelo sugere um recente cochilo. Está uma bagunça – ou melhor, estudadamente "revolto pelo vento". Lembro a mim mesmo que o infatigável autor de cerca de trinta livros precisa de apenas quatro horas de sono e, além disso, seu cabelo não tem dias ruins.

O último livro de Lévy, *Ennemis Publics*, em colaboração com o romancista rebelde Michel Houellebecq, que deve sair em inglês em 2010, não ajudou sua reputação de narcisista. Reúne seis meses de correspondência entre aqueles que se autodescrevem como bodes expiatórios da *intelligentsia* francesa. "Posso dar qualquer explicação possível e imaginável sobre o meu trabalho", escreve Lévy para seu correspondente. "Tudo o que faço é piorar minha reputação como calhorda burguês, que não tem ideia da realidade social e só finge estar preocupado com os oprimidos do mundo para conquistar as manchetes."

Os ataques mais furiosos contra Lévy vêm geralmente, não é de se surpreender, dos esquerdistas. A razão de sua turnê americana é a publicação em inglês de *Left in Dark Times* (2008), um livro de elucubrações à procura de uma "esquerda antifascista". Os ativistas Arundhati Roy, Noam Chomsky, Robert Fisk e Slavoj Žižek são atacados, juntamente com a maioria dos gurus pós-modernistas franceses. O esquerdista típico de hoje, segundo Lévy, culpa os Estados Unidos pelo radicalismo islâmico, ao mesmo tempo que ignora o antissemitismo e as violações muçulmanas dos direitos humanos. Como, pergunta Lévy no livro, a esquerda pode esquecer os valores liberais pelos quais os ativistas de maio de 68 foram às barricadas?

Apesar da firme oposição de Lévy à Guerra do Iraque, seu entusiasmo geral pelos Estados Unidos o coloca em desacordo com a maioria dos intelectuais franceses. "O antiamericanismo é uma terrível ferramenta de cegueira, de estupidez", proclama Lévy com um típico floreio retórico e um movimento de braço. "Os poucos de nós na França que entendem isso não são populares."

Left in Dark Times abre com Lévy recebendo um telefonema do presidente da França, o centro-direita Nicolas Sarkozy, durante sua campanha para a eleição de 2007. "Quando você vai escrever um pequeno artigo simpático sobre mim?", perguntou Sarkozy (um velho amigo, claro). Lévy responde que a esquerda é sua família e que "não se pode trocar de família como se troca de camisa". Conhecido também por não trocar as camisas, Lévy nunca se afasta de sua assinatura – terno preto e camisa branca desabotoada até o meio do peito. Mas Sarko tinha razão ao retrucar atabalhoadamente: "Sua família? Essas pessoas que passaram trinta anos mandando você se foder?"

A esquerda, Lévy concordou, divergiu dele ao não entrar em ação para dar um fim ao morticínio da Tchetchênia e de Darfur. Mesmo assim, Lévy endossou a rival de Sarkozy, Ségolène Royal, do Partido Socialista, que ele considerava "o mal menor". A presidência de Sarkozy se revelou muito próxima do que Lévy predissera: "Ele prometeu que seria o presidente dos direitos humanos, mas apoiou Putin e voltou atrás em sua ameaça de boicotar os Jogos Olímpicos de Pequim".

O subtítulo do livro, uma tomada de posição contra a nova barbárie, alude à sua polêmica de 1977, *La barbarie à visage humaine*, que vendeu milhões de exemplares e fez com que Lévy fosse matéria de capa da revista americana *Time*. Ela lançou Lévy, então com 28 anos, como líder do assim chamado Movimento da Nova Filosofia. Juntamente com André Glucksmann e Alain Finkielkraut, Lévy rompeu com o marxismo, chamando-o de ferramenta de lavagem cerebral, e não da liberdade. "No passado, os antimarxistas disseram que o marxismo era culpado de disseminar a revolução", explica Lévy. "Eu disse que o marxismo impediu as pessoas de se revoltarem. Foi uma cimentada do cérebro para fazer com que as pessoas obedecessem a ditaduras."

O temperamento político de Lévy data de conversas de infância com seu pai, André, que deixou sua Argélia nativa para lutar na Guerra Civil Espanhola e depois na Resistência francesa, contra Hitler. André Lévy ensinou ao filho que "não se deve ter nenhuma espécie de compromisso com o fascismo". Atualmente, Lévy usa o termo "islamofascismo" sem hesitação para invocar a ameaça representada pelo Islã radical.

Bernard-Henri nasceu em 1948, em Béni Saf, no noroeste da Argélia. A família se mudou para Paris quando ele ainda era bebê, deixando-o sem lembranças de seu lugar de nascimento. "Essa pequena peculiaridade", especula Lévy, "pode explicar a obsessão filosófica que desenvolvi sobre a necessidade de pessoas livres cortarem as amarras que as ligam a um solo nacional ou a uma etnicidade." Se Lévy tem uma mensagem abrangente, é a de que os direitos humanos existem e devem ser defendidos – antes um lugar-comum da esquerda que agora abriu espaço para noções de "tolerância" e "relativismo cultural".

Lévy, cujo avô materno era rabino, remete sua visão universalista à sua origem judaica: "Ser judeu significa estar em débito com a diversidade", diz ele, ecoando seu trabalho de 1978, *Le testament de Dieu*. "Os mestres do Talmude ensinam que ser judeu é explorar profundamente o que é a humanidade."

Em 1997, dois anos depois da morte de seu pai, Lévy vendeu a madeireira da família por mais de 750 milhões de francos, financiando o refúgio em Marrakesh, antes propriedade do filantropo cultural John Paul Getty. Lévy e Dombasle dividem o tempo entre casas na margem esquerda de Paris, a Riviera Francesa, e no Marrocos. Então, três casas no total? "É, acho que sim", Lévy concorda, antes de acrescentar: "Talvez duas no Marrocos". Minha referência ao Marrocos como um lugar de férias provoca uma saraivada de "Não, não, não" – B. H. L. não se lembra de ter tirado férias. As múltiplas casas, ele diz, são uma ajuda para que ele e sua esposa escapem do olhar do público.

Como estudante da École Normale Supérieure, teve aulas com Jacques Derrida e Louis Althusser. Este último desenvolveu a filosofia do "anti-humanismo", que Lévy diz ter influenciado sua desconfiança da revolução. Althusser mais tarde se sobressairia por estrangular sua mulher até a morte, mas Lévy insiste que "a loucura não é um argumento contra um pensador, e ele foi um pensador muito importante". Sugere que a loucura de Althusser era inseparável de sua filosofia misantrópica. Então, Lévy também é louco? "Francamente, não sei", diz ele com um alçar de ombros gálico e nenhuma demonstração de embaraço por ser comparado com seu mestre.

A extensão do envolvimento de Lévy na revolta estudantil de 1968 permanece controvertida, mas naquele ano seu irmão, Philippe, foi atropelado por um carro e entrou em coma. B. H. L. só diz que Philippe agora está bem, embora recentemente, em 2003, tenha contado a um repórter que ele ainda continuava em coma. Em seu romance autobiográfico, *Comédie* (1997), Lévy relembra ter feito companhia a uma namorada no hospital durante os protestos de maio. Uma alusão sutil a seu irmão, talvez? Ele mantém a boca fechada.

Em 1971, estourou a guerra civil em Bangladesh, enviando o rapaz de 22 anos a sua primeira missão de reportagem. Depois que o país conseguiu a independência do Paquistão, Lévy continuou ali para servir, por curto período, como consultor político do primeiro presidente do país, Mujibur Rahman. A filha de Lévy, agora uma romancista de sucesso, nasceu pouco tempo depois de sua volta. Imaginando-se um libertino, Lévy lhe deu o nome de Justine-Juliette, em homenagem às heroínas mais conhecidas do Marquês de Sade. "Achei que esses dois nomes cobririam todos os destinos possíveis da jovem que ela viria a ser."

O filho de Lévy de seu segundo casamento, Antonin-Balthazar, é agora um advogado, mas, ao lhe perguntarem em que área, Lévy responde: "Realmente não sei". Eles não são próximos? "Somos. Mas no caso dos advogados existe uma estrita obrigação de confidencialidade." Quando observo que os advogados não precisam esconder sua especialidade, Lévy acrescenta com um ligeiro desdém que "provavelmente ele deve ser um advogado empresarial".

Corre a lenda de que Dombasle, a terceira esposa de Lévy, apaixonou-se por ele ao ver sua fotografia na capa de um livro, ficando impressionada com sua semelhança com Jesus Cristo. Depois de se conhecerem em uma sessão de autógrafos, Lévy contratou um detetive particular para investigar sua situação matrimonial. Durante sete anos, Lévy e sua amante de cintura fina mantiveram uma relação clandestina, formalizada em 1993. Eles se dirigem um ao outro em público com o tratamento formal *"vous"* – em parte numa tentativa, diz Lévy, de preservarem sua intimidade.

Aos 26 anos e com o respaldo financeiro de seu pai, Lévy fundou um jornal, *L'Imprévu*. Pretendia revolucionar a imprensa, mas o diário teve apenas onze números. Dentre seus fracassos, esse foi superado apenas por seu filme de estreia, em 1997, *O dia e a noite* (*Le jour et la nuit*), no qual dirigiu Dombasle, ao lado de Lauren Bacall e Alain Delon. Os críticos não deixaram pedra sobre pedra. Não que esse malogro vá detê-lo em relação a uma outra aventura cinemática, diz Lévy com uma arrogante contração do nariz.

Não há dúvida de que ele tenha tido maior sucesso com documentários. Seus filmes sobre o conflito bósnio, *Um jour dans la mort de Sarajevo* (1992) e *Bosna!* (1994) foram pedidos apaixonados para que a Europa interviesse e pusesse um fim à sangria. Como as palavras finais de *Bosna!* declaram: "A Europa morreu em Sarajevo". Um dos primeiros jornalistas a entrar na sitiada Sarajevo em 1992, ele queria "contar o que eu predisse que seria a indiferença da Europa". Levaria mais de três anos para que o Ocidente agisse.

É difícil imaginar em muitos outros países um escritor com o acesso de Lévy à elite política. Depois do bombardeio militar americano do Afeganistão, por exemplo, Jacques Chirac mandou-o para Cabul em missão diplomática, para verificar as possibilidades de reconstrução do país. Contudo, Lévy recusa regularmente a concessão oficial da Legion d'Honneur. "Eu gostaria de ser homenageado por meus colegas com prêmios literários, mas não quero ser coroado ou destacado por Sarkozy, Chirac ou Mitterrand", ele observa. "Não os respeito o bastante."

Lévy estava em Cabul quando o repórter Daniel Pearl, do *Wall Street Journal*, foi decapitado por terroristas na fronteira do Paquistão. Lévy voou para Karachi e começou uma investigação de um ano, que se tornou *Quem matou Daniel Pearl?* (*Qui a tué Daniel Pearl?*, 2003). É comum para B. H. L. estar no centro de seus próprios livros, mas alguns acham que ele foi longe demais ao imaginar os pensamentos do jornalista momentos antes de sua morte. A viúva de Pearl, Mariane, declarou Lévy "um homem cujo ego destrói sua inteligência". Não há dúvida de que as sobrancelhas dela se levantem em frases como: "Ele pensa em Mariane, aquela última noite, tão desejável, tão linda – o que as mulheres querem no fundo? Paixão? Eternidade?"

De seu lado, Lévy não se justifica por recorrer à ficção quando os fatos são difíceis de descobrir. Ele cunhou a expressão *"romanquête"* (romance investigativo) para o gênero ao qual recorreu pela primeira vez duas décadas atrás, em *Os últimos dias de Charles Baudelaire* (*Les derniers jours de Charles Baudelaire*, 1988); mas enfatiza não defender a falta de definição entre fato e fantasia, pelo contrário: "*Romanquête* significa precisamente não misturar os dois. Há três capítulos no livro de Baudelaire, e dois no de Pearl, que são frutos da imaginação; o resto é estritamente fiel aos fatos disponíveis".

Seja escrevendo de zonas perigosas como Argélia, Burundi, Sri Lanka, Colômbia, Sudão ou, mais recentemente, Geórgia, Lévy mantém seu traje indefectível. Pergunto se é estranho viajar por países arrasados pela guerra usando ternos de estilistas. "Você está insinuando que quando se relata uma guerra é preciso usar roupa de batalha? Ou que quando você escreve sobre a África tem que usar vestimentas coloniais?" Uma vez que o essencial não chegou até ele, digo que me parece um tanto absurdo, até mesmo de mau gosto, estar tão obcecado com roupas em meio a carnificina e pobreza. "Não estou preocupado com a minha aparência", ele retruca. "Pode ser que você esteja, mas eu não estou." Seu guarda-roupa padrão é prova disso, diz ele. "Não perco tempo pensando: 'Quero uma camisa azul ou vermelha?' Esse problema está resolvido para sempre!"

Alguns veem um critério duplo entre a cruzada de Lévy contra o antissemitismo e sua fala combativa a respeito do mundo muçulmano. O véu das mulheres deveria ser peremptoriamente condenado, ele afirma, seja o que for que as chamadas feministas multiculturais possam argumentar: "Cobrir as mulheres significa tratá-las como seres humanos anormais, 'elementos que incomodam', que precisam ser eliminados. Aqueles que cobrem as mulheres acreditam ou que elas sejam máquinas de reprodução ou que precisam ser escondidas, como a pornografia".

Depois que um jornal dinamarquês publicou uma charge satirizando o profeta Maomé, em 2005, o presidente do Irã, Mahmoud Ahmadinejad, que nega o Holocausto, patrocinou uma exposição de charges sobre o Shoah. Lévy se juntou ao resto do mundo inteligente em um protesto veemente. Mas ele também assinou um manifesto, ao lado de Ayaan Hirsi Ali e Salman Rushdie, denunciando o islamismo como "o novo totalitarismo" e apoiando o direito do jornal dinamarquês à livre expressão.

O combativo secularista não vê tensão entre suas posições. "Qualquer muçulmano, cristão ou judeu tem o direito de rir dos rabinos, de Deus, de Maomé e assim por diante", ele diz. "Mesmo para os devotos, caçoar da religião é uma maneira de reforçar as próprias crenças. Se Ahmadinejad tivesse montado uma exposição sobre o Velho Testamento, Moisés, o Deus judeu e assim vai, isso teria sido algo incrível." Os desenhos antissemitas, no entanto, eram diferentes: "Negar o Holocausto é um insulto à humanidade e aos filhos dos mortos. Você não pode comparar uma zombaria de dogmas e religiões com os ataques racistas contra pessoas, que são a origem do antissemitismo".

Nossa conversa já está perto dos 90 minutos, quando Lévy declara: "Chega! Você me aborreceu (*You've harrassed me*)". Seu divulgador francês intervém rapidamente para explicar que, em francês, o verbo *harasser* significa exaurir e não incomodar. Mas será possível que o incendiário e inimigo público esteja realmente exausto?

— *Dezembro de 2008*

Janet Malcolm

Recentemente, o editor da revista *Bookforum* viajou três horas para entrevistar Janet Malcolm em sua casa de verão em Massachusetts. Com pouco tempo de conversa, ela interrompeu uma de suas respostas para parafrasear a dançarina Isadora Duncan: "Se eu conseguisse descrever isso, não teria que dançar". Malcolm perguntou por que, em vez de começar a entrevista tentando extrair dela respostas interessantes, ele não começou pela crítica do livro em questão, *Duas vidas: Gertrude e Alice* (*Two Lives: Gertrude and Alice*, 2007). Ele fechou seu bloco de anotações, eles almoçaram, e ele voltou para Nova York para escrever a resenha.

Malcolm reconta essa anedota no meio de nossa conversa, em seu apartamento de Manhattan, como uma advertência para que não se espere demais dela. Celebrada por seus extensos perfis opinativos na *New Yorker*, ela está compreensivelmente cansada de entrevistas. Em *O jornalista e o assassino* (*The Journalist and the Murderer,* 1990), Malcolm descreve a traição inevitável implícita no encontro jornalista–sujeito; o sujeito regride como um paciente em psicanálise, confiando infantilmente em seu entrevistador, apenas para descobrir que o jornalista não é um ouvinte compassivo, mas um profissional que tem um plano de trabalho e uma história a ser criada. Assim, de acordo com a abertura do livro, frequentemente citada: "Todo jornalista que não seja estúpido demais ou pretensioso demais para notar o que está acontecendo sabe que o que ele faz é moralmente indefensável".

Malcolm, 75, é uma mulher pequena, de aparência frágil, cujas maneiras solícitas não deixam perceber o tom cáustico que caracteriza seu trabalho.

Você pode imaginá-la como uma observadora discreta, misturando-se ao cenário, enquanto os incautos entrevistados, confundindo destemor com simpatia, preenchem o silêncio e caem em sua armadilha. A chave para ser um entrevistador arguto, diz Malcolm, é "manter a boca fechada". Quando comento que a reticência não é de muita ajuda ao entrevistá-la, ela responde: "As pessoas que entrevisto festejam a oportunidade de se autoexprimir, ao passo que eu não tenho nada para vender, a não ser o meu livro".

Seus retratados geralmente lamentam ser tão volúveis – mais notoriamente Jeffrey Moussaieff Masson, o psicanalista iconoclasta, que foi ungido – e depois despedido – como diretor dos sagrados arquivos de Freud. Quando Masson se viu retratado como um narcisista nos artigos da *New Yorker* que se transformaram no livro *Nos arquivos de Freud* (*In the Freud Archives*, 1984), processou-a por calúnia. Alegou que Malcolm inventou citações nas quais ele alegadamente se descrevia como "um gigolô intelectual", que dormira com mais de mil mulheres e planejava tornar a casa de Freud um lugar de "sexo, mulheres e diversão".

O processo de 10 milhões de dólares, que durou uma década, terminou a favor de Malcolm, mas não antes de seus colegas questionarem suas afirmações de que os jornalistas deveriam condensar, rearranjar e encobrir citações para permanecerem fiéis ao sentido, mais do que à verdade da fala. Malcolm agora insiste em que eu deixe de lado o gravador e passe a tomar notas. "As pessoas falam sem recorrer à gramática, de uma maneira diferente da escrita", ela diz. "Não sou boa em frases de efeito. Considero-me mais alguém que faz do que alguém que pensa."

Quando Malcolm começou a dar entrevistas ocasionalmente, há vários anos, ficou perplexa com o poder da pergunta. "As pessoas acham que têm que responder", ela diz. "Então, percebi que posso simplesmente dizer: 'Não posso'." Ela lamenta não ter conversado com a imprensa durante o caso Masson, admitindo que "não se pode culpar as pessoas por não entenderem algo quando ouviram apenas um lado". O prestígio da *New Yorker* contribuiu para sua ingenuidade, uma vez que "era como uma torre de marfim, onde assumíamos que todos saberiam que o que fazíamos era ético e correto".

O processo por calúnia tornou-se o prisma através do qual foi discutido *O jornalista e o assassino*. No livro, Malcolm disseca o julgamento de Joe

McGinniss, um escritor de não ficção que estava sendo processado por Jeffrey MacDonald, ex-médico militar sentenciado pelo assassinato de sua família. McGinniss aproximou-se de MacDonald e teve livre acesso a sua equipe de defesa, depois de fazer MacDonald acreditar que o livro que estava escrevendo provaria sua inocência. Quando McGinniss publicou *Fatal vision* (1983), revelando que nunca duvidara da culpa de MacDonald, o assassino processou o jornalista por fraude.

Embora Malcolm condenasse a traição de McGinniss, controvertidamente ela a descreveu como um exemplo extremo do jogo duplo resultante da relação jornalista–sujeito. Muitos colegas leram o livro como uma autojustificativa de Malcolm por ter traído a confiança de Masson. "Se eu tivesse simpatizado com McGinniss, não teria escrito sobre o caso porque teria sido em proveito próprio", diz Malcolm. "Indo pelo outro lado, não achei que tinha que me preservar. O que me machuca é o fato de as pessoas terem usado as acusações de Masson como uma arma para me atingir, por não terem gostado do que eu disse sobre o jornalismo."

A controvérsia chegou tarde para Malcolm, que impulsionou sua carreira com a *New Yorker* em 1965, escrevendo uma coluna sobre decoração de interiores e *design*. "O esforço de descrever as coisas detalhadamente – não havia ilustrações – e de ir a lojas tentando não ser vista ao tomar notas acabou sendo um excelente treino para o trabalho jornalístico." Ela fez sua primeira incursão em uma extensa reportagem no final da década de 1970, depois de largar de fumar e de se descobrir impossibilitada de escrever: "Para mim, escrever estava tão ligado ao ato de fumar, que decidi fazer uma matéria que exigisse trabalho de reportagem, para me desvincular daquela associação de fumo e escrita".

Depois de vários anos de psicanálise, começou a ler Freud e a falar com outros analistas para entender o que acontecera. Um analista, Aaron Green, foi particularmente verborrágico, tornando-se o foco de *Psicanálise: a profissão impossível* (*Psychoanalysis: the Impossible Profession*, 1981). Apesar de Malcolm satirizar intencionalmente o dogmatismo da instituição psicanalítica de Nova York, o livro tornou-se leitura indicada para muitos seminários de treinamento. "Eles acharam que era uma exposição muito clara da teoria psicanalítica, o que dá uma medida de quão obscuros devem ser seus livros, uma vez que têm que recorrer a um texto popular", diz ela.

O pai de Malcolm era um psiquiatra tcheco que saiu de Praga com a família em 1939. Assim, em *Duas vidas* (*Two Lives*), Malcolm está compreensivelmente habilitada quanto à questão de como a carismática escritora modernista Gertrude Stein conquistou um número suficiente de amigos para que o caso lésbico judeu sobrevivesse na França ocupada pelos nazistas. Em suas memórias de 1945 sobre a vida em tempo de guerra, *Wars I Have Seen*, a reacionária Stein se esquece de mencionar que ela e Alice Toklas são judias. "Acho que nunca me emocionei com nada escrito por Stein", diz Malcolm, "mas uma exceção é a última parte de *Wars I Have Seen*, em que ela escreve sobre como a guerra está chegando ao fim e como a Resistência está começando a se expor – quando ela finalmente se dá conta do que houve, entende que os nazistas foram maus e se põe a usar a frase: *'Honneur aux maquis'*."

O livro anterior de Malcolm, *Lendo Tchekov* (*Reading Chekhov*, 2001), é uma mescla de crítica, biografia e conversas sobre viagens, em que ela rejeita sua missão como "a absurda farsa de uma peregrina literária que deixa as mágicas páginas de um trabalho de gênio e viaja para um 'cenário original' que só pode se revelar aquém das expectativas". Assim como em *A mulher calada* (*The Silent Woman*, 1994), seu estudo sobre a vida póstuma de Sylvia Plath como matéria de biografia, *Lendo Tchekov* era menos um trabalho de biografia literária do que uma desconstrução disso, examinando as meias verdades e as omissões que incorrem quando se alinhava a história de uma vida. Malcolm adora os contos de Tchekov e quando os relê sempre chora nas mesmas passagens. Mas ela não se sentiu assim a respeito de Stein, cuja prosa ininteligível, vanguardista, faz com que seus textos nunca atinjam um grande número de leitores.

"Senti-me estranha – Stein usava muito esta frase – em escrever sobre uma escritora de cujo trabalho eu não gostava", diz Malcolm, "mas acabei por respeitar seu trabalho, principalmente a originalidade e o frescor de sua linguagem. Ela faz com que uma pessoa se sinta diminuída, porque o que dizemos fica parecendo tão banal!" Malcolm me mostra seu exemplar mutilado de *The Making of Americans* (1925), livro de Stein de 925 páginas, que ela dividiu em seis pedaços para poder lê-lo no metrô e fazer com que a perspectiva de terminá-lo parecesse menos ameaçadora.

Malcolm identifica-se enquanto jovem com a biógrafa Elizabeth Sprigge, que se propôs como a heroína coquete em seu ensaio de 1955 sobre Stein: "Ela achava que tudo o que fazia era interessante", diz Malcolm. "Tinha um comportamento muito malicioso e feminino, que lembrava a pessoa intimidadora que eu era." A voz cética e autoexaminadora de Malcolm percorre seus livros, mas ela disse que seu "eu" é uma construção narrativa e não um "eu" autobiográfico, como o de Sprigge: "É uma versão idealizada de mim mesma, alguém que é mais esperto, mais seguro e mais fluente do que o 'eu' que está sentado com você, que tem dúvidas e inseguranças".

O tema de *Duas vidas* é o melhor de Malcolm – a instabilidade do conhecimento, a parcialidade da biografia e os planos de trabalho que são a base para a interpretação. Assim como Malcolm acredita que as pessoas reais precisam ser transformadas em ficção para ser inseridas em narrativas de não ficção, também – como frequentemente acontece com os romancistas – personagens semelhantes são recorrentes em seus livros. A amargurada Toklas, que devotou suas últimas duas décadas a preservar o legado póstumo de Stein, escrevendo cartas compulsivamente e reticentemente esquivando-se às perguntas indiscretas dos biógrafos, parece uma variação de Olwyn Hughes, a irmã de Ted e inventariante do espólio de Plath, cuja presença assoma ameaçadoramente em *A mulher calada*.

Igualmente incrível é Leon Katz, o emérito rebelde conhecedor de Stein que afrontou outros estudiosos da escritora ao deter durante décadas uma entrevista com Toklas, não publicada, que pode – ou não – desvendar os segredos de *The Making of Americans*.

Katz lembra Jeffrey Masson, o charmoso e descontraído erudito que se tornou a nêmesis dos analistas freudianos, ao argumentar que as teorias do mestre se baseavam em suas intencionais distorções das evidências. "Ah, isso é interessante; é como se os escritores tivessem uma espécie de molde itinerante", observa Malcolm, mas dificilmente ela estará disponível.

Quando agendaram um encontro de Katz com Malcolm para uma entrevista, ele deliberadamente sabotou o compromisso, chegando ao aeroporto de Los Angeles um dia antes, e depois – provavelmente com medo de que ela se apropriasse de sua história – recusou-se a remarcar a entrevista. Mas a impossibilidade de Malcolm se encontrar com Katz não a incomoda; seu objetivo não é a aparência de uma história completa. "Uma das coisas que aprendi fazendo este trabalho é que você segue a vida do jeito que ela acontece", diz ela; "não quero manipular a verdade, quero registrá-la." Assim Katz se torna mais uma figura de linguagem de Malcolm – como o ausente Ted Hughes de *A mulher calada*, uma figura que não aparece.

O estilo frio, escrupulosamente controlado e transparente de Malcolm é a antítese da prosa frequentemente ilegível, impetuosa e não editada de Stein, que em certo ponto Malcolm descreve como "uma espécie de colapso nervoso". Mas a mestra modernista antecipou o gênio pós-moderno de Malcolm expondo os limites da narrativa. Malcolm descreve *A autobiografia de Alice B. Toklas* (*The Autobiography of Alice B. Toklas*, 1933) como uma "antibiografia", na qual Stein critica a tarefa biográfica usando a voz de Toklas para escrever sobre si mesma, em termos crescentemente anedóticos. Sobre o "antirromance" de Stein, *The Making of Americans*, Malcolm escreve que "Stein fica revisitando o projeto que parece ter abandonado – o de escrever ficção – e depois se recrimina por fazê-lo malfeito". Logo depois de negar qualquer associação com Stein, Malcolm comenta: "Meu ceticismo em relação à biografia continua, ainda que eu continue a fazê-la".

— *Outubro de 2007*

Catherine Millet

Atualmente, Catherine Millet é mais conhecida apenas como "Catherine M.", a ninfo parisiense que deu leveza e alegria aos ratos de biblioteca com suas memórias de 2002, *A vida sexual de Catherine M.* (*La vie sexuelle de Catherine M.*). Durante três décadas ela foi conhecida pela classe pensante apenas como uma respeitada crítica e curadora de arte. Sua maneira matronal de se vestir e sua compleição atarracada não traíam nenhum de seus instintos dissolutos.

"Quando criança", dizem as primeiras linhas, "eu pensava muito em números." E três páginas adiante, Millet está descrevendo sua primeira experiência de sexo grupal – aos 18 anos, apenas semanas depois de perder a virgindade. Embora reticente nas interações cotidianas, ela adquiriu confiança sendo a garota que nunca dizia "não". Ela não flertava, mas estava sempre disponível para os homens, independentemente da idade ou do físico que tivessem e de quantos ela já tivesse servido em uma noite.

De todos os seus parceiros sexuais, que podem ser contados aos milhares, Millet lembra-se apenas de 49 nomes. Para cada orgia em um apartamento de luxo, havia sexo em estações de estrada de ferro, carrocerias de caminhão, cemitérios, arquibancadas de estádios esportivos, bancos de parques e em cima de capôs. Mas Millet – agora com 61 anos e com seu excitante estilo de vida há muito superado – afirma que não havia nada de extraordinário em suas experiências. "Existem milhões de pessoas no mundo com o mesmo tipo de práticas sexuais", ela diz em uma entrevista por *e-mail*.

Para os observadores estrangeiros, o livro era uma típica mistura gálica de filosofia sisuda e sexo excêntrico, de uma tradição que produziu o Marquês de Sade, Georges Bataille e *A história d'O* (*Histoire d'O*, 1954). O romancista *gay* Edmund White saudou-o como "um dos mais explícitos livros sobre sexo já escritos por uma mulher". Mas, escrevendo no jornal *Libération*, o falecido filósofo Jean Baudrillard reclamou: "Se alguém levanta a saia, é para mostrar a si própria, não para mostrar sua nudez como se fosse a verdade".

A autobiografia sexual foi traduzida em quase quarenta línguas e só na França vendeu 400 mil exemplares. Desde então, dois dos livros de Millet sobre arte apareceram em inglês – *Contemporary Art in France*, em 2006, e, em 2008, *Dalí and Me*, focado nos ensaios pouco conhecidos do pintor surrealista e em textos autobiográficos.

Nascido na Catalunha, Espanha, Salvador Dalí viveu em Paris grande parte de sua vida adulta, escrevendo principalmente em francês. "Dalí ainda é um assunto tabu na França", diz Millet. "Os críticos franceses estão ligados à noção de artistas malditos, como Vincent Van Gogh, e não gostam de artistas bem-sucedidos." O abraço de Dalí no general Franco também manchou sua reputação, mas Millet desdenha disso como "apenas mais uma provocação".

O bissexual Dalí era um crítico contumaz da repressão e Millet o considera o primeiro pintor de masturbação e nádegas da história. Ela dedica particular atenção a duas de suas pinturas, *O grande masturbador* (1929) e *Jovem virgem autossodomizada pelos chifres de sua própria castidade* (1954). Dalí era fascinado – ao mesmo tempo que tinha repulsa – pela sexualidade e geralmente se abstinha do conhecimento carnal, o que não corresponde ao trajeto de Millet.

No entanto, como sugere o título, *Dalí and Me* é uma resposta muito pessoal ao trabalho de Dalí, em que Millet digressiona livremente a respeito de sua própria vida fantasiosa. Para Millet, "nosso primeiro contato com um trabalho é sempre subjetivo – uma dimensão que os críticos de arte normalmente reprimem, para analisar a obra sob um nível mais racional. Eu acredito que isso pode, paradoxalmente, contribuir para uma compreensão objetiva". Seu interesse por Dalí se cristalizou há uma década, enquanto trabalhava em um estudo sobre fezes na arte contemporânea. "Para Freud e Dalí, que era freudiano, o excremento é o equivalente simbólico do ouro", ela diz. "É a lembrança de nossa condição material – uma representação do nosso destino."

Em trabalhos autobiográficos como *A vida secreta de Salvador Dalí* (*La vie secrète de Salvador Dalí*, 1942), Dalí detalha o estado de seu corpo enquanto escreve – o conteúdo de seu estômago, a maneira como está vestido ou a posição de seu corpo. "Um pensamento é necessariamente produzido por um corpo", explica Millet, admirando sua abordagem. "Os estados de nosso corpo determinam nossos pensamentos."

No prólogo de *Diário de um gênio* (*Journal d'un génie*, 1964), Dalí afirma que seu livro "provará que a vida cotidiana de um gênio, seu sono, sua digestão, seus êxtases, suas unhas, seu frio, seu sangue, sua vida e sua morte são essencialmente diferentes dos do resto da humanidade". Mas, para Millet, seus diários provam o contrário: "Quando as câmaras de TV e o público não estavam perto, Dalí tinha um estilo de vida muito simples".

Dalí se recusava a priorizar eventos em seu diário – a ver a criação de sua arte como mais importante do que suas saídas cotidianas. Para Millet, as grandes figuras se dão a conhecer tanto pelos aspectos banais de sua vida quanto pelas vivências sociais e intelectuais.

O pintor, que uma vez foi a uma palestra em um Rolls-Royce entupido de couves-flores, era mestre em ostentar sua *persona* pública. Ele ficou famoso no início da era da mídia, reconhecendo, antes de Andy Warhol, a importância de ser fotografado. Não é de surpreender, portanto, que Millet sentisse que sua experiência como celebridade, depois de *A vida sexual*, a capacitasse a melhor entender Dalí.

Ela está a par do uso da fotografia para publicidade – seu marido, o romancista Jacques Henric, publicou um livro de fotos suas, nua, simultaneamente às memórias da esposa, alimentando o *succès de scandale*. Millet e Henric estão juntos há 26 anos e casados há 19. À pergunta sobre o motivo de uma libertina ansiar pelo convencional rótulo do casamento, ela retruca: "Por que o casamento, que é um ato jurídico consensual entre duas pessoas, seria um impedimento à liberdade?"

Na França, as memórias foram uma reversão ao clima do romance desolador de Michel Houellebecq sobre os excessos sexuais da sociedade, que refletiu uma reação vigorosa contra os valores liberados de 1968. "A liberdade sexual de uma geração é um fator inibidor para a geração seguinte", diz Millet. "É por isso que a liberdade sexual absoluta e universal é uma utopia."

Ela não justifica seu estilo de vida em *A vida sexual*. O livro também não é exatamente uma conclamação à liberação sexual – em sua prosa desprovida de intensidade, as experiências de Millet parecem não ter alegria e ser entorpecidamente repetitivas. "É um livro escrito com alguma isenção", concede Millet, enfatizando que procurou "não comover nem chocar os seus leitores". Ela evitou relatar suas experiências cronologicamente porque "o desejo não tem consciência da passagem do tempo". Em vez disso, o livro está organizado sob quatro temas: Números, Espaço, Espaço Confinado e Detalhes.

A vida emocional de Millet não aparece na maior parte de suas memórias, embora ela deixe entrever alguns traumas prematuros em sua infância pequeno-burguesa. Seus pais não gostavam um do outro e tinham casos. Seu irmão morreu em um acidente de carro quando ela era adolescente, deixando-a sozinha para cuidar da mãe, uma depressiva crônica que terminou por se suicidar. Aos 23 anos, Millet começou a fazer psicanálise, mas foi pelo reconhecimento profissional que superou sua inabilidade social. "Eu não tinha que me afirmar tanto quanto pela sexualidade", ela diz.

Millet continuou a editar *Art Press*, uma revista sobre arte contemporânea que cofundou em 1972. Na França, ela voltou a desafiar as sensibilidades da Rive Gauche em 2008, com outro livro de memórias: *A outra vida de Catherine M. (Jour de souffrance: l'autre vie de Catherine M.)*, no qual narra o ciúme que sentiu ao descobrir que seu marido era infiel.

Depois de descobrir a infidelidade de Henric, Millet passou a imaginá-lo com suas amantes obsessivamente, sentindo-se ao mesmo tempo excitada e atormentada. O que mais a angustiava era o sentimento de não haver uma razão legítima para ficar zangada com seu marido, considerando a promiscuidade em que ela vivera durante os primeiros anos de seu casamento. Mas sua moralidade sexual permanece a mesma. "O ciúme é um impulso", ela diz. "A liberdade sexual perfeita – uma moralidade libertária – faz com que o ciúme desapareça completamente."

Millet mal menciona seu ciúme em *A vida sexual*, por temer que escrever sobre isso daria a impressão de ela estar sendo punida por alguma ordem superior por suas transgressões. Ela achou muito mais difícil escrever as novas memórias – eram tão dolorosas que, às vezes, levava horas para escrever uma única frase.

Agora sabemos que ela minimizou sua angústia em *A vida sexual*. Quanto do livro é uma fantasia, ou um comportamento elaborado *à la* Dalí? "Eu me forcei a evitar as armadilhas que o subconsciente coloca em nossas lembranças, especialmente no que concerne à sexualidade." Mas ela acrescenta: "Quem pode se arrogar o completo domínio do subconsciente? Por definição, isso é impossível".

— Outubro de 2008

Adam Phillips

No 150º ano de seu nascimento, a reputação de Freud vem decrescendo. Suas teorias sobre a inveja do pênis e o complexo de Édipo são amplamente ridicularizadas como tendo mais a ver com sua própria fixação priápica do que com a natureza humana. A chamada "cura pela fala" da psicanálise deu lugar a soluções rápidas de tratamentos químicos e aos *slogans* do "pensar positivo" da terapia cognitiva comportamental. Enquanto isso, as instituições psicanalíticas se agarram ansiosamente à imagem de Freud como cientista.

Em 1993, quando Adam Phillips publicou seu primeiro livro de ensaios psicanalíticos, *Beijo, cócegas e tédio: o inesperado da vida à luz da psicanálise* (*On Kissing, Tickling and Being Bored: Psychoanalytic Essays on the Unexamined Life*), foi saudado como a grande esperança de Freud. Seguiram-se resenhas nas revistas *Esquire*, *Vogue* e no *New York Times*, juntamente com mais dez livros que criticavam as instituições psicanalíticas como cultos que se recusavam a aceitar o desenvolvimento da ciência. Phillips argumenta que a verdade objetiva das teorias de Freud é irrelevante e que o poder relativo que elas têm reside em se qualificarem como histórias. Propondo que Freud seja lido como um grande escritor literário, ao lado de Púchkin e Dostoiévski, mais do que como cientista, Phillips desconcerta os antifreudianos, que sentem que ele lhes invadiu o espaço. Seus colegas o ignoram ou o recriminam como um volúvel estilista pós-moderno que procura refúgio na ambiguidade em vez de tirar conclusões ou de se comprometer com teorias.

Os críticos buscam formulações desesperadamente obscuras para entender seu estilo paradoxal, que conquistou comparações com Emerson, Sontag,

Trilling e Barthes. O romancista Will Self, um ex-analisando de Phillips, elogia sua "tergiversação com circunlóquios". Um ensaio de Phillips é menos voltado para um argumento linear do que para um questionamento divertido de suposições convencionais sobre uma ideia. Mesmo quando vagueia por temas que pareçam inócuos – cócegas, travestismo, flerte, insinuação e a exposição ao ridículo –, a inacessibilidade de seus ensaios faz com que seus sumários sejam quase impossíveis.

"Não quero que as pessoas consigam repetir o que eu penso", diz Phillips. "Quero que tenham seus próprios pensamentos conforme leem. Aqui, o guru é o problema, não a solução. Dessa maneira, fico muito sossegado com o fato de as pessoas frequentemente dizerem: 'Não consigo me lembrar de nada daquele livro, mas gostei mesmo dele'."

Essa indefinição reflete o processo psicanalítico. Em seu livro de 2006, *Side Effects*, Phillips descreve a digressão como uma "revelação secular". "Na psicanálise, as pessoas chegam com uma narrativa coerente e o que se apresenta é uma oportunidade de colocar para fora seus pensamentos vagos e nômades", diz ele.

A visão de Phillips sobre Freud como um colosso literário é compartilhada com Harold Bloom e foi reconhecida quando Freud ganhou o Prêmio Goethe, em 1930. *Side Effects* explora o medo de Freud de seus instintos literários, não científicos – o que ele via como uma semelhança entre o histórico de um caso e um conto. Os analistas Melanie Klein, Donald Winnicott, Jacques Lacan e Sándor Ferenczi também tentaram ligar a psicanálise à ciência, mas Phillips se alinha com o filósofo antifreudiano Bertrand Russell na discussão das reivindicações científicas da psicanálise.

"Não se pode prever o que acontecerá com a psicanálise", diz ele. "Ela não pode ser conferida ou falsificada. A ideia de fazer uma pesquisa psicanalítica me parece uma contradição de termos, porque cada questão é diferente."

Ele remonta a perda da importância de Freud à insularidade dos textos psicanalíticos contemporâneos: "A psicanálise tem que deixar de ser um culto interessado apenas em falar para seus próprios membros". Phillips não está ligado a nenhuma organização psicanalítica e parece ter prazer em ser pouco lido por outros terapeutas: "Se existe uma coisa chamada 'psicologia', ela está voltada para a vida comum. Trata-se de como todos nós vivemos como nós mesmos. Assim sendo, não deveria ser uma especialização".

O fato de seus detratores o desconsiderarem como um revisionista subversivo ilustra "apenas como a leitura de Freud tem se empobrecido. Sou um dissidente porque houve muito consenso desinteressante, sem originalidade, no passado". Furtando-se a conferências profissionais, Phillips prefere falar a estudantes universitários, que "têm mais vida, são mais engajados, mais apaixonados e mais destemidos".

Seu recente trabalho como editor da nova tradução de Freud editada pela Penguin não o tornou mais popular entre os *cognoscenti*. A edição definitiva de James Strachey, em 24 volumes, foi criticada – mais notavelmente por Bruno Bettelheim – por revestir Freud de uma linguagem científica, introduzindo um jargão que inclui termos como *"parapraxis"* e *"cathexis"* em seu alemão coloquial.

Phillips usou um tradutor para cada livro, sem "consenso sobre termos técnicos". Eram tradutores literários e não conhecedores de Freud: "Como alguém que não consegue ler alemão, eu lia as traduções para ver se eram compreensíveis, e não pela sua exatidão". As introduções foram escritas por críticos literários que "não tinham investimento em instituições psicanalíticas".

Phillips se dedica à prática clínica da psicanálise quatro dias por semana em seu apartamento de Notting Hill, cobrando quantias modestas de até 50 libras por uma sessão de 45 minutos: "Não quero fazer parte da cultura que acredita que uma coisa é boa se for cara". Hanif Kureishi, Tim Lott e Will Self foram seus pacientes, mas, ao contrário do que se ouve dizer, Phillips raramente aceita celebridades: "Essa é exatamente a cultura da qual eu não quero fazer parte".

Sua única exigência para aceitar um paciente é que se sinta "sensibilizado com aquilo que faça o paciente sofrer". Em vez da imagem freudiana do analista que não se envolve, Phillips sugere que a dinâmica terapeuta–paciente é "uma relação muito intimamente impessoal, mas isso não faz com que ela seja menos íntima. Não é um laboratório". Ele limita sua escrita às quartas-feiras, mas trabalha em um ritmo vertiginoso, produzindo, na maioria dos anos, palestras e ensaios em número suficiente para um livro. "Tenho certo medo de me conceder mais tempo para escrever", ele diz. "Tenho medo do que possa acontecer caso a escrita se esgote, porque ela vem de uma parte de mim sobre a qual não tenho controle."

Ao ler *Memórias, sonhos e reflexões* (1963), de Jung, aos 17 anos, ficou profundamente afetado pela psicanálise: "Eu estava interessado no que parecia ser o recôndito. Aquilo me parecia ser uma grande vida". Logo Freud substituiu Jung, que Phillips decidiu ser "um homem muito mais interessante do que Freud, mas um escritor infinitamente menos interessante". Os escritos de Freud também lhe pareceram estranhamente familiares: "Parecia uma vida em família. Existe alguma coisa na obra de Freud que soa – na falta de uma palavra melhor – muito judaica".

Os pais de Phillips eram judeus seculares de segunda geração, filhos de refugiados dos *pogroms* antijudaicos da Rússia e da Polônia. Ele experimentou sua judeidade como uma ameaça que vibrasse ao fundo, "um sentimento de que o mundo pode dar muito errado. Nossos pais de classe média queriam que nos integrássemos à cultura: estive em escolas públicas, em Oxford, em todas as grandes instituições britânicas. O que não deu para erradicar foi o sentimento de insegurança".

Em Oxford, Phillips estudou literatura inglesa em uma faculdade tradicionalista, que ainda não encarava as teorias pós-estruturalista e psicanalítica, das quais ele gostava, como ferramentas aceitáveis à análise literária. Ele se formou com *third-class honours**: "Eu pensava que se tivesse a coragem de minhas convicções não iria buscar meu diploma, porque não acreditava que meu interesse por literatura tivesse algo a ver com a obtenção de uma qualificação".

Depois de começar – e abandonar – um doutorado sobre o poeta americano Randall Jarrell, Phillips passou quatro anos habilitando-se para ser psicanalista infantil. Seu orientador de análise foi Masud Khan – o carismático paquistanês emigrado que mais tarde caiu em desgraça por abuso sexual e emocional de pacientes, e por seu antissemitismo. "Não digo que tudo o que foi dito sobre ele possa não ser verdade, mas o homem com quem me analisei era profundamente confiável, um ouvinte extraordinariamente poderoso e um homem muito intuitivo e inteligente", diz Phillips.

Khan ajudou-o a reconhecer sua recusa em deixar emocionalmente sua casa, o que o impedia de desenvolver uma vida sexual satisfatória: "Meus vínculos intensos com meus pais me tornaram mais tímido do que eu queria reconhecer quanto ao entrosamento com pessoas de fora de minha família".

---

* *Third-class degree*: O grau mais baixo na classificação *honours* na maioria das universidades modernas de língua inglesa. (N. T.)

Durante quase duas décadas, Phillips trabalhou como psicoterapeuta infantil para o National Health Service. Em 1995, frustrado com a burocracia, mudou para a prática privada e começou a tratar principalmente pacientes adultos. A paternidade diminuiu sua vontade de trabalhar com crianças: "Depois que tive meus próprios filhos, achei muito difícil ouvir as coisas que as pessoas fazem com as crianças e o que as crianças fazem umas às outras".

Ele se mostra inflexível quanto ao fato de que a psicanálise deva ser agradável e não "a versão do pecado original secularizada" que lhe impingiram. "Quando eu estava em treinamento, havia um sentimento muito forte de que as pessoas que estavam mais verdadeiramente em contato consigo próprias estavam de fato em contato com suas misérias", ele diz. "A psicanálise, no que ela tem de pior, faz com que as pessoas se sintam pior – faz com que sintam que são muito destrutivas, muito inadequadas e muito dependentes. Tudo isso pode ser verdade, mas o oposto é igualmente verdadeiro. As pessoas são tão fóbicas de seus poderes e talentos quanto de suas inadequações. Existe um prazer genuíno no reconhecimento realista."

E se a psicanálise frequentemente é caricaturada como indulgência burguesa, Phillips se vê como um facilitador da solidariedade. "Quando a realidade exterior se torna insuportável, as pessoas têm sintomas", ele diz. "Para mim, não parece ser por acaso que a psicanálise tenha sido 'inventada' durante a ascensão do fascismo e a queda do império. O objetivo da psicanálise é fazer com que as pessoas consigam se sentir menos preocupadas consigo próprias, de forma que consigam se reinserir na vida política, comunitária."

Além disso, com a psicanálise tendo sido há muito substituída pela terapia cognitiva comportamental, Phillips a vê como nada além de um fenômeno "contracultural". "A terapia cognitiva passou a ser a terapia de predileção no capitalismo competitivo, porque as pessoas querem os funcionários de volta ao trabalho o mais rápido possível", ele explica. "A psicanálise é maravilhosa porque não faz isso. Ela não faz com que alguém se transforme, de maneira fácil e rápida, em um consumidor bem-sucedido e em um trabalhador confiável."

— *Agosto de 2006*

Katie Roiphe

Houve uma vez em que Katie Roiphe precisou de guarda-costas para fazer a leitura de um livro. Em 1993, quando publicou *The Morning After: Sex, Fear, and Feminism*, os *campi* americanos estavam tomados pela histeria da suposta epidemia de estupro cometido por pessoas conhecidas. A candidata de 24 anos ao doutorado de Princeton atraiu ameaças de morte por acusar os ativistas antiestupro de conjurarem um mito. Quatro anos depois, provocou nova reação com *Last Night in Paradise: Sex and Morals at the Century's End*, em que argumenta que desde a crise da aids a cultura jovem americana foi abafada pelo puritanismo. Roiphe alegava que a reação contra a revolução sexual e as incansáveis campanhas de educação sexual estavam matando o mistério e a excitação do sexo.

Mas com seu livro mais recente, *Uncommon Arrangements: Seven Portraits of Married Life in London Literary Circles – 1910-1939*, os críticos hastearam a bandeira branca. Em seu lançamento americano, em 2007, o *New York Observer* anunciou que "aqueles que odeiam Katie ficarão tristes ao ouvir dizer que o livro é muito absorvente". Há uma década, Roiphe esperava piquetes sempre que falava em uma universidade, mas desde que foi contratada, em 2007, como professora de jornalismo na New York University, tem sido parte integrante do meio acadêmico.

Com um novo livro de título acadêmico sobre o tópico burguês do casamento, Roiphe está se suavizando conforme se aproxima dos 40. "Escrevi meu primeiro livro quando tinha 23 anos; portanto, é claro que gosto de pensar que de lá para cá amadureci", reflete ela por telefone, com voz aveludada.

Em *The Morning After*, Roiphe acusou as feministas do *campus* de impedirem as mulheres de agir por encorajá-las a se verem como vítimas passivas e a enxergarem todos os homens como agressores potenciais. Segundo ela, palestras sobre alertas de estupro, códigos de conduta sexual, encontros de *Take-Back-the--Night* (Retomada da Noite), alarmes em chaveiros e telefones de emergência com luz azul não davam mais poder às mulheres, e sim as infantilizavam.

Ela lamenta não ter usado um tom mais ameno para se proteger dos ataques, mas sente que "a forma como foi escrito, com uma impetuosidade adolescente, foi realmente efetiva para fazer com que as pessoas falassem". Para seus detratores, tais como Naomi Wolf e Gloria Steinem, o livro clamava pelo retorno a uma cultura em que se culpava a vítima, em que as mulheres eram ridicularizadas por se pronunciar a respeito do abuso sexual.

No final da década de 1990, a cultura do politicamente correto tinha mudado, e tanto Wolf quanto Steinem passaram a ler em uma cartilha semelhante à de Roiphe. Wolf se denominou uma feminista "pró-sexo" e Steinem defendeu Bill Clinton das acusações de assédio sexual de Kathleen Willey e Paula Jones. "A ideia de que não deveríamos olhar as mulheres como vítimas – e de que é ofensivo dizer que os homens querem fazer sexo e as mulheres não – agora parece muito óbvia", diz Roiphe.

Embora *The Morning After* tenha obtido elogios de conservadores radicais tais como Pat Buchanan, Roiphe vota no Partido Democrata e vem de uma família ferrenhamente liberal. Sua mãe, a escritora Anne Roiphe, foi uma destacada feminista da "segunda leva", cujo romance de sucesso, *Up the Sandbox* (1970), explora a vida imaginária de uma dona de casa entediada, tendo sido transformado em filme em 1972, com Barbra Streisand. "Minha mãe tem uma sensibilidade liberal instintiva que eu não tenho", ela diz, "mas eu não me denominaria uma conservadora."

Anne Roiphe apoiou sua filha na confusão sobre *The Morning After*, fazendo com que rompesse com várias aliadas feministas. "É difícil para mim dizer se ela concordava comigo ou se era só uma questão de amor incondicional", diz Roiphe.

Quando Roiphe e suas quatro irmãs eram crianças, Anne não as deixava brincar com as bonecas Barbie. Em vez disso, dava caminhões para as filhas, que elas usavam como camas para seus bichinhos de pelúcia. Roiphe lembra-se de se sentir exasperada ao ouvir sua mãe repetir *ad nauseam* que, ao contrário do que sugerem os contos de fadas, uma princesa não deveria esperar ser salva por um príncipe. "Minha geração absorveu essas ideias de igualdade tão instantaneamente e tão completamente que parecia supérfluo que essa constante polêmica lhe fosse contada."

Roiphe não se preocupa tanto em moldar a visão de sua filha de 6 anos, Violet. "As feministas dos anos 1970 acreditavam que podiam criar a igualdade apenas impingindo-a", ela diz. "Não acho que essas coisas possam ser controladas."

Quando Roiphe estava com pouco mais de 20 anos, sua mãe se pôs a pressioná-la para que casasse e tivesse filhos. "Muitas mulheres da geração dela, que eram feministas na década de 1970, de uma hora para outra passaram a reclamar: 'Espere um pouco, onde estão meus netos?'." Mas, em 1997, Roiphe horrorizou sua mãe ao publicar um artigo: "The Independent Woman (and Other Lies)", no qual descrevia seu desejo de ser sustentada por um homem. "Minha mãe passou todas essas décadas tentando destruir esses estereótipos; portanto, para ela, o poder duradouro que essas antigas ideias sobre homens e mulheres exercem sobre a nossa imaginação é desconcertante", ela diz.

Contudo, a ideia do marido dominante perdeu o atrativo. Em 2005, depois de cinco anos, Roiphe separou-se de seu marido, o advogado Harry Chernoff. "Não me casei por dinheiro, mas tinha a fantasia de ser cuidada. Quando se faz isso, há um custo em termos de seu relacionamento e de sua identidade no mundo." Desde então, ela começou a sair com um escritor – "definitivamente, não um homem de terno cinza" – que ela insinua ser o oposto de Chernoff. Mesmo assim, ela ainda acha que os homens deveriam pagar para as suas namoradas.

Quando seu casamento fracassou, Roiphe se viu inundada de mensagens de condolências e ofertas de ajuda extra em casa. Parecia que seus amigos estavam determinados a imaginá-la desabando. "Para pessoas que permanecem infelizes juntas, é particularmente difícil ver alguém abandonar um casamento e florescer. Na Nova York de Edith Wharton havia uma espécie diferente de moralismo sobre o divórcio. Agora, aceitamos oficialmente que está certo, mas nossa atitude moralista assume uma forma diferente – uma preocupação de que ou as crianças ou a mãe estejam desmoronando."

Seu pai, o psicanalista Herman Roiphe, morreu no ano em que ela se divorciou. Roiphe diz que foi o pior período de sua vida, mas também o mais produtivo. Em um artigo para a revista *New York*, ela escreveu sobre "a liberação de uma estranha energia ansiosa... quando você consome toda a sua vida", o que a deixou mais focada do que nunca.

Uncommon Arrangements é fruto dessa energia nervosa. O livro analisa sete relacionamentos literários complexos do período entre-guerras, incluindo Vanessa e Clive Bell, Radclyffe Hall e Una Troubridge, H. G. e Jane Wells e Vera Brittain e George Gordon Catlin. Reagindo contra a hipocrisia vitoriana, as uniões eram governadas pela razão e não pela convenção – experimentos a que Katherine Mansfield denominou *"marriage à la mode"*.

Roiphe começou a ler sobre esses casais tentando entender o fracasso de seu próprio casamento. Embora *Uncommon Arrangements* não traga as anedotas autobiográficas de seus outros livros, Roiphe insiste em que "sua energia é a energia de alguém que tenta entender as coisas". Ler as cartas, os diários e as memórias desses boêmios literários fez com que "percebesse tudo o que pode acontecer em um casamento sem que se preste atenção. A pessoa só se dá conta de que algo está desmoronando depois".

Pertencer a um período que antecedeu muito ao *e-mail* significa que a comunicação mais íntima desses escritores foi preservada em papel: "Você pode ler o que escreveram e se aprofundar mais naqueles casamentos do que com os seus amigos mais próximos, que você encontra para jantar sem ter ideia do que realmente acontece na casa deles. O casamento é um mistério".

No começo do século XX, os intelectuais geralmente acreditavam que, falando racionalmente e abertamente sobre seus casos extraconjugais, poderiam evitar infligir dor emocional. "Não acho que atualmente essa seja uma maneira popular de se pensar", diz Roiphe. "As pessoas se entregam mais facilmente a sentimentos opressivos."

Mas ela acredita que os conflitos da época ressoam as discussões contemporâneas sobre as mulheres. "Estamos semiencantadas com essas ideias antigas, tradicionais, de casamento e maternidade, e semiencantadas com nosso legado de igualdade absoluta e mulheres profissionais. Estamos divididas entre essas duas ideias da identidade feminina, de uma maneira que espelha esse período muito particular que vem logo após a Inglaterra eduardiana."

Uncommon Arrangements reflete sua aversão em conceber as mulheres como vítimas. Ela escreve que, "quando o homem se comporta como um monstro, a mulher quase sempre ajudou a criar seu monstro particular". Quando Roiphe analisa o casamento da romancista Elizabeth Von Arnim, nascida em Sydney, com o irmão mais velho de Bertrand Russell, Frank, deixa claro que Elizabeth queria um marido tirano. "Ela se sentia atraída por homens dominadores que a faziam sentir-se feminina, mesmo que ela própria fosse uma forte e autêntica figura feminista", ela diz.

A criatividade desses relacionamentos contrasta com a trivialidade da discussão contemporânea sobre o casamento – dominada, segundo a visão de Roiphe, por questões relativas ao fato de maridos deverem ou não dividir as tarefas domésticas. "Por que", ela escreve, "quando as mulheres têm tantas escolhas, ainda ficam tão bravas quanto as sufragistas enluvadas que atiravam tijolos para dentro das janelas?"

Ainda assim, a relevância contemporânea do livro é mais insinuada do que declarada. Roiphe "queria escrever um retrato mais complicado e rico desses casamentos do que seria permitido com alguma espécie de polêmica". Mas rapidamente acrescenta que ela ainda escreve com frequência jornalismo de contestação e ministra um curso sobre polêmica na New York University. Suas alunas raramente se identificam como feministas, o que Roiphe encara como saudável.

Roiphe acha que o fato de elas assumirem o feminismo como algo estabelecido significa que o movimento das mulheres atingiu seu objetivo. "Se o feminismo como movimento não tem muito futuro, isso é prova do seu sucesso."

Quando começou sua tese de doutorado sobre Freud e os escritores americanos de meados do século XX, ela queria ser acadêmica, mas, convencida de que nenhuma universidade a empregaria depois da controvérsia sobre *Morning After*, optou pelo jornalismo.

Agora ela tem um trabalho acadêmico, mas sua nomeação como um dos dois professores de tempo integral do programa de jornalismo cultural da New York University foi controvertida. O cargo ficou vago depois que a fundadora do programa, a crítica feminista Ellen Willis, morreu de câncer pulmonar, em 2006. Alguns viram a escolha para a substituição como uma afronta a seu legado, mas, contra-argumenta Roiphe, "Ellen foi a pessoa que antes de morrer de certo modo me escolheu, e realmente queria que eu assumisse esse trabalho".

Logicamente, ela ainda inspira medo e ódio nas irmandades acadêmicas, mas há um tom de deleite em sua voz quando ri e diz: "Ainda existem as que detestam Katie".

— *Abril de 2008*

Wole Soyinka

Quando o escritor nigeriano Wole Soyinka estudava na Inglaterra, na década de 1950, alistou-se no exército. O futuro Prêmio Nobel pretendia explorar os recursos de treinamento do poder colonial, para estar apto a uma guerra de libertação africana. Mas depois que estourou a crise do Canal de Suez, em 1956, e ele foi convocado a servir com as forças britânicas, deu-se conta do seu erro. Convenceu seus superiores de que era impossível que tivesse jurado lealdade a Sua Majestade, assegurando que nenhum inglês inteligível saía de seus lábios.

Aqueles foram anos de formação para o emergente dramaturgo, poeta, ensaísta e ativista, que observava, consternado, como a primeira geração de nacionalistas africanos que começavam a visitar a Inglaterra regularmente estavam mais interessados em se deitar com mulheres brancas do que em transformar a ordem colonial. Sua expectativa da liberdade pan-africana diminuía à medida que ele testemunhava os gastos descontrolados dos novos líderes, que, cheios de si, falavam em tom de maldosa condescendência com as sociedades que alegavam representar.

"A convicção da libertação... fez com que alguns de nós sentissem que poderiam confiar o futuro do continente a esses líderes de primeira geração", diz Soyinka, 75 anos, às vésperas da publicação de suas memórias, *You Must Set Forth at Dawn* (2006). "Era inconcebível que, saindo do subjugo do colonialismo externo, qualquer liderança ousasse tratar seu próprio povo com o mesmo desprezo dos antigos poderes coloniais. Coletivamente, deixamos de assumir as ações necessárias para impedir isso."

Soyinka caiu em desgraça perante a nova elite política da Nigéria ao voltar da Inglaterra, em 1960. Durante um festival comemorativo da recente independência do país, apresentou sua peça, *A Dance of the Forests*, que lança dúvidas sobre a habilidade da Nigéria de abandonar a cultura colonial da corrupção. A peça foi asperamente criticada por representar em metáfora o país como uma mítica meia criança que nasce velha e, assim sendo, deve morrer jovem.

Ele também atraiu fogo dos intelectuais ligados ao assim chamado Movimento de Negritude, que se empenhava em definir e promover o espírito africano e abrira exceção para o uso que ele fazia de técnicas literárias europeias. Soyinka alertou seus críticos do Negritude contra a promoção de uma dicotomia estereotipada entre o racionalismo ocidental e o emocionalismo africano. "Um tigre não proclama sua 'tigretude', ele age", escreveu Soyinka.

No entanto, mais tarde Soyinka acabou aceitando que "o Negritude era uma ferramenta insurgente necessária à natureza peculiar do colonialismo francês, que tentava inculcar a cultura francesa às suas colônias e denegria os valores africanos — ao contrário dos ingleses, que sentiam que o homem negro não podia apreender a civilização europeia e então deixavam as colônias sossegadas com sua própria cultura".

Protestando contra uma eleição fraudulenta no oeste da Nigéria, em 1965, Soyinka manteve uma estação de rádio sob a mira de uma arma e trocou a fita que divulgava um discurso daquele que se autodeclarava vencedor por outra proclamando sua ilegitimidade. Foi acusado de roubo à mão armada e detido por três meses, antes de ser absolvido por motivos técnicos.

Em 1967, ficou preso durante 27 meses, na maior parte do tempo confinado em uma solitária, por supostamente ter colaborado com o movimento separatista de Biafra. Que Soyinka estivesse tentando persuadir a liderança biafrense da temeridade da separação era irrelevante, pois ele nunca foi acusado.

O que Soyinka mais temia no tempo em que esteve preso era ser morto enquanto o mundo lá fora era alimentado com mentiras sobre suas atividades. "Desde que consegui contrabandear para fora a verdade sobre minha experiência, desde que recebi a resposta de que as falsas versões dos fatos não eram aceitas, senti subitamente que podia relaxar. O que mais me apavorava era que me fizessem morrer como uma mentira."

De início, as privações da vida de presidiário fizeram com que Soyinka destemidamente liderasse uma campanha de reformas na prisão. Começou uma greve de fome, mesmo quando temia ficar cego pelo rigoroso vento do deserto que varria sua cela. No entanto, acabou percebendo a futilidade de ver o sistema penitenciário como uma célula separada da maior amplitude do regime despótico. "Não é preciso muito tempo para reconhecer que a fossa imediata é apenas mais uma faceta da própria sociedade, e você volta para aquilo que o levou até ali – a transformação da sociedade como um todo."

Quando a Nigéria caiu sob o poder do general Sani Abacha, em 1993, Soyinka clamou por sanções internacionais, em um esforço para acabar com o regime. O ditador retaliou, impedindo-o de sair do país. Depois que o escritor Ken Saro-Wiwa, um amigo seu, foi executado em 1995, Soyinka fugiu, montado em uma motocicleta durante doze horas, até conseguir atravessar a fronteira do Benin.

Ele nega que o Nobel lhe tenha trazido imunidade. "Esse conceito, que pertence especialmente ao mundo ocidental, é completamente sem fundamento. Abacha morreria feliz se pudesse pôr em seu currículo que enforcou ou fuzilou um ganhador do Nobel."

Em 1997, Soyinka foi sentenciado à morte *in absentia*, mas voltou à Nigéria no ano seguinte, depois da morte de Abacha. Aceitou um posto na Obafemi Awolowo University, depois de lhe garantirem que nenhum dos antigos lacaios do general seria nomeado reitor.

Soyinka também detém cargos nas universidades de Nevada e da Califórnia, e em outubro de 2005 tinha agendado uma turnê de conferências do PEN Club na Austrália – mas cancelou a viagem, revoltado com as exigências do visto.

"Estava tudo arrumado, e então apareceu esse '*Pro forma* para candidatos estrangeiros de 70 anos ou mais'. Por toda a minha vida lutei contra a discriminação; então, por que deveria aceitar me tornar um ser sub-humano só porque quero ir para a Austrália? Não me interessa se amanhã eu estiver morrendo e a Austrália tiver a cura para qualquer doença que me afete – se tiver que preencher aquele formulário, prefiro morrer."

Seu tom de quem profere *slogans* não muda ao discutir sua família. Soyinka se descreve como um pai ausente. Sua esposa atual, referindo-se a seu cargo como professor visitante em várias universidades, chama-o de marido visitante. Ele se recusa a revelar quantos filhos teve, dizendo ao *The Guardian*, em 2002: "Em nossa tradição, não contamos nossos filhos. No meu caso, os deuses foram muito bons – talvez ultragenerosos".

Ao contrário de Nelson Mandela, que lamentou que a política o tivesse privado da capacidade de ser pai, Soyinka demonstra não sentir remorso por descarregar suas energias no ativismo e na arte. "Sempre digo para minha família: 'Vocês não têm escolha. Vocês não pediram para ser meus parentes. Eu não pedi para fazer parte de sua família'. Eles não podem negar que gostam quando as pessoas dizem: 'Ah, você é filho de Soyinka', ou 'Você é irmão de Soyinka'. Então, eles têm algumas compensações."

"É claro", continua Soyinka, "que há momentos em que eu gostaria de sentar com a minha família para conversar, comer junto com eles, ir ao teatro ou à ópera, ou tirar férias com eles. Mas exatamente como um médico que está de plantão, que pode ser chamado no momento mais particular – quem é ele para reclamar? Ele escolheu sua profissão. Não vejo a vida do ativista diferente disso."

— *Novembro de 2005*

James Wood

Era o tipo de encontro que até mesmo os críticos mais calejados tentariam evitar. Quando, em 2003, James Wood começou a lecionar em período parcial em Harvard, tendo Zadie Smith como colega, ele sabia que seus caminhos se cruzariam. "Preciso não conhecer o escritor sobre o qual estou escrevendo negativamente", diz Wood, 44 anos, que é visto quase universalmente como o melhor crítico literário de sua geração, se não do mundo. "De repente você encontra o autor e ele diz: 'Fui eu quem você machucou', e é como se ele rompesse os termos da crítica. Ela precisa permanecer abstrata."

Em uma crítica devastadora de *Dentes brancos* (*White Teeth*), de Smith, em 2002, Wood cunhou a frase "realismo histérico" para descrever a tendência a romances esparramados, que imita o caos da realidade contemporânea por meio de uma prosa deliberadamente estridente e de tramas congestionadas. Acusou Smith, Jonathan Franzen, Salman Rushdie, Don DeLillo e Thomas Pynchon de inaugurarem uma nova espécie de romance repleto de comentários sociais e trivialidades culturais, no qual "as convenções do realismo não são abolidas, mas, pelo contrário, exauridas e excessivamente trabalhadas".

Mas, quando Smith e Wood finalmente se viram, não houve sinal de hostilidade: "Ela assume tudo o que foi dito e quer incorporar aquilo. É uma artista séria, no sentido de que talvez exerça excessivamente o autoescrutínio".

O mesmo traço autodepreciativo se aplica a Wood. Quando ele se tornou o principal crítico literário do *Guardian*, aos 26 anos, já era conhecido na Inglaterra por avaliações críticas de tal erudição e brutalidade que se esperava que não admitisse qualquer insegurança a seu próprio respeito. Mas, conforme Wood sai da sala de seminários de Harvard, onde acaba de dar uma aula sobre *Passeio ao farol* (*To the Lighthouse*, 1927), e vai até um café pelas ruas cobertas de neve trajando um professoral casaco de *tweed*, reflete criticamente sobre seu próprio trabalho com todo o rigor de seus ensaios.

Ele está perplexo com o fato de a expressão "realismo histérico" ter sido incorporada à linguagem da crítica, assumindo um significado que ele nunca pretendeu. "Parece-me tão impreciso!", diz Wood. "É como se fosse apenas uma frase feita jornalística. Não parece ter a densidade substancial de um termo crítico adequado."

O que ele acha da ideia de nossos tempos agitados, saturados pela mídia, pedirem uma ficção igualmente casual? "Não tenho nenhum problema com a representação da estranheza da realidade americana – é quando ela se funde com essa ideia de que em nossa época pós-moderna o tema não pode falar com autenticidade porque está encoberto por muitos discursos", diz Wood, que se debruça mais sobre a mesa enquanto conversamos. "Há mais discursos, é mais intenso, mas não acho que seja novo. E o ofício da ficção não é simplesmente dizer: 'É assim que é, vou aceitar isso'. Ele deveria nos motivar a uma resistência."

O tom de proselitismo de Wood era mais severo em seu primeiro livro, *The Broken Estate: Essays on Literature and Belief* (1999) – uma coleção de ensaios de uma seriedade moral que não se via desde F. R. Leavis e Lionel Trilling. O livro reflete a preferência de Wood por romances que permitam que o leitor acredite naquele mundo ficcional como na oportunidade de uma fé inquestionável, já oferecida pelo cristianismo. Seus paradigmas – entre eles Anton Tchekov, Saul Bellow, Nikolai Gógol, D. H. Lawrence e W. G. Sebald – são escritores que vão em busca de significado e valores morais enquanto criam uma intimidade com o leitor, em contraste com os efeitos alienantes de grande parte da literatura contemporânea.

Sua coleção de 2004, *The Irresponsible Self: on Laughter and the Novel*, ressoa um tom um pouco mais leve. Wood foca na "comédia do perdão" – uma espécie de risada que se inclina para a simpatia – em vez da sátira tendenciosa da "comédia de correção".

"*The Broken Estate* era um tanto solene, quase eliótico, sagrado. Um livro bem áspero", ele diz. "Eu queria que *The Irresponsible Self* fosse mais cômico e agradável."

Seu livro mais recente, *How Fiction Works* (2008), vai encontrar Wood no que ele tem de mais laudatório. Em 123 parágrafos numerados, ele examina os fundamentos da ficção – incluindo detalhes, personagens, linguagem, narrativa e diálogos –, no estilo de *Aspectos do romance* (*Aspects of the Novel*, 1927), de E. M. Forster, e *The Rhetoric of Fiction* (1961), de Wayne Booth. "*How Fiction Works* é resultado de uma decisão de que eu já tinha me voltado demais para a negação. Todo mundo sabe do que eu não gosto – então: 'Do que é que eu gosto, e por que eu gosto?'"

Trata-se de um livro brilhante, mas também singularmente contido, com poucos dos majestosos floreados retóricos dos ensaios de Wood. "O livro decorre do que venho lecionando desde 2003. É um trabalho mais obviamente pedagógico do que qualquer coisa que eu tenha feito antes."

A mesma voz genial e espirituosa de *How Fiction Works* aparece nos seminários de Wood. Embora ligeiramente curvado, ele tem um aspecto relaxado, massageando, às vezes, a bochecha direita conforme fala. Partindo da natureza geralmente ideológica dos estudos literários da universidade, ele propõe questões básicas, como: "O que me agrada neste livro?"

Wood ouve atentamente, mastigando a caneta, enquanto um aluno comenta ter achado que Virginia Woolf era "ruim" por ter levianamente anunciado a morte de um personagem entre parênteses. Aquela inocência, Wood me diz mais tarde sem condescendência, é o que o faz achar revigorante dar aulas para alunos de graduação. "Estou tentando manter viva alguma noção de que existe essa forma nobre de crítica que não tem nada que ver com a academia e é muito anterior a ela."

Em um evento de grande significado para aquela cultura literária mais ampla, em agosto de 2007 Wood passou a integrar a equipe de redatores da *New Yorker* (tiragem de 1,1 milhão) depois de 12 anos na *New Republic* (tiragem de 62 mil), sediada em Washington. Wood sentiu que estava se repetindo na *New Republic*, além de estar se tornando preguiçoso e escrevendo menos, por causa de sua amizade com seu editor literário, Leon Wieseltier. (Músico entusiasta, Wood tocou trompete no casamento de Wieseltier.)

Mas na *New Yorker* seus ensaios intelectualizados terão que enfrentar leitores mais amorfos. "O teste será: pode uma crítica geral literária razoavelmente complexa, que não cede sua sofisticação para o populismo, persistir em uma revista tradicional, lida por 1 milhão de pessoas por semana?"

A contratação de Wood certamente desagradou a alguns leitores aficionados da *New Yorker*. A revista abrigou toda a carreira do falecido John Updike, sobre quem Wood escreveu: "No seu pior aspecto, sua prosa é de um inofensivo lirismo pretensioso, de uma gratuidade senhorial, como se a linguagem fosse apenas uma conta sem significado para um homem muito rico, e Updike acrescentasse uns displicentes 10% de gorjeta para cada frase".

A *New Yorker* também tem sido um dos principais "pontos de referência" do avantajado crítico George Steiner. Wood tem comparado a prosa de Steiner ao "suor de uma estátua que deseja ser um monumento", com sua "concentração de adjetivos como se fosse um pelotão, seu silêncio religioso em torno das grandes obras".

Mas diminuir gigantes literários deixou de ter glamour para Wood. Não que ele tenha se suavizado, segundo suas palavras; apenas se cansou de soar da mesma forma. Mas ele pretende ocasionalmente surpreender a si próprio com "uma peça perfeitamente desagradável sobre algo que precise ser processado".

O evangelismo corre no sangue de Wood. Ele cresceu em uma casa fundamentalista cristã em Durham, na Inglaterra, filho de um professor de zoologia e de uma professora primária que falava várias línguas. Aos 15 anos, rompeu com Deus, mas saiu vivo para o poder secular da literatura.

O imenso ardor de pregação da crítica de Wood, com sua antiquada insistência em verdades transcendentes, sugere que talvez sua religiosidade não tenha se perdido, direcionando-se para a literatura. Mas Wood diz que se o seu amor pela literatura se originou de algum lugar, terá sido da música. "Desde cedo fui educado com um ouvido para a beleza, para a repetição e para os padrões. Não tenho certeza de ter transferido todo o impulso religioso para a literatura, ao menos porque eu me delicio com o secularismo do romance. O ardor é temperamental. Então talvez eu tenha um ardor religioso."

Depois de ter completado seu curso de graduação em inglês em Cambridge, Wood trabalhou como *freelance*, dando pareceres sobre livros, em vez de ir atrás de um doutorado. Em Cambridge conheceu sua esposa, a romancista canadense-americana Claire Mussud, com quem tem dois filhos adolescentes, Lucian e Livia. Eles se mudaram para Londres, para onde Wood foi em busca do que via como a romântica ideia de ganhar a vida com a escrita.

Nostalgicamente, ele relembra os dias pré-internet, quando entregava manuscritos aos jornais: "Eu peguei exatamente o finalzinho dessa coisa de terminar o trabalho e entregá-lo materialmente – seja por fax ou, geralmente, pegando uma bicicleta e levando-o ao *Guardian* porque já era tarde". Ainda achando que escrever é uma obrigação, ele espera tipicamente até a véspera da entrega de um ensaio para começar a escrevê-lo, e então passa a noite trabalhando.

A precocidade de Wood como crítico foi uma faca de dois gumes, quando ele resolveu escrever seu próprio romance. "Quanto mais eu escrevia sobre ficção, e quanto mais eu exigia dos romances, mais as outras pessoas – e, na verdade, minha própria voz interior – diriam: 'Aonde ele quer chegar?' Entrei em pânico." Aos 35, ele fez uma promessa: "Ou você faz já ou não faz nunca mais".

Recebendo críticas variadas, *The Book against God* é, sob alguns aspectos, um típico romance de estreia autobiográfico. O anti-herói de Wood, Thomas Bunting, é filho de um padre de paróquia que se voltou contra os valores de seus pais para escrever um calhamaço desmistificando a religião, intitulado *The Book against God*.

Mas os pais de Wood eram mais dogmáticos do que os Buntings. "Eu queria partir de alguém como eu, mas em vez de dizer: 'Ah, coitado de mim, meus pais são religiosos demais', inverter a questão e dizer: 'Pobre Thomas, seus pais são geniais demais, excelentes demais. Afinal, do que é que ele reclama?'"

Era inevitável que o romance fosse mensurado de acordo com os padrões críticos de Wood. Na verdade, a ferocidade de algumas críticas sugere que os detratores de Wood estavam esperando sua estreia no romance para exigir vingança.

Wood concede que rompeu suas regras contra ser ensaístico e alegórico demais. Como escreveu sobre *Mason & Dixon* (1997), de Thomas Pynchon: "Pynchon usa a alegoria para encobrir a verdade, e assim fazendo expande a alegoria para um fetiche de si própria".

Acima de tudo, Wood acha que seu romance pecou pelo excesso. "Aquilo que escrevo em *How Fiction Works* sobre detalhes, mas também sobre escrever demasiadamente sobre os personagens, diz respeito à minha tendência, como romancista, de incluir passagens verborrágicas que deveria ter deixado de fora."

Sem se deter diante dos ataques, Wood está escrevendo outro romance – embora, segundo ele, "com bem menos material sobre Deus desta vez". Ele considera a possibilidade de lançá-lo sob um pseudônimo, e então, depois das resenhas, se revelar como seu autor – desde que consiga convencer seu editor disso. Planeja publicar uma terceira coleção de críticas, mas acha que três livros de ensaios podem ser demais. "Serei mais digno de admiração quando, aos 60 anos, tiver publicado sete dessas coleções idênticas?"

Em vez disso, espera que *The New Yorker* permita que ele tente outras modalidades de escrita. Como George Orwell, seu herói de adolescência, que era tão eloquente descrevendo um romance de Tolstói quanto descrevendo um elefante ao ser abatido a tiros, Wood se sente impaciente por se aventurar em terrenos menos literários. "Significaria deixar de lado uma ansiedade em parecer estar intelectualmente no comando e limitar-se a seguir o mundo, apenas deixar que o real venha até você." Enquanto isso, esperamos por seu segundo romance. Mas pode ser que leve um tempo até que saibamos que é de James Wood.

— *Janeiro de 2008*

Este livro foi composto em Granjon LT Std
para Texto Editores Ltda.
em maio de 2010.